JN021267

それは令和のことでした、

歌野晶午

祥伝社

それは令和のことでした、

目次

装画　大西晃生
装画撮影　宮島　径
装丁　ササキエイコ

彼の名は

四十三は若いとはいえない年齢だが、それは生きていたらの話であって、四十三歳で死んだとしたら、まだお若いのにと惜しまれる。

ワンピースを着た女性が横たわっている。落ち着いた青紫は桔梗の花を思わせる。もともとはもう少し紫みが強く、外出用にと買い求めたものなのだが、七年着て色が褪せてからは、ベルトと第一ボタンを取り払って部屋着としていた。麻と綿の混紡で肌ざわりがよく、そのまま床に入ってしまうこともあった。

このまま棺に納めてはどうだろう。最も愛着のあった服で野辺に送る。

とてもよい考えだと太郎は思った。故人は社会通念に抵抗し続けてきた人だった。おろしたての経帷子より、体になじんだ服を好ましく思うに違いない。たとえ血で汚れていたとしても。

残念なのは、その姿を見ることができそうにないことだった。喪主が望めば、たいていの願いは聞き入れられる。しかし自分は喪主であるのと同時に加害者でもあり、葬儀の場にいることは、おそらくかなうまい。

物言わぬ母を見おろし、太郎はぼんやり思いをめぐらす。当事者であるというのに、他人事のようにしか考えられない。

＊

船橋和世は生まれながらの変わり者ではなかった。

本人は一度も語ったことがなかったが、幼いころは聞き分けがよく手がかからず、いつも明るく友達に囲まれていて、たとえれば向日葵のような子だったと、祖父母が漏らしていたのを太郎は聞いた憶えがある。言動が変わったのは中学生になってからで、年頃だからだろうと鷹揚にかまえていたのだが、思春期が終わっても、成人して社会に出ても、向日葵のような愛らしさは戻ってこなかった、という嘆きも聞いた。役人の父と自宅で生け花を教えている母——行儀のいい両親への反発が根底にありそうなのだが、そのあたりのことも、和世はわが子に語ろうとしなかった。

太郎が和世本人から聞かされたのは、高校以降の武勇伝だ。

自分が通っている高校の規定では、出席日数が年間授業日数の三分の二に満たない場合は留年になると知った和世は、ということは三分の一は登校しなくてもいいんだと思った。思っただけでなく、年間の七十日ほどを意図的に欠席した。週に一、二日は体調が万全であっても学校に行かず、ファストフード店で働き、名画座に通い、あてなく列車に揺られ、身分を偽って大学のサークルに出入りした。授業は三分の二しか受けなかったが、自宅では教科書を広げていたので、考査の結果で進級や卒業を阻まれることはなかった。

　大学時代は応援団に所属していた。マネージャーではなく、学ランを着て声を嗄らしていた。女子はチアリーダー部に行けと門前払いされると、女は体のラインをさらして性的搾取されていろというのかと、返答しだいでは部の存続問題に発展させるぞという勢いで食いさがり、入部を認めさせた。

　就職活動にあたっては服装で挑発した。ブルージーンズにミリタリージャケット、スニーカーという出で立ちで面接に臨んだのだ。ここは大学じゃないぞと面接官に眉をひそめられると、待ってましたとばかりに畳みかけた。

「汚れて臭いを放っていたり破れていたりしたなら、見苦しく礼を失しているとお叱りを受けても仕方ありませんが、上から下までおろしたてで、ファッションとしてのダメージ加工もされておりません。それでもスーツ以外は認められないとおっしゃるのなら、それと、肌の色での差別と、どこが違うのでしょう。御社の社是の中にある〈市民の啓蒙〉という文言は、巧言、あるいは甘言と解釈してよろしいでしょうか？」

　世の大多数が無自覚に受け容れてしまっている仕様に疑問を抱き、新しい価値観を見出そうとしている私って進歩的でカッコいい――人生のある時期には誰しもそういう意識に酔うものだが、和世の場合は大人になってもいっこうに醒めなかった。

　そういう変わり者に心を寄せる変わり者もいて、和世は人並みに結婚した。ただ、その中身はとても人並みではなかった。

指輪は首輪、拘束（こうそく）の象徴だと、婚約指輪も結婚指輪もなしですませた。信仰がないのに神仏に誓ってどうするのだと挙式も行なわず、せめて気の置けないパーティをという友達のはからいも、別れたあとには黒歴史になってしまうからと拒否した。結婚生活は二年にも満たなかったので、その判断は正しかったのかもしれないが。

妊娠がわかったのは離婚後だった。和世は九か月まで働き、独りで出産した。

和世は息子にも世間並みでない人生を強要した。

その第一が太郎という名前だった。

「古風に見えて実は今風の、未来志向の名前じゃないの。この名前は世間の偏見をはかるためのリトマス試験紙よ。笑われたら、あなたのほうが時代遅れだと、反対に笑ってやりなさい」

からかうように名前を呼ばれ、こんな名前はいやだと太郎がべそをかくたびに和世は、この名前の貴（たっと）さを得意満面で語ったが、自我が形成されていない子供が他人の目を気にせず生きられようか。

通学鞄（かばん）も世間並みであることをゆるさなかった。入学祝いにと実家から届いたランドセルを送り返し、薄っぺらなリュックを買ってきた。

「ランドセルは重すぎるの。空（から）っぽでも一キロも二キロもあるの。大人だってそんな重い鞄は使わないのに、子供に毎日背負わせるなんて虐待よ。だからリュックなの。たったの三百グラムよ。特殊な合成繊維でできてるから、破れたり擦（す）り切れたりもしない」

高学年ならまだしも、そんなもので通学する新一年生などいなかった。胸元と袖口がフリルになったシャツを着、スカートを穿（は）く男子も。

太郎は奇異の目で見られた。女男（おんなおとこ）と指さされた。どういうふうになっているのかと、腰に巻いてあるタータンの生地（きじ）をめくられたり、フリルを引っ張られたりした。

耐えきれず、涙ながらに母親に訴えた。自分もズボンを穿きたい、みんなみたいにスポーツブランドのシャツがいい——。

「これはスカートじゃなくて、キルト。れっきとした男の衣装なんだから、恥ずかしがることはない。それをからかう人のほうが無智で恥ずかしい。ほら見て、この写真。アクセル・ローズという超有名なロック歌手。キルトの裾をなびかせて、カッコいいでしょう？　シャツも男物よ。ヨーロッパの王子様や貴族はこういうおしゃれなのを着ていたの。

みんな一緒でいいのなら、太郎さんはこの世にいてもいなくてもよくなってしまう。誰とも違っているから、太郎さんの代わりは誰にもつとまらない。胸を張って！」

和世はわが子を諭（さと）しただけでなく、学校に押しかけ、個性を尊重する教育をしないでどうすると教師に迫った。

ものには言い方がある。提案するのか、懇願するのか、威圧するのか。そこを誤れば、うまくいく話もまとまらない。加えて、そもそもの抗議とは無関係の、とんちんかんなことを言い出す。

「本校は今年度から、男女を問わず、『さん』づけで呼ぶようになりましたよね。ジェンダーフリーの観点から、大変結構なことだと思います。ただ、ここで立ち止まっては、時代に合わせただけになってしまいます。もう一歩先に行きましょうよ。教師と生徒の差別化もやめるのです。教師は生徒を『さん』づけで呼ぶ。ならば生徒も教師を『先生』ではなく『さん』づけで呼ぶようにしましょうよ。それが真の平等というものでしょう。『さん』も敬称ですよ。わが家では、私のことは『ママ』でも『お母さん』でもなく、『和世さん』と呼ばせていて、子供のことは『太郎さん』と呼んでいます。叱る時も決して呼び捨てにはしていません」

和世は思っていることをすべて口にしないと気がすまない人間なのである。そして自分の希望が受け容れられないと、阻むおまえはバカであり害悪であると声を張りあげる。そういう幼稚な言動がどういう事態を招くのか、視野の狭い当人にはわからない。

船橋和世はめんどくさい親のブラックリストに入り、太郎へのちょっかいは、なかば意図的に放置されることになった。先生にとがめられなければ、幼い子は自制できない。太郎は「親愛の情の裏返し」という逃げ口上ではすまされないような行為にさらされるようになった。

すると和世は今度は学校に頼らず、太郎の服に隠しカメラを仕込んで証拠を押さえたうえで、いじめを行なった生徒の家に乗り込み、お宅のお子さんが態度をあらためなければしかるべき措置を取ると名刺を置いていった。

所属は事業部だが、その上に鎮座する新聞社の名前が物を言ったのか、太郎へのいじめはぱたりとやんだ。めんどうを避けられたのだ。その結果太郎の身に何が起きたかというと、彼はいじめられなくなるのと同時に教室から存在を消された。誰も話しかけてこず、目も合わせてこず、先生も授業中に指名してこなくなった。

　太郎は私立の中高一貫校への進学を希望した。公立より秩序が保たれていると聞いたからだ。

　和世は社会に対してだけでなく、わが子に対しても逆張りする人間だった。太郎が、ブレイブボードがほしいとねだれば、こっちのほうが全世界で通用すると一輪車を買ってくる。ショップの窓に貼ってあったハンバーガーのポスターを指をくわえて見つめていたのを知っているくせに、暑いからあっさりしたものが食べたいねと蕎麦（そば）屋に連れていく。息子を支配したいという深層心理がそうさせていたのだろう。

　なので、歩いて五分のところに区立の中学があるのに満員電車で時間と体力を消耗するなんて無駄以外の何物でもないと却下されてもおかしくなかったのだが、珍（めずら）しくすんなり話が通った。ただし、学校は和世が決めた。瑛心（えいしん）学園が選ばれたのは、大学進学の実績ではなく、ちょうどその少し前に校名から〈女子〉の二文字を消し、入学資格から性別条項を撤廃した進取の姿勢に惹（ひ）かれてのことだと太郎は思っている。いかにもあの人らしい。

　ともあれ、太郎は俄然やる気が出た。光が見えると、学校でどんなことがあっても気にならなくなった。

　偏差値六十四のハードルを越え、太郎は晴れてアーガイルチェックの制服に袖を通した。

　平穏な日々は一年しか続かなかった。小学校の時とは違い、フリルシャツもスカートも着ておらず、みんなと同じ学校指定の鞄で通学しているというのに。声変わりして、鼻の下にうっすら髭（ひげ）が生（は）えてきても、女っぽい男を侮蔑（ぶべつ）する呼称で笑われた。

太郎は業（ごう）を背負わされていた。

「太郎ちゃーん、消しゴム貸して。サンキュー、太郎ちゃん」

中久保琉翔（なかくぼりゅうと）は必要以上に名前を強調する。

「アンドー君、この式の解き方教えて」

平塚耀（ひらつかよう）は変な渾名（あだな）をはやらせようとする。

「体育を休んだのは、やっぱ、あの日だから？　あの日って何って？　言わせんな」

看山家親（みやまえちか）は声を張りあげ、大仰（おおぎょう）に手を叩（たた）いて笑う。

「男子ってば」

加藤瑠依（かとうるい）は口ではそう言うが、目は笑っている。周りで眉をひそめる女子たちも表立っては止めようとしない。

二年生になってからは、毎日がこんな調子だった。

私立にはいじめがないという話は何だったのだろうと太郎は溜め息をつき、生徒の学力が高くても、元女子校で男子が少なくても、毎週チャペルで友愛が説かれていても、他人を笑い物にすることの誘惑には勝てないのだなと、哲学的な結論で無理やり納得するしかなかった。一年のとき無風だったのは、みな新しい環境に緊張していただけだったのだ。

やめてほしいと意思は示した。しかし言葉で抵抗したところで何になる。殴（なぐ）って黙らせることもできない。そんな腕っ節があれば、そもそもいじめの対象にはならない。

無抵抗は服従のしるしだ。相手を調子づかせてしまう。とくに、看山、平墳、中久保の三人は、身体的な接触をともなういじめも行なうようになった。背後から抱きついてきて腰を振ったり、体育の着替えの最中にズボンをさげてきたり。そしてそれを、あっちでは忍び笑い、こっちでは囃し立てる。高校受験の必要がない生徒たちは退屈をもてあましていた。

太郎は先生にも親にも助けを求めなかった。学校は頼りにならず、親は力になってはくれるが匙加減というものを知らないと、どちらも小学校の時に思い知らされていた。いじめられなくなった代償として、学校に居づらくなるのはごめんだった。中学を卒業しても、さらに三年間同じ構内で過ごさなければならないのだ。太郎は自衛するしかなかった。

十月のある日、美術の授業が終わり、B組の教室に戻っている途中、

「隙あり！」

太郎は不意に羽交い締めにされた。もがいていると、別の腕が二本、にゅっと突き出てきて、

「もみもみ～」

胸を鷲摑みにされた。

ぎゃっと声をあげたのは中久保琉翔だった。太郎の胸から手を放し、深く腰を折った。どうしたと、看山家親が羽交い締めを解く。

「どうしたの？」

太郎は乱れた制服を整えながら中久保を覗き込んだ。

「いてぇ、チクチクチクッて……。えっ？　血⁉」

両方の掌がぽつぽつと赤くなっている。出血量としてはないにひとしい。

「何しやがった？」

看山が太郎の肩を摑む。

「僕？　何も」

「とぼけるな」

「できるわけないじゃん、羽交い締めにされてたんだから」

看山は言葉に詰まる。

「じゃあなんでこんなことになってんだよ」

怒ったように中久保を指さす。

「虫？」

「虫？」

「外でのスケッチだったじゃん。毛虫を持ち帰っちゃったのかも。それとも百足？」

太郎は制服の胸をはたく。看山は上着を脱いで扇ぐように振る。自分のところに移動してきていないか心配しているのだ。中久保は洗面所に走っていった。

翌日は、廊下で追い抜きざま太郎の尻を叩いた平墳耀が虫の被害に遭った。

自衛策がまんまと当たった。しかし、同じ手品を繰り返してはならないのだ。

太郎の腰に抱きついた看山が、悲鳴をあげたあと種を見破った。

「脱げ」

太郎は身を硬くした。

「一、脱ぐ。二、脱がされる」

太郎は制服の上着を脱いだ。看山がかっさらう。

「何だよ、これは」

制服の裏地の腰の部分からベルト状のゴムを引き剝がした。一緒に覗き込んでいた平墳と中久保がひしゃげた声をあげた。ゴムの裏側は針山になっていた。

太郎自作の武器だった。百円ショップで仕入れた安全ピンを短く切断し、薄いゴム板に植え込んだものを、さわられそうな箇所——制服の胸、腰、臀部の裏側に仕込んでおいたのだ。

「こ、れ、は、な、ん、だ」

看山は一語発するたびに太郎の耳たぶを引っ張る。

「アクセサリー的な……」

「アクセサリーは人に見せるもんだろ。こうやって」

看山はゴムの帯をメタラーのように手首に巻き、針山の先端を太郎の頰に押しつけた。

授業開始のチャイムが鳴り、太郎は席に戻ることができた。しかしそれは一時的に解放されたにすぎなかった。

学校の裏手に、かつて政府系外郭団体の宿舎だった建物がある。昔の映画に出てくる団地のような四階建ての集合住宅が一棟、建て替える予算がつかないのか、売却先が見つからないのか、雑草の海に浮かぶようにぽつんと建っている。

　校舎はすぐそこに見えるが、最寄りの東北沢駅と正反対の側なので、下校の時間帯にこちらにやってきても、先生や生徒の目には留まらない。太郎も、学校の裏にこんな廃墟があることを、この日の放課後連れてこられるまで知らなかった。看山たちは日ごろからここを溜まり場にしていたらしい。

　宿舎の門はチェーンと南京錠で厳重に封鎖されていたので、ネットフェンスの一部を切断して侵入口にしていた。道路に面したところを切ったら目立つと考え、隣家との間の部分に手を加えていた。隣家の石塀と宿舎のネットフェンスの隙間が三十センチほどあり、看山らは太っていなかったので、体を横にすれば通ることができた。最深部を切断し、切りっぱなしではなく、出入りしたあとははめて戻せるようにしてあり、道路から見たら、侵入口があるようには見えなかった。世田谷の閑静な住宅地で、面しているのは人も車も思い出したようにしか通らない生活道路なので、そういう工作も怪しまれずにできたのだろう。

　建物には階段の入口が三か所あり、道から一番離れた口から中に入った。

「エレベーターないんだ」

　折り返し階段は、急で、狭く、天井が低い。

「ペットボトル三ケースとか注文されたら、配達の人が地獄すぎる」

　実際、息があがってくる。

「ドウェイン・ジョンソンじゃなくてよかった。つっかかって通れなかったよ、横も、縦も」

太郎が饒舌(じょうぜつ)なのは、喋(しゃべ)っていないと、この先に待っていることを想像してしまうからだった。

三人組は何のリアクションも示さない。スマホをいじりながら無言で階段をのぼる。それも太郎にプレッシャーを与える。

三階に達し、先頭に立った平墳がさらに上を目指したので、太郎も彼に続こうとしたところ、肩にかけた通学鞄を後ろから引っ張られた。

「どこのＵＦＯキャッチャーで獲ったんだ?」

太郎のバッグにさがったアニメキャラのマスコットを看山がつついた。

「親の仕事関係のノベルティ。非売品だからレア?　あげよっか?」

「いらねーよ、そんな薄汚れたもの」

「それより、さっきの続き」

平墳が階段の途中に腰をおろし、加熱式煙草(たばこ)をくわえた。こういうことをするための隠れ家なのだろう。

「部屋には入らないんだ」

太郎は左右にある玄関ドアに目をやった。

「鍵(かぎ)がかかってる」

「空(あ)き部屋なのに?」

「勝手に住みつかれないようにだろ」

「一つくらい鍵がかかってない部屋があるかも」

「全部調べた」

「フェンスみたいに壊せばいいのに」

「ペンチで切るのとはわけが違う。つかアンドー君、話をそらそうとしても無駄だから」

平墳が雲のような煙を太郎に吹きかける。

看山が自身の通学鞄から、学校で奪った太郎の針山ベルトを取り出した。

「アクセサリーではないということはわかった。じゃあ何だよ、これは」

「それは、そのう、さわったら痛いよね」

太郎は目を伏せて答える。

「ぁたりめーだ。まだズキズキしてる」

中久保が大げさに手を振る。その手にも煙草がある。

「ごめん」

「部活にも出られないし。再来週試合なのに」

「補欠にも入ってないじゃん。サボる口実ができて、むしろアンドー君に感謝しろ、みたいな」

平墳がからかう。

「運動部は、おまえんとこみたいに自主参加じゃないから、工夫しないと休養を取れない」

「その代わりこっちは、土日にあちこち行かされる。ボランティアでジジババの相手とかだぞ」

二人のやりとりにまぎれるように、太郎はぼそぼそ言葉を絞(しぼ)り出す。

「君たち三人は僕のことをよくさわってくるじゃない。けど、くすぐったかったり痛かったりするから、あんまりさわられたくない。だから、さわりたくなくなるようにしたらどうかって。さわると痛ければ、痛いのが嫌でさわらなくなる」

ちょっかいを出されるストレスの程度はとてもそんなものではなかったのだが、オブラートに包んでしか言えなかった。

「畑を鉄条網で囲う的な？　オレらは猪かよ」

中久保が突進するように腰をかがめる。気持ちがまったく伝わらないことに、太郎は落胆する。

「太郎ちゃん、どうしてオレらが害獣なんだ。仲間じゃないか」

看山が満面の笑みで両手を大きく広げる。

「休み時間、この四人でキャッキャやってるのを見て、クラスの連中は笑ってるじゃないか。そう、うちらはB組をなごませてるんだよ。それってエンタメじゃん。四人でユニットを組んで活動してるわけ。あー、待て待て、言いたいことはわかる。みんなが楽しんでたって、自分はいじられてばかりで楽しくない？　その認識は誤りだぞ、太郎ちゃん。どんなジャンルのユニットにも役割分担がある。バンドだったら、ボーカル、ギター、キーボード、ベース、ドラム。お笑いでもボケとツッコミがある。サッカーのピッチに立つ全員がフォワードで試合になるか？　うちらのユニットがクラスで受けてるのも、船橋太郎あってのことじゃないか。笑いを取っているのは誰だ？　太郎ちゃん、おまえじゃないか。おまえがセンターなんだよ。センターなら、それなりの自覚を持て。ファンを楽しませるための活動なんだから、自分は楽しくなくても、それは我慢しないと。裏方の俺だって、今度はどうやって笑かそうかと、ネタ作りで苦しんでる。ということで、これより企画会議。とあるファンからリクエストがあった。船橋太郎は男子用の制服を着ていて体育の授業も男子にまじって受けているけど、中の人は女子という噂(うわさ)がある。気になって勉強が手につかないので、そこのところを確かめてほしい」

　看山は一気の喋りで煙(けむ)に巻き、太郎はそれに釣(つ)り込まれてしまった。

「ファン？」

「うちのクラスの人間」

「誰？」

「ファンというものは匿名(とくめい)の存在なんだよ。一部を特別視するのは贔屓(ひいき)であり、ほかのファンに申し訳ない」

「じゃあ、船橋は正真正銘(しょうしんしょうめい)男だと伝えといて」

　太郎は泣きたくなる。

「C組の高代(たかしろ)から聞いたぞ。太郎ちゃん、昔はスカートで学校に来てたらしいじゃん。彼女と同小(おなしょう)なんだよな？」

「あれはスカートじゃなくて、キルトというスコットランドのメンズファッション」

「と、口では言えるが」

「本当だって」

「言葉はいくらでも飾れるから、相手もなかなか信じない。ここは動かぬ証拠を提出したほうが早いと思うぞ」

「動かぬ証拠？」

「こういうこと」

太郎は中久保に羽交い締めにされた。平墳の手が正面から伸びてきて、上着のボタンをはずされた。

「やめて」

太郎は身をよじる。

「ほーら、その言い方が女っぽい」

平墳は笑い、太郎のシャツの裾をズボンから引っ張り出した。

「ストップ！」

「じゃあ治療費を請求するぞ。慰藉料もふくめて百万円」

中久保の羽交い締めが強まる。平墳が太郎のシャツのボタンを引きちぎるようにはずす。

「百聞は一見にしかず。女というのはガセネタでした。疑惑が晴れてよかったな、アンドー君」

平墳が小枝の先で太郎の胸をつつく。

「わかったから、もういいでしょ」

太郎は体を振るが、

「おっぱいの成長が遅いのかも」

中久保は放さない。

「じゃ、別の証拠を捜さんと」

平墳がしゃがんだ。次にはもう太郎の腰に手をかけていた。太郎は察し、膝を使って拒絶したが、すぐに背後から中久保が両脚をからめてきて、下半身の動きも封じられてしまった。ベルトを緩(ゆる)められ、ズボンをさげられた。

「おパンツは全然セクシーじゃありませんでした。残念」

「楽だからと、メンズを穿く女子がいるらしいぞ」

中久保が言い終えぬうちに、平墳がトランクスの腰のゴムに手をかけた。太郎はやめてと口で抵抗するしかなかったが、それはまったくの無力だった。

「男の証(あか)し、いただきました」

中久保が太郎の股間に向かって柏手(かしわで)を打つ。

「南蛮(なんばん)渡来の精巧な作り物かもしれぬ」

「疑(うたぐ)り深い御仁(ごじん)ですな。ようがす、検分いたしやしょう。つんつんっとな」

平墳が手にした小枝が太郎の局部に伸びる。

悪夢のような時間だった。そして太郎は、これは悪夢なのだと自分に強く言い聞かせることによって精神の平衡を保った。夢の中の出来事であれば、どれほどの苦痛も屈辱も虚構であり、現実の自分は傷つかない。

しかしそれは決して夢ではなかったのだと、数日後に知らされることになった。

あの時、太郎の頭は恥ずかしさによる切迫感でいっぱいだった。羽交い締めから抜け出したい、服を着たい、ここから逃げ出したい――自分そのものしか頭になく、すると物理的な視野が狭くなる。それまで話を主導していた看山が、ある時を境に一言も発しなくなっていたことに気づいていなかった。その手にスマホがあり、レンズをこちらに向けていたことも。一部始終が撮影され、その日のうちにＳＮＳにあげられていた。

その動画の存在を同級生の一人から聞かされ、太郎は愕然(がくぜん)とした。見せてくれと頼むと、今はもう消えてしまっているので無理と言われた。いったいどういうことなのだと、太郎は涙目で看山に詰め寄った。

「心配すんな、なにも八十億人に向けて発信したんじゃない。鍵垢(かぎあか)で、見られるのは、俺が承認した、うちのクラスの一部だけだから。しかも二十四時間で消えるようにしておいたから、今はもう誰も見られない。そうそう、それで、大好評だったんだぜ、この間のアレ。太郎ちゃんのリアクションがかわいいって。ほら、また〈いいね〉が増えた。このー、全部持っていきやがって。やっぱ、ウケると嬉(うれ)しいよな。もっといい芸を披露して、もっと楽しませてやりたくなるよな。な？　な？」

そしてふたたび学校裏の隠れ家に連れていかれてしまうのである。

「太郎ちゃんが男であることは証明された。けれど色白だし、えくぼもあるし、女っぽくしたほうが映(ば)えるんじゃね？　俺の意見じゃないぞ。とあるファンのコメントだ。ということで、メイクの先生、お願いします」

なぜか加藤瑠依が一派に加わっていて、看山が構えるスマホの前で太郎の頬にパフを滑らせ、目元をブラシで彩った。自分のメイク練習をしているようなまじめな手さばきだったが、途中から、退屈した平墳と中久保がアイライナーや口紅を手にし、結局、化粧というより落書きになってしまい、ピカソの「泣く女」のようになった太郎を囲み、四人は涙を流して笑った。

それで終わりではなかった。エチケットがなってないぞと、脛毛、腕毛、腋毛を、きれいさっぱり剃られた。女子が見ている前で。

ネタと称したいじめはいつまで続くのか。行き着く先には何が待っているのか。恥辱ですめばいいが（よくはないが）、命にかかわるようなことになるのではと、太郎は恐怖を感じるようになった。

先生に訴えようか。頼りにならなかった過去のトラウマがあるので相談する気になれなかったのだが、今の先生はあの時の人ではない。学校も違う。

しかし、先生に問われた三人組は、エンタメ動画を作っていただけです、度が過ぎていたのならあらためますと、殊勝なふりをして言い抜け、ほとぼりが冷めたらまたちょっかいを出してくるだろう。クラスのほかの者も味方になってはくれまい。日ごろから三人の行為を許容し、動画を見て笑っている共犯者なのだから。

じゃあ母に——だめだ。絶対にだめ。調査したがいじめの事実はないと学校が言えば、第三者による解明が必要と、新聞沙汰にしてしまう。その結果、学園全体がひっくり返ってしまったらどうする。たとえ自分の正しさが証明されたところで、訪れるのは平和ではなく、焼け野原だ。

そんな世界は望まない。

結局、太郎は自分でどうにかするしかなかった。しかし手作りの防具ではどうにもならないと思い知った。十四歳の小僧に、ほかに何ができる？　神様仏様と祈って救われるのなら、世界から苦しみも悲しみも消えている。


「例の動画について提案があるんだけど、見てもらえる？」

一人で校門を出て東北沢の駅に向かっていた看山に太郎は声をかけた。見せてみろとうながされたが、彼の顔は自分のスマホの画面に釘づけで、親指の動きも止まらない。ここは人目があるからとささやいてからずいぶん待たされて、看山はやっと隠れ家の方に足を向けた。平墳と中久保は部活に出ていた。

二階に達したところで、いつもの三階にまでのぼっていこうとする看山を太郎は止めた。通学鞄から分厚い封筒を取り出し、差し出す。受け取り、中を覗いた看山がワオと声をあげた。

「十万円入ってる。もっとあるように見えるかもしれないけど、千円札が多いから。今の僕が用意できるのはそれが限界」

「え？　何？　これで機材を揃えて、もっと質のいい作品にしろって？　たしかに照明は必要だと感じてた。顔が潰れがちだもんなあ。音声も外部マイクを使ったほうがクリアになるはずだし。専用アプリで編集すればカッコいいエフェクトをかけられる。マルチカメラもやりてー」

「じゃなくって、それを持ってっていいから、全部終わりにして」

「は？」

「僕に何かして撮影するのも、学校で体をさわるのも。これからはもう僕のことをいじらないで」

「おいおい、センターが何を言う」

「僕は主役なんて柄じゃない。注目されるだけで恥ずかしい。授業で当てられた時だってドキドキしてるんだ。百パーセント合っている答えを言う場合でも。だからもう僕にはかまわないで。お願い。お願いします」

太郎は土と埃だらけのコンクリートに正坐した。掌も額も鼻面も汚して、たっぷり一分間は土下座した。

「おいおいおい、言ったじゃないか、太郎ちゃんはみんなを楽しませてるんだぞ。ボラ部の平墳よりよっぽど人のためになってる」

看山は銀行の封筒を振る。

「けど、僕は楽しくなくて、恥ずかしいだけで、もう限界」

「それで、これを？」

看山は封筒の中をあらためて覗く。太郎はうなずき、そのままもう一度土下座体勢になる。

「おいおいおいおい、それじゃあまるで、金を出させるために、これまでずっと嫌がらせしてたみたいじゃないか。反社か、俺は」

「そういうつもりのお金じゃないから。看山君は僕のことをセンターと言うけど、だとしたら、僕は突然センターを降りると言い出したわけだよね。こういう場合、普通は話し合いを持つものでしょ。でも今回はそういうのを抜きにして、一方的にやめたいと言っている。ううん、やめたいじゃなくて、やめる。もう決めたんだ。そういう身勝手でセンターを降りて、みんなに迷惑をかけるから、これでゆるしてって。あ、これも、よかったら持っていって。うちを捜したら新品が見つかった」

太郎は透明な袋に入ったマスコットを差し出す。

「このマイネちゃんはいいとして――」

看山は無関心な口ぶりで取りあげて、

「こっちはどうなのよ、中学生として」

封筒に向かって顔をしかめる。

「僕の気持ちを形にしたものだから、受け取ってもらえないと、気持ちが通じなかったみたいで、つらい。新しい企画の準備にでも使って」

「んー、じゃ、いちおう預かっておくということで」

看山は封筒をバッグに収めた。一見仏頂面(ぶっちょうづら)だが、目元や口元がひくつき、嬉しさをこらえているのがわかる。

三人を相手に話をまとめるのは大変だ。向こうはただでさえ威圧的で、聞く耳を持たない。だから一人を相手に交渉することにした。看山を選んだのは、彼がグループのリーダー格だからだ。リーダーと話がつけば、彼が下の者を従わせてくれる。

賽銭を奉って神様仏様とすがるくらいなら、本人にお布施を包んだほうが効果的、というのが太郎が出した結論だった。

「しかし残念よのう、せっかく世界デビューをはたしたというのに」

看山はマスコットの包装を破り捨てる。

「世界デビュー？」

太郎は首をかしげる。

「化粧のほうの動画がネットで絶賛拡散中」

「拡散って、承認された人しか見られないんだよね？」

「最初に置いたところは」

「最初？」

看山は答えない。マスコットを自分のバッグに取りつけようとしている。ボールチェーンが滑って留め具にはまらずいらついているが、太郎もじれていた。

「動画は承認された人しか見られないんだよね？　二十四時間で消えるんだよね？　拡散ってどういうこと？」

もう一度尋ねた。

「俺が鍵垢にアップしたものが、オープンな場にコピペされた。よし、ついた。マイネちゃんは俺の嫁」

「オープンって、誰もが無条件で見られるってこと？」

「そう、ブラジルの小学生もアイスランドのおばあちゃんも。世界デビュー、おめでとう」

看山は太郎の髪をくしゃくしゃっとなでる。

「でも、一日で消えるんだよね？」

太郎の鼓動は答えが返ってくるたびに加速している。

「俺が最初にあげたＳＮＳではね。コピペでよそに持っていったら、そういう制限はない」

「じゃあ、あしたもあさっても見られるわけ？」

「貼られたのは三日前だから、すでに今日は『しあさって』だな」

「すぐに削除して」

太郎は看山の制服の袖を摑む。

「できねーよ、俺がやったんじゃないし」

「誰が転載したの？　承認された人というのは、Ｂ組の生徒なんだよね？　誰？」

「知らねーよ」

看山は太郎の手を振り払う。

「誰と誰がメンバーなの？　教えて。一人一人あたってみるから」

「無理」

「なわけないじゃん。看山君が承認してるんだから、把握してるはず。誰と誰か教えて。教えてってば」

太郎はふたたび看山の腕にすがりつく。

「知ってても無理。太郎は個人情報保護法を知らないのか？」

「そんな……」

「別にいいだろ。目元にはモザイクをかけてるし、名前も出してないし。太郎ちゃんがセンターなら、俺はプロデューサーであり監督で、そういう配慮もして制作してるわけよ。ってことで、じゃあな。マイネちゃん、サンキュー」

看山は腕を肩から回すように振って太郎を振りほどき、階段をおりていく。

「嫌だ！」

太郎は足を踏み鳴らした。スマホのレンズを向けられた時のことが思い出され、全身が発火したように熱くなった。あの動画がネットに？　加害者のプライバシーは保護され、被害者は世界中の笑い物になっていろというのか！

「教えろ！」

太郎は通学鞄を両手で振りかぶり、看山に投げつけた。踊り場までおりていた彼の頬をこすって落ちた。

「てめぇ……」

看山は頬を押さえて振り向いた。階段を戻ってくる。目が笑っていない。

「僕が何をしたっていうんだ！　どうして僕ばかりが！」

太郎はひるむことなく、両手を闇雲に振りたてた。

体格の差は歴然としていた。しかし看山は階段をのぼっているところで体の軸が定まっていなかった。太郎のへなちょこな諸手突き(もろてづき)でバランスを崩すと、倒れまいと、片足を半歩後ろに引いた。段差があることを忘れて。

看山は完全にバランスを崩し、背中から階段に倒れた。コンクリートの縁(ふち)でバウンドしながら転げ落ち、踊り場の壁に頭頂部を打ちつけて止まった。そしてそのまま動かなかった。

「だいじょうぶ?」

上から声をかけても返事はない。

「看山君?」

階段を一段おりるたびに名前を呼んだ。

「演技はいいから。起きて」

肩を叩いてもぴくりともしない。おそるおそる口元に耳を寄せる。呻(うめ)き声も漏らしていない。見たところ出血はしていないようだった。しかし首が変な角度に曲がっている。

「そんなつもりじゃなかったんだ……」

太郎は通学鞄を引っ摑むと、看山の体を跨(また)ぎ越し、階段を駆けおりた。

看山のことは憎かった。けれど突き落とすつもりなどなかった。小さな子が親にそうするように、体を叩いてせがもうとしただけなのに。

駅に向かいながら、太郎は何度も足を止めた。ホームで電車を待っている間にも、二度の乗り換えの際も、自宅の最寄り駅を出てからも、携帯電話を取り出して、テンキーに指先を向けた。

結局一一九番にかけることはなかった。看山が助かれば、そのあと彼にどんな仕返しをされるかわかったものではない。

逆に、このまま看山が死ねば、彼から手を出されることは未来永劫なくなる。平墳や中久保は大きな衝撃で自失し、傍観していた共犯者たちも悲しみに沈み、船橋太郎へのいじめは自然消滅することだろう。

行動を顧みるのが恐ろしく、太郎はその経路の思考を遮断した。

帰宅し、自分の部屋に入ると、汚れた制服からスウェットに着替え、勉強机についた。数学の宿題が出ていた。英語の予習もしておかないと、明日は当てられる順番が回ってくる。

教科書を出すために通学鞄を開け、太郎は凍りついた。

封筒が入っていた。おそるおそる手を伸ばし、取りあげ、中を覗くと、紙幣が詰まっていた。一番上にあったノートを取り出し、開いた。自分の字ではなかった。サイドポケットにはスマホが入っていた。これも他人のものだった。中学生はこれで十分というあの人の価値基準により、太郎はお下がりのガラケーを与えられていた。

看山のバッグだった。あわてていたので、よく確かめずに目に留まったものを手にし、そのまま持ち帰ってしまったのだ。通学鞄は学校で決められており、全生徒が同じものを使っている。早とちりした原因はもう一つあった。マスコットだ。自分だけが特別に持っているものがさがっていたから自分のバッグだと反射的に判断した。しかし直前に同じものを看山に与え、彼は早速それを自分のバッグにつけていたではないか。それをふまえたうえで正しいバッグを選ぶ余裕は、あの時の太郎にはなかった。

看山のバッグを持ち帰り、自分のバッグは隠れ家に残されている。看山が倒れているそばに。

太郎は時計を見た。午後六時十分。

母親はまだ会社だ。今日は遅くなるから夕飯は自分で作りなさいと出がけに言っていた。これからバッグを取り替えに行って戻ってきても、おそらく彼女はまだ帰宅していない。

太郎はイージーパンツとマウンテンパーカに着替え、ワッチキャップをかぶった。

靴を履いている途中、結びかけた靴紐をほどいた。部屋に戻り、バッグから封筒を取り出して、勉強机の引き出しに移した。持ち手のマスコットもはずした。これらはもともと看山のものではないのだから、彼の荷物の中にあったらおかしい。

冷静だ、だいじょうぶだと、太郎は自分に言い聞かせながら、あらためて靴に足を入れる。


東北沢の駅を出たあと、学園の生徒とも先生ともすれ違わなかった。もう七時半を回っている。もし誰かと鉢合わせしたとしても、陽は完全に落ちており、街灯も暗く少なく、私服で帽子もかぶっているので、船橋太郎だと気づかれることはないだろう。

学校の裏はさらに寂しかった。役目を終えた宿舎の窓には一つの明かりもなく、その前の道は、ここが東京とは思えないほど暗い。太郎はいったん廃墟を素通りし、人の姿がないことを確かめながら戻って、ネットフェンスと隣家の石塀の間に体を入れた。

腰をかがめてフェンスに空いた穴をくぐり、そのままの姿勢で建物まで走った。

昇降口に達してから携帯電話のライトをつけた。一階の二つの玄関ドアを通り過ぎ、階段をのぼっていくと、丘陵のような盛りあがりが踊り場に見えた。

「看山君」

太郎はおそるおそる声をかけた。返事はなかった。看山は三時間前と同じ姿勢でそこにいた。道を塞ぐ瓦礫のようだと太郎は思った。

踊り場までのぼりきり、ライトの光を下方向にゆっくり動かす。看山の体の下から通学鞄の持ち手が覗いていた。太郎はそれを両手で握り、足を踏ん張って引きずり出した。看山の体が大きく動いたが、彼は目を覚まさなかった。

ファスナーを開け、自分のものであることを確認する。代わりに、看山のバッグを彼のそばに置く。

その時、羽虫が飛んでくるような気味の悪い音が響いた。

太郎はびくりとのけぞったあと、すぐに音の正体に気づき、パンツのポケットから携帯電話を取り出した。振動しておらず、サブディスプレイも暗かった。看山のバッグのサイドポケットに手を入れると、こちらのスマホが震えていた。

〈ママちゃん〉からの着信だった。無視していると、三十秒ほどで切れた。

帰宅が遅いため、心配してかけてきたのだろう。これまでにもかかってきていたのかもしれない。バイブ音は微弱なので、電車内や歩いている時には気づかない。

そして親なら、しばらくののち、きっとまたかけてくるに違いない。電話に出たほうがいいのだろうか。声色（こわいろ）を使って生存を偽装する。

いや、それはよけいなことだ。後日看山が発見された際、八時前の時点では生きていたとなったら、学校が終わってからそれまでの間、どこで何をやっていたのかが問題とされる。問題視されるとはすなわち、警察が特段の関心をもって捜査するということだ。

太郎は頭の中でストーリーを組み立てる。

看山は今日の放課後、一服しようと、一人で隠れ家にやってきた。階段をのぼっていたら足が滑って後方に倒れ、踊り場の壁に頭を強打して意識を失い、そのまま息を引き取った。

これはそういう単純な事故なのだ。外から持ち込んだ枝葉で本体を隠そうとする必要はない。夾雑物（きょうざつぶつ）となり、かえって目を惹くことになる。

ただし、よけいではない工作は徹底して行なう必要がある。看山は一人で遊びに来て一人で事故ったのだから、ほかの人間の痕跡があってはいけない。

太郎はしゃがんだうえで顔を床に近づけ、船橋太郎に結びつく落とし物はないかと、光の輪をゆっくり動かした。ためらいを振り払い、看山の体を横から少し持ちあげて、下敷きになっているものがないかも調べた。

その確認作業中、ふたたび〈ママちゃん〉から電話がかかってきた。太郎は、着信は無視して、スマホ全体をタオルハンカチで丁寧（ていねい）にぬぐって自分の指紋を消した。そのうえで、看山の左右の手に何度か握らせてから、彼のバッグのサイドポケットに戻した。看山の手は異様に冷たかったが、感情に蓋（ふた）をし、その意味を考えることはやめた。

看山のバッグも、一度ハンカチで拭き清めてから本人の指紋をスタンプした。持ち手はきちんと握らせて掌紋（しょうもん）もつくようにし、ファスナーのスライダーを親指と人さし指でつまませることも忘れなかった。

太郎の集中力はかつてないほど高まっていた。それにより、足下（あしもと）から離れたところでの見落としにも気づいた。看山の体を跨ぎ越して二階までのぼると、乱暴に破られた透明な袋が見つかった。マスコットが入っていたものだ。太郎はそれを回収すると、階段を一段一段確認しながらおりていき、踊り場のスペースと看山の体の下を再々点検したのち、自分の通学鞄を抱くようにして廃墟をあとにした。

通りに出た時、人はいなかった。駅までの道でも学校関係者とは出くわさなかった。信仰心を嗤（わら）う親に育てられたことで、太郎の心の中にも神様は存在しなかったが、今は何かに守られているような気がしてならなかった。

自宅には九時過ぎに着いた。母親はまだ帰ってきていなかった。

太郎は、今してきたことをシャワーで洗い流し、平常に戻るために勉強机に向かった。あれだけ活動したのに食欲はまったくなかった。

しかし体は正直で、問題を一つ読んでいる途中で瞼（まぶた）が重くなり、気づいたら机に頬を押しつけていて、ノートが涎（よだれ）で汚れていた。

翌日、全身が凝（こ）りと張りで悲鳴をあげていたが、太郎はいつもどおり登校した。

朝のホームルームで、担任の千倉先生が言った。

「看山君が昨日学校から帰ってこなかったと、看山君のお宅から連絡がありました。心あたりがある人はいませんか？」

クラスの視線が、ぽっかり空いた看山の席に集まった。

「放課後一緒に遊んだ、途中まで一緒に帰ったという人はいませんか？」

先生の問いに答えた生徒はいなかった。

太郎は緊張した。同居の家族と突然連絡が取れなくなれば、第三者の手を借りて捜そうとするのは当然なわけで、それは昨晩から想定していたのだが、思っていたより展開が速かった。警察にももう届けられているかもしれない。

呼吸を整えて動揺を抑えるだけで一時限目が終わった。教壇からおりた先生を追い越すように、平墳と中久保が教室を走り出ていった。

二時限目がはじまってずいぶんしてから、平墳一人が戻ってきた。

「長いトイレだったたな。早く席に着きなさい」

教室に入ったところで立ちつくしている平墳を、国語の茅場先生がうながした。それでも動こうとしなかったので、

「立って反省したいのなら廊下でしなさい」

と言い、教室に軽い笑いが起こった中で平墳が口を開いた。

「看山君が倒れてる。どうしよう。救急車？　でも全然動かない。冷たかった。死んでるの？

警察？　救急車？　どっち？」

教室がしんとなった。

「看山が倒れている？　どこで？　中久保もいないが、彼もか？」

先生が指示棒を置いた。

「学校の裏。中久保は具合が悪くなって、外で休んでる。先生、どうしよう。来てくれる？」

授業は自習になった。生徒の半分は素直に教科書に向かったが、半分はわさわさしていた。

三時限目の数学は普通に授業が行なわれた。平墳と中久保は戻ってこなかった。

終鈴(しゅうれい)が鳴って森本(もりもと)先生が出ていくのを待っていたように、担任の千倉先生が入ってきた。

「看山家親君が亡くなりました」

先生は沈痛な面持(おもも)ちで言葉を詰まらせた。ざわめきが収まると、あとは淡々と語った。

「倒れているのが先ほど発見され、病院に運んだのですが、残念ながら死亡が確認されました。どうして倒れていたのかなど、詳しいことは先生もまだ知りません。これから警察が調べることになっています。その対応があるので、二年生の授業は今日はこれで打ち切りにします。寄り道せず、まっすぐ帰ってください。部活をやっている人も、今日は休むように。各部の顧問の先生には話を通してあります。明日は一時限目から通常どおり授業を行なう予定です」

看山はどこに倒れていたのか、交通事故なのか、誰かに何かされたのか、犯人は捕まったのかと、次々と質問が飛んだが、先生は、まだわからないの一点張りで、憶測を広めないようにと釘を刺した。それでも半数の生徒は納得せず、教室を出ていこうとする先生を取り囲んだ。

その後ろを、太郎はそっと通り抜けた。

校門に向かっていると、後ろからアンドー君と声がかかった。

「きのうの放課後、看山君と一緒だった?」

平墳は出し抜けに言った。太郎は首を横に振った。必要以上の回数と速さだった。

「今までどこにいたの? 授業、打ち切りになったよ」

動揺をごまかすように、急いで話題を変えた。

「知ってる。駅まで一緒に行こうぜ。鞄取ってくる」

平墳は校舎に走った。

戻ってきた時には中久保と二人連れだった。

「だいじょうぶ?」

太郎は中久保の顔を覗き込んだ。もともと色白なのだが、血の気がまるで感じられず、艶(つや)というものがまったくなくなっていた。

「家まで帰れるくらいの元気は戻った」

「具合が悪くなったのは、あれで?」

太郎の抽象的な問いかけに、中久保は無言でうなずく。

「花を供えに行こうか」

平墳が言った。

「看山君はどこに倒れてたの?」

太郎はすっとぼけて尋ねた。

「いつものあそこ。あー、花は無理か。まだ警察がいる」

「一時限目が終わったあと、あそこに行ったの？」

「そう」

「十分しかないのに？」

「煙草を喫いに行ったんじゃねーよ。看山君がきのう家に帰ってないっていうから、見に行ってみた。そしたら……、くそっ」

平墳は自分に怒るように吐き捨てた。

「でも、どうしてあそこを見に行ったわけ？」

太郎は首をかしげた。演技ではなく、授業中から気になっていた。

「気になる？」

顔を向けられ、心臓が一つ跳ねる。

「だって、何が何だかさっぱりわからない話だし。あれっ？　駅に行かないの？」

目を泳がせた太郎は、いつもの道ではないことに気づいた。

「下北まで歩こうぜ」

「僕、逆方向なんだけど」

「話、聞きたくないの？」

太郎は平墳にしたがった。中久保も蒼い顔でついてくる。

「ゆうべ、看山君にメッセージを送ってもレスがなくて、既読にもならなくて、なんか変だと思った。秒でレスくれる人なのに」

平墳が言う。車が通らないのをいいことに、三人は横に広がって歩いている。

「アプリを見たら、学校裏の隠れ家にいる。夜の九時半にだぞ。おかしいだろと思い、何してんだよとメッセージを送ってもレスがない。既読にならない」

「アプリって、何？」

太郎は尋ねる。

「共有機能を持ったGPSトラッカー」

「ごめん、わからない」

「そのアプリを入れた者どうしが許可し合うと、GPSによる位置情報を相手に与えることができる。要するに、お互いが今どこにいるのかがわかる。俺と中久保と看山君の三人で位置情報を共有してた。休みの日にどこに出かけてどこで飯食ったとか見えたらおもしろいから」

太郎は完全に理解できたわけではなかったが、この胸の苦しさは本能が何かを察した証しだった。

「十時、十一時と時間が経（た）っても、位置情報はまったく変わらない。電話にも出ない。で、やっとわかった気がした。看山君は放課後遊びに行った隠れ家でスマホを落としたんじゃないか？だとしたらすげー困ってる。でも看山君ちの家電（いえでん）を知らないから伝えることができなくて、明日、つまり今日学校で教えてやるしかなかった。ところが、今日、学校に来たら看山君は来てなくて、ゆうべは帰宅していないと先生が言うじゃないか。これ、もう、なんか変とかじゃなくて、完全にヤバいだろ。だから一時限目が終わったあと見に行った。昼休みまで待てなかった。取り越し苦労だとしても、スマホを拾ってきてやることができるんだから、行く意味はある。そしたら嫌な予感のほうが当たってしまって……」

茅場先生を連れて現場に戻り、先生が消防に電話した。警察には電話しなかったのだが、救急車に続いて自転車でおまわりさんがやってきて、遅れて警察の車も次々到着したという。平墳は教室には戻らず、発見の経緯を警察に話していた。具合が悪くなった中久保は保健室で休んでいた。

「警察に、看山君がこんな場所に来る理由に心あたりがあるかと尋ねられ、普段から出入りしていたと、正直に言っちゃった。ショックでいっぱいいっぱいで、すっとぼける余裕がなかった。そのうち学校から呼び出されるだろうな」

「しょうがない」

中久保がつぶやくように応じた。

「看山君は何で死んだの？　病気？　警察は何て言ってた？」

太郎はそこが一番気がかりだった。

「階段から落ちたようだって」

「踏みはずしたんだ。事故か」

そう解釈していてほしいという願望が言葉になる。

「表立った事実はこんなところ。で、警察への説明がすむと、茅場先生に保健室に連れていかれた。そこまで具合は悪くなかったけど、授業には身が入りそうになかったから、休んでいくことに――」

「表立ってない事実があるの？」

さらりと先に進もうとする平墳を太郎は止めた。

「最新情報的な」

「何？」

「聞きたい？」

平墳が歩みを緩めて顔を向けてくる。太郎は操（あやつ）られるようにうなずく。

「保健室のベッドでぼんやりスマホをいじってるうちに、ふと思った。ゆうべは、看山君は放課後立ち寄った隠れ家にスマホを落として帰ったということで納得したんだけど、実際にはそうではなく、看山君本人がずっとあそこにいたわけだ。看山君はいったいいつからあそこにいたんだろう。そこでログを調べてみた」

「ログ？」

「さっき言ったGPS共有アプリには、リアルタイムの居場所だけでなく、過去の位置情報を見ることができる機能がある。それで時間を遡（さかのぼ）ってみると、七時四十何分くらいに隠れ家に行ってた。看山君は帰宅部だから、六時限目の授業が終わった四時過ぎには学校を出られる。下校して四時間近くも経ってから隠れ家に来たわけ？　そんなに長い時間、どこで何をしていたんだろう。下北？　漫喫？　と思って、ログをさらに遡ってみると、よけいわけがわからなくなった。看山君、学校が終わってすぐにも隠れ家に行ってるんだ。三十分くらいいて出ているんだけど、そのあとどこに行ったと思う？」

底意地の悪そうな視線が突き刺さる。太郎は何とも答えられない。次の一言は死刑宣告のようだった。

「練馬」

昨晩の苦労が無意味だったことを太郎は悟った。

「練馬区高野台。西武池袋線の練馬高野台駅の近くに五時半から六時半くらいまで滞在していた。地図を拡大してみたところ、スカイハイツ高野台というマンションだった。ん？　ここ、アンドー君の家じゃね？」

平墳は同じ歩みで、太郎のことを見るでもなく言う。

太郎は答えない。

平墳も言葉を発しない。

「そうだけど」

耐えきれず、太郎はつぶやくように言った。平墳がすかさず応じた。

「アンドー君はさっき、きのうの放課後、看山君とは会っていないと言わなかった？」

「…………」

「でも、看山君はアンドー君の家に行ってる。ホワーイ？」

平墳は太郎の前に回り込み、両手を広げた。太郎はふるえるようにかぶりを振り、平墳の横をすり抜ける。

「看山君、何しに行ったんだ？　家、狛江だぞ。練馬は、学校帰りにちょっと寄るようなところじゃない。方向が全然違う」

平墳はまた前に回り込んできて、太郎に顔を向けたまま、後ろ向きに歩きながら喋る。

「うちに来てないよ」

「じゃあどうしてアンドー君のマンションに行ったんだろう」

「………………」

「同じマンションに、別の知り合いが住んでいるんかな？」

「そうなんじゃない」

「うちのクラスで練馬住みは一人しかいないはずだけど」

「看山君のつきあいは二年B組だけじゃないと思う。親戚かもしれないし。とにかく、看山君はうちには来てない。訪ねてくる理由がない。もし何かの理由で来たのだとしても、僕はいなかったから。きのうは池袋に寄って、帰りが遅かった。七時を過ぎてた。看山君がうちに？　わけわかんないよ」

太郎は思いついたことを必死に言葉に変えた。

「まったく、わけわかんないよな。だから、これってどういうことだろうと、隣に相談した」

「隣？」

「隣のベッドの中久保。そしたら、ますますわけがわからなくなった」

「靴紐(シューレース)が切れたのは虫の知らせだったんだ」

ずっと黙っていた中久保が、ぼそっと口を開いた。

「きのうの部活中にレースが切れた。代わりになるレースか余ったシューズを探しに部室に戻った。その時、切れた靴紐の写真を〈ついてねぇ〉とSNSに投稿した。部活が終わっても、看山君から〈いいね〉をもらえてなかった。家に着いた時にも、寝る前に見ても、今もまだ」

「ということなんだよ」

平墳が太郎に向かって言う。太郎は小首をかしげる。

「投稿したのは何時？」

平墳は中久保に尋ねた。

「四時四十七分」

「四時四十七分の投稿に〈いいね〉がないということは、四時四十七分の時点で、看山君はスマホをいじれない状態にあったと考えられる。つまり、すでに隠れ家で倒れていた。ところが位置情報によると、看山君はその後も動いていて、練馬まで往復している。どういうこと？」

「倒れていたとは言えないんじゃ。まだ普通に元気だったけど、中久保君の写真を見なかった。ただそれだけ」

太郎は言う。

「それはない」

中久保が言下（げんか）に否定した。

「看山君は通知があったらすぐに見るし、見たらすぐにリアクションする。コメントはなくても、〈いいね〉だけなら秒でつく」

「わけわかんなすぎだろ？　スマホも見られない体でアンドー君のマンションまで行ってる。どゆこと？」

平墳が腰に手を当てて首を突き出す。太郎は何も言えなかった。硬直し、顔をそむけることもできなかった。

視線は平墳のほうからはずしてくれた。下北沢（しもきたざわ）エリアに入り、人と車の通りが増えてきたため、後ろ向きで歩くのが危なくなったのだ。三人は縦一列になり、無言で行進した。

駅が見えてきた。コンビニの角で平墳が足を止めた。

「さっきの話は、警察への説明が終わったあとに気づいた。つまり、警察には言っていない。けど、もう一度警察が話を聞きに来たら、言うつもりだ」

そう言って太郎に目をやった。いちいち僕に言うことないじゃんという文句が声にならず、太郎はぎこちなく首をかしげた。

「俺は、今日は具合が悪くて聴取されなかったから、明日にでも話を聞かれることになると思う」

中久保も言う。

「ま、俺らが言わなくても、警察が看山君のスマホのデータを解析すればわかることなんだけどね。じゃ、井の頭線だから」

平墳と中久保は駅舎の中に吸い込まれていった。


太郎は帰宅すると、制服のままベッドに倒れ込んだ。頭から蒲団をかぶり、死んだように丸まっていたかと思うと、動物が吠えるような、言葉になっていない声をあげ、蒲団を蹴り飛ばす。平墳のあの目、あの口ぶり。完全に船橋太郎を疑っている。そのうえで、警察に話すと迫ってきた。

事件の核心にふれることを摑んだというのに、警察に飛んでいかず、先に太郎に話した。なぜか？　自首する猶予を与えた？

違う。さんざんいじめておいて、そんな友達思いのことをするはずがない。これもいじめなのだ。不意討ちで即死させたのではおもしろくない。太郎を追い詰め、苦しみ悶える様子を見て楽しもうとしているのだ。

しかし平墳に憤ったところではじまらないと太郎はわかっていた。それもこれも、通学鞄を取り違えてしまった自分がいけなかったのだ。あれがなければスマホはずっと隠れ家にあり、看山が移動したようには見られなかった。自分の不注意により自分の首を絞めていることが太郎には耐えられず、今なら絶対に間違わないのにと思うものの、頭の中でしかやり直すことができず焦燥にかられ、その絶望が叫びとなってほとばしる。

太郎が自分に苦しめられている理由はもう一つあった。看山が階段から落ちたあと、どうして救急車を呼ばなかったのか。助かってしまったら報復でいじめが加速するなどと思うべきではなかった。病院に運んで助からなかったとしても、隠蔽(いんぺい)を図った結果の死とは、意味がまったく違う。

悶々(もんもん)とし、叫び、虚脱し、暴れと、めまぐるしく変わる感情に翻弄(ほんろう)されていたため、母親が帰ってきたことに太郎は気づかなかった。

太郎さん太郎さんと呼びかけられていることをようやく認知し、蒲団から顔を出すと、和世が勝手に部屋に入ってきていた。部屋着で、ヘアバンドをしていた。

「具合が悪いの？　呻いていたようだけど」

和世は熱を見ようと手を伸ばしてきたが、べつにどうもないと、太郎は額(ひたい)の前に腕を掲げて拒否した。

「着替えもしないで蒲団に入ってるし」

「ほっといて」

「蒲団が汚れるでしょう」

何でもない一言だった。平時なら、ぺろりと舌を出してベッドをおり、それで終わりだった。しかし今の太郎の心は罅(ひび)の入ったガラス細工だった。息を吹きかけられただけで崩壊する。

「大事なのは蒲団か！」

太郎は怒声をあげ、言葉の勢いを駆って上半身を起こした。意図したわけではなかったのだが、額が和世を直撃し、彼女はその場に崩れた。

「僕のことなんてどうでもいいんだ！　ああそうだ、和世さんはいつだってそうだった！　一度でもこっちの気持ちを考えたことがあったか⁉」

うずくまる和世に枕を投げつける。リモコンを、ティッシュの箱を、ぬいぐるみを、目覚まし時計を、投げつける。

「おかげでこんな人生だ。ふざけんな。笑われ、笑われ、笑われたあげく、監獄行きだ。人生終わった。いいことなんて一つもなかった。いったい何のために生まれてきたんだ。ふざけんな！」

手近にあるものを全部投げてしまい、何かないかときょろきょろしていると、

「監獄？」

和世が顔をあげた。頭突(ずつ)きにより、左眼の下が腫(は)れ、鼻血が出ていた。

「明日にも警察が来るから、そのつもりで。子供が人殺しになったら、会社にはいられなくなるね。ざまあみろ」

「どういうことなの？　わかるように話してちょうだい」

「やだね。和世さんに話して問題が解決したためしがない。ぐちゃぐちゃに引っかき回されて、かえって事態が悪化してしまう。だからどんなことがあっても家では泣き言を漏らさないようにして、自分で乗り越えようとがんばってきた。その結果がこれだ。笑うしかない」

太郎はタオルケットを丸めて投げつける。

「太郎さん、いったい何があったの？　太郎さん、太郎さん」

和世は太郎の肩を摑んで前後に揺する。

太郎！

砕けた心がさらに踏みにじられた思いだった。

「黙れ！」

太郎は和世の手を振り払った。

「太郎さん、落ち着いて」

「その名前！」

掛け蒲団を両手で摑むと、後方にめいっぱい引き絞り、投網（とあみ）のように投げかけた。

「太郎のせいで！」

頭からすっぽり網にかかった和世を突き飛ばす。

「この名前であるかぎり、僕は笑われる。ダンベルやバーベルでマッチョになっても、髭を剃らずにいても、女だ女だと笑われる。ひらひらのシャツやスカートは脱げるけど、太郎という名前は永遠について回る。何がジェンダーレスの象徴だ。そんな独りよがりの論理、誰が理解してくれるかってーの。むしろ、アンドロギュヌスのアンドー君とからかいたくなる気持ちのほうがわかる。和世さんは、この名前は世間の偏見をはかるためのリトマス試験紙とも言ったよね。それって、僕はただの実験道具ってことじゃん、和世さんのエゴを実現するための。さんざん実験に使われて、ぼろぼろだよ。からかうやつのほうがバカなのだから逆に笑ってやれと命令されるから我慢を続けてきたけど、もうギブ。裸にされたり、動画を拡散されたり、無理すぎる。こんな名前じゃなかったら、いじられることはなかった。嫌な思いをせずに学校生活を送れていたら、看山君とも仲よくやってた。看山君、ごめん。全部この名前のせいなんだ。誰だよ、こんな呪いを背負わせたのは。看山君、ごめん。ごめん、看山君——」

太郎は蒲団にのしかかり、ごめんごめんと両手を交互に打ちおろす。そうするうちに涙が湧いてきて、しゃくりあげながら母の上に倒れ込み、全身をふるわせて泣いた。

その下で和世は動きを止められ、鼻と口を塞がれ、四十三歳の命を落としたのである。

＊

令和になって戸籍法が改正されるまで、人名の読みについての規定はなかった。しかしその当時でも、常識を大きく逸脱した読み方で出生届を出そうとすると、本当にこれでいいのかと役所の職員に念を押されることはあり、船橋和世も窓口で声をかけられた。

どこか険のある口調から、たんなる確認ではなく、暗に再考を求めてきていると察した和世は、担当者に向かって胸を張り、フロア全体に響きわたるような声でうたいあげた。

「私の〈和世〉という名前には、平和な世の中で育ってほしいという、親の願いが込められています。私もそれにならいました。この子にはジェンダーの垣根のない社会で生きてもらいたいとの願いから、旧来の社会においては、男性、女性、それぞれを象徴していた名前を一つにし、性差によって判断されないようにしたのです。それを問題視するのは、今日の世界的な情勢に反していることだと、おわかりになりますよね？」

出生届は受理され、船橋太郎（はなこ）が誕生した。

有情無情

彼は己（おのれ）の存在を消して生きている。

今の住まいは第三者が賃貸契約した物件で、その人になりかわって居着いている。木造モルタルの、玄関ドアは木製、ノブは真鍮（しんちゅう）で、鍵孔（かぎあな）から室内が覗けるという、令和の今では歴史的建造物級のアパートだ。

仕事も、偽（いつわ）りの名前と経歴で探した。身分証明書の提出を求められたらほかをあたり、根気だけで今の仕事を得た。

さすがに公的機関で名前を偽ることはできないので、健康保険や年金の通知は本名で届くが、郵便受けに名前は入れておらず表札も出していないので、この部屋に住む男が何者なのか、隣人も知らない。町内会でも把握されていない。地域に根ざしていないと判断されているのか、集合住宅の住人には町内会への誘いがなかった。

人の目を避けるため、彼は夜に生きている。

夕暮れ時に床をあげ、ベーコンエッグを挟んだトーストとバナナを牛乳で流し込み、夏でも冬でも黒いベースボールキャップを目深（まぶか）にかぶって家を出る。

彼の職場は物流倉庫だ。本当は一歩も部屋を出たくないのだが、年金だけでは生活が成り立たないので、仕方なく働きに出ている。駐車場の入口に立ち、赤い誘導灯を振ってトラックをさばく。勤務は夜の八時から朝の六時まで、途中三十分の休みが四回あるとはいえ、昼と夜が完全に逆転した生活は、七十が見えてきた体にはつらいものがある。しかし彼は日の当たる場所では生きられない。

始発のバスで帰宅すると、湯を沸かして体を拭き、コンビニの総菜を肴に缶ビールをぐっと空け、追加で焼酎を一合ちびちびやり、ラジオを子守唄に眠りに落ちる。

「夕焼け小焼け」が聞こえると、彼は床を出る。地域の子供に帰宅をうながすメロディは、彼にとっては一日のはじまりを告げる合図だった。夕方の朝食をすませると、安全靴の紐を締め、今日も湾岸の倉庫へ足を急がせる。

四月のその朝、彼はいつものバスに乗り、いつものようにコンビニで買物をしてからアパートに帰った。

郵便受けを覗くと、不用品回収業者のちらしや宅配ピザのメニューにまじって封筒があった。表には赤字で〈親展〉とだけあり、裏に差出人の名前はなかった。彼の胸が大きく弾んだ。その場にしゃがみ込んでも動悸がおさまらない。覚悟を決めて封を切り、半分目を閉じて中の紙を引き出したところ、〈無審査で融資いたします〉の文字が見えた。思わせぶりな投げ込みちらしだった。彼は詰めていた息を大きく吐き出した。安堵すると体が火照り、次に吸った空気のひんやりとした湿り気が、喉に、肺に、心地よかった。

そのあとはいつもの朝に戻り、湯を沸かして汗を拭き、朝の晩酌で疲れを癒やした。

気分がほぐれたところで蒲団に入り、ラジオをつけると、交通情報に続いてニュースがはじまった。


――東京都品川区に住む五歳の幼稚園児、白坂磨友来ちゃんが十一日から行方不明になっています。大井警察署によりますと、磨友来ちゃんは十一日の午後五時から六時の間に自宅からいなくなり、二日が経った今も行方がわからないままです。大井警察署は、事件と事故両面の可能性があるとみて捜索を進めるとともに、情報提供を呼びかけています――


いつものように「夕焼け小焼け」で目が覚めたが、寝覚めはかなり悪かった。蒲団に入ってラジオを聞いていたら寝つけなくなり、追加で二杯も飲んでしまったからだ。

といって、宿酔だからと仕事を休むわけにはいかず、彼は冷水で顔を洗ったあと頭からも浴びて、仕事に出ていった。桜はとうに散ったというのに北風が冷たく、手袋をはめていても指先がかじかんだ。

最初の休憩時間、缶コーヒーで暖を取りながら、誰かが読み捨てた夕刊を開いた。

〈午後五時ごろ買物に出かけた母親が六時に帰宅したところ、自宅で留守番をしていた磨友来ちゃんがいなくなっていた。磨友来ちゃんの靴も一足なくなっており、自分で出ていった可能性もふくめ、大井警察署は五十人態勢で捜索を進めている〉

朝方ラジオでやっていたニュースの詳報が載っていた。記事には、行方不明になった女の子の顔写真と自宅周辺の地図もあった。

休憩後の彼は心ここにあらずで、仲間から何度も注意され、トラックからはクラクションを鳴らされた。

十時間の勤務を終え、彼は帰宅した。靴紐を緩めたあと、コンビニに寄ってこなかったことに気づいたが、空腹感がなかったので、酒をかっ食らったあと上着とズボンを脱ぎ捨て、体も拭かずに蒲団に入った。ラジオはつけなかった。

いつもの三倍飲んだのにまんじりともできず、カーテンがどんどん明るくなった。昼日中（ひるひなか）に活動することは大いに抵抗があったが、ざわめく心が彼を床から引きずり出した。

大井町の家電量販店に行き、ずらりと展示されているテレビの前に立った。

――白坂磨友来ちゃんが自宅からいなくなってから四日になろうとしています。警察は本日より態勢を八十人に強化して懸命の捜索を続けていますが、依然として行方が摑めていません。磨友来ちゃんは身長一一〇センチ、体重二〇キロ、髪は黒で肩まで伸ばしています。服装は、襟（えり）回りにフリルのついたピンクのトレーナーに、白のスウェットパンツ、靴は赤のスニーカータイプで、白いラインが二本入っています。情報提供は警視庁大井警察署までお願いします。電話番号、画面の下に出ていますでしょうか？――

画面の左半分は幼女の顔写真だった。正面を向き、はにかむようにほほえんでいる。目は切れ長で、眉は薄い。新聞に載っていた写真と同じだったが、カラーで、特徴がより伝わってきた。
彼は蒲田(かまた)まで足を延ばし、そこの量販店で別のチャンネルを見た。先ほどの番組とは違う顔写真と、自宅で撮影された動画が流されていた。
夕方まで様々なテレビに張りついたあと、徹夜の体で仕事に向かった。

――品川区内に設置された防犯カメラの映像に、今月十一日から行方不明となっている区内在住の白坂磨友来ちゃんと思われる女の子が映っていることが明らかになり、映像が公開されました――

仕事の前に、そして帰ってきてからも、彼は近くの神社に足を運び、この地を統(す)べる神様に頭をさげ、手を打ち合わせた。雨の日も、咳(せき)が止まらず仕事を休んだ夜も、彼は神様に祈った。

――群馬県甘楽(かんら)郡南牧(なんもく)村の山中で女児の遺体が発見されました。死後二十日前後で、警察は、二か月前の四月十一日から行方不明となっている、東京都品川区の白坂磨友来ちゃんとの関連を慎重に調べています――

「夕焼け小焼け」ではなく、音階のない打撃音で彼は目覚めた。ドンドンドンと玄関ドアが叩かれている。

とうとう警察が来たかと、彼は蒲団の中で身を硬くした。そのままやりすごそうとしたが、いつまでもノックの音はやまない。彼は観念した気持ちでドアを開けた。

公共放送の訪問員だった。テレビはない、受信可能なパソコンも携帯電話も持っていないと言っても引きさがらず、長い押し問答のすえ、契約書類を残して去っていった。

――群馬県警は今朝、十三日に群馬県の山中で発見された幼児とみられる遺体について、四月十一日から行方不明になっていた東京都品川区の白坂磨友来ちゃんであることがＤＮＡ型鑑定により確実になったと発表しました。死因については窒息死であることがすでに判明しており、県警は警視庁と連携し、死亡にいたった詳しい経緯を調べるとしています――

海はすぐそこなのに、潮の香りはしない。

鯰（なまず）のように平べったく横たわる茶色の施設の前の通りには、テレビ局の名前が入った四角い車が数珠（じゅず）つなぎに駐（と）まっていた。横の車線をトラックやトレーラーがひっきりなしに通り過ぎる。

斎場の駐車場には、マイクを持った黒衣のレポーターが何人も見られる。傘を差したスタッフが寄り添い、霧のように流れている雨を防いでいる。ビデオやスチールのカメラを持った者も、ビニールを使って機材と自分を守っている。背後に見える野球場の照明灯の光が煙（けぶ）っている。

彼はマスコミの一団からは距離を置き、街路樹の灰色の幹に身を寄せた。枝は張り出していないが、深緑の厚い葉がみっしり茂っており、多少の雨よけにはなる。

しばらくそうしていた彼は、この厳粛な場にはあまりそぐわない、甘く酸っぱい香りに気づいた。見あげると、花弁のように開いた葉の付け根に、ボンボン菓子を思わせる赤い実が房状に実っていた。黒くなるほど熟し、歩道に落果しているものもあった。

やがて、散漫だった空気が張り詰めた。そこに集（つど）った者たちの目が、いっせいに施設のドアに注がれた。レポーターはマイクを胸の前にあげ、カメラマンはカメラを構える。

斎場から出てきたのは喪服姿の二人だった。男性は、白く四角い風呂敷包みを、女性の方は黒枠の写真を、胸に抱くように持っている。

若い夫妻はカメラの放列に向かって無言で頭をさげたのち、駐車場から近づいてきて停まったミニバンに乗り込んだ。車はしずしずと発進し、通りに出てからは後続車を振り払うように加速し、みるみるその姿を小さくしていった。

ミニバンが橋の向こうに消え、メディアが撤収をはじめても、彼は合掌を解かなかった。合わせた二つの手の中には、足下から拾いあげた赤い実が包み込まれていた。

――群馬県警富岡（とみおか）警察署は、東京都品川区の白坂磨友来ちゃんの遺体を群馬県の山中に遺棄したとして、大田区に住む職業不詳の男を逮捕しました。男は磨友来ちゃんの遺体を埋めたことを認めています。警察は、男が殺害についても関与しているとみて、身柄を警視庁大井警察署に移して捜査を進める方針です——

彼がいなくなったアパートにはヤマモモの実が一つ残された。

*

岩切亮志は愛知県東部の町を故郷とする。名古屋の会社に就職し、家族もでき、そのまま中京に根付くつもりでいたのだが、父親が大病を患ったのをきっかけに故郷に戻った。

実家は荒物屋だった。職業軍人だった父が、復員後、行商を経て興した。岩切が跡を継いだ時にはアーケード街に間口三間の店を構えていた。

夏と歳末に福引き祭りを開催する活気に満ちた商店街は、昭和が終わると人が消えた。徐々にではなく、あっという間に客足が絶えた。魔法にかけられたようだった。暗い雰囲気がよくないのではないかと、歩道から屋根が取り払われたが、誰も戻ってこなかった。一軒、また一軒と、なじみの店がシャッターをおろし、新たな店子が入ることもなく、街はみるみる死んだようになった。

岩切は商売を続けた。売上は目も当てられなかったが、子供はすでに独立しており、妻と二人で生活していくだけならどうにかなった。夫婦でこの店とともに朽ちていこうと覚悟を決めていた。

　ところが妻が死んだ。二人手をつないで永遠の眠りに、などと夢のようなことを思い描いていたわけではないが、還暦を過ぎたばかりで先立たれるとは、これも夢にも思っていなかった。鴛鴦夫婦というわけではなかった。呼吸で察しろというタイプの夫と、一言も二言も多い妻は、しょっちゅうぶつかっていた。だから岩切は、彼女の死が自分にこれほどダメージを与えるとは思いもよらなかった。

　四十九日が過ぎても呆然としたままで、店を畳んだわけではないのにシャッターはおろしっぱなしだった。しばらく休むという貼り紙を書くのさえ大儀だった。嫁いだ娘が定期的に見にきてくれていなければ、衰弱死していたかもしれない。

　近所の昔なじみも心配してくれた。カラオケ大会の人数が足りない、選挙の演説会の席を埋めてくれ、あんたは字がうまいから代筆を頼みたいと、岩切を家から引きずり出した。

　地域ボランティアも、そうしてはじめた。小学校の通学路に立ち、登下校を見守るのだ。

　最初は断わり、三度頭をさげられて仕方なくはじめた岩切だったが、半年後には、週二日ではじめた活動を、毎日にしてくれと自分から願い出ていた。

　岩切には子供が二人いた。上が男で下が女。二人とも結婚していたが子供がいなかった。地域の子供たちとふれ合っていると、孫ができたような安らいだ気分に包まれた。すると不思議なことに朝の目覚めがよくなり、食欲が湧き、店も開けるようになり、岩切はいつしか魂を取り戻した。

　見守りを続けて三年になったある夏の日曜日、岩切は、ときどき電話注文をくれる得意先のところに配達に行った。九十に近い後家さんで、独り暮らしで寂しいからなのだろう、いつも話し相手として捕まってしまうのだが、この日も素麺と西瓜をごちそうになったあと、ようやく解放された。

　梅雨明けの太陽は今日も活発で、自転車を漕いで風を切っても少しも涼しくなかった。皆これを嫌って引きこもっているのか、誰ともすれ違わなかった。

　道のなかばに常緑に囲まれた立派な農家がある。生け垣ではなく一〇メートルはあろうかという高木で、深緑の茂りの奥に目を凝らすと赤黒い実が見え、熟して根本に落ちているものもあった。

　ヤマモモの甘酸っぱい香りを感じながらペダルを漕いでいた岩切の耳に泣き声が届いた。ブレーキをかけ、Uターンして道の向かい側に渡ってみると、道路の横の水路に紺色の野球帽が見えた。一人の男の子が護岸に背中をもたせかけていた。

「どうした?」

　岩切が尋ねると、

「エクサーが……」

　男の子はしゃくりあげながら目をこすった。顔は泥だらけでくしゃくしゃだったが、毎日朝と夕に見ているので、一年生の榊優亜（さかきゆうあ）だと一目でわかった。

「エクサー？」

「どっか行っちゃった……」

「エクサーって何だい？」

「ダイロダインのエクサーだよ。金のエクサー！」

優亜は手にしたタモ網を振り回す。

噛（か）み合わないやりとりを続けるうちに、子供たちの間で大人気のテレビ番組の関連商品を水路に落としてしまったのだが見つからず途方に暮れているということが把握できたので、おじさんが捜してあげると、岩切は優亜に手を貸して道に引きあげ、サンダルのまま水路におりた。

水は踝（くるぶし）までしかない。岩切が優亜と同じ歳（とし）のころは用水路だったのだが、周囲の水田が宅地化されてしまった今では、何のために存在しているのかわからない。下水道が整備されて生活排水が流されることもないので、雨がしばらくないと干あがり、今はよどんだ水が溜まっている。

濁（にご）った水の中に手を突っ込み、掌と指先に神経を集中させて動かしていると、石ころや空き缶を何度も摑まされたあと、複雑な形のものが引っかかった。金色のプラスチックをつまんだ手をあげると、優亜がぴょんぴょん飛び跳ねた。

「シャワーを浴びないとな」

道にあがり、岩切はフィギュアを差し出した。ありがとうと満面の笑みで受け取り、優亜は歩き出した。歩みは重たく、左足を引きずっていた。左の膝頭に擦過傷（さつかしょう）があった。出血は止まっていたが、強く撲っているのかもしれないと思った岩切は、優亜を自転車の後ろに乗せて家まで送ることにした。

「きのうゲームした時に、あしたはザリガニとろうってショウと約束したの。でも呼びにいったら、熱出して寝てて。きのうは全然元気だったのに。しょうがないから一人でとってたんだけど、そしたらポケットのエクサーが落ちちゃって。ショウに見せようと持ってきてたんだ。金のエクサーはレアなんだ。普通は青で、それもほかのキャラより全然出ないから、金は超レア。持ってるの、五年生に一人いるだけだと思う。きのうファミレスで、席を待っている間にガチャガチャしたら出たんだ。やったー！」

話を聞くうちに彼の家に着いた。最近造成された分譲地の中にあり、まだ更地の区画が目立つ。

優亜は自転車の荷台から降りると、クリーム色のかわいらしい二階屋に走っていった。しかし玄関ドアが開かなかった。インターホンを押しても反応がなかった。優亜が家を出た時には母親がいたという。どこかに出かけると言っていなかったかと尋ねると、うーんとうなって首をかしげた。彼は鍵を持っていなかった。勝手口も一階の窓も施錠されており、家の中に入ることができない。母親を呼ぼうにも、携帯電話を持たされていない。

岩切は優亜を自転車の後ろに乗せた。優亜は、髪も顔も服も泥だらけ、長靴も水に浸かり、怪我もしている。

岩切商店に連れていくと、自宅のほうにあげ、体を洗ってやり、新しい服を着せた。岩切の息子が小さい時に着ていた服だ。こんなものを後生大事に取っておいてと、彼は妻を愚かに思っていたのだが、この時ばかりは感謝した。

傷の手当てがすむと、優亜は店のほうに出てははしゃいだ。何十年も売れ残っている鼠取り（ねずみとり）や手箕（てみ）を指さしては、これ何？　何？　と、つぶらな瞳を輝かせた。親御さんに見せてあげようと、その屈託のないキラキラした表情を、岩切は携帯電話のカメラにおさめた。

夕方、大穀屋（だいこくや）米店の主人が訪ねてきた。

「ガンちゃん、今日も大繁盛だね」

「目が回るよ」

「書き入れ時に申し訳ないのだが、ちょっと手を貸してくれないか」

「ごらんのように、猫の手も借りたいのはこっちだが、ほかならぬダイコクさんの頼みなら」

「子供を捜してほしいんだ。昼ご飯のあと遊びにいったきり帰ってこないと、お母さんが心配してる。一年生の榊優亜君。目がくりっとした、丸顔の子」

「ああ、悪いことをした。起こすのがしのびなくて、送っていくのが遅くなってしまった」

優亜は奥の畳（たたみ）の上で寝息を立てていた。いろいろあって疲れたのだろう。

間もなく母親が迎えにきた。スーパーに買物に行ったところ、知り合いに出くわして話が弾み、帰りが遅くなってしまったという。岩切が事情を説明すると、彼女は目を潤（うる）ませ、ありがとうございました、お世話になりましたと、何度も頭をさげた。

夕闇に母子が呑（の）み込まれ、様子を見にきていた商店街の顔見知りも散っていき、岩切一人が残された。店に客がいないのはいつものことだが、あわただしい半日だっただけに、いつにない寂しさを彼は感じた。


その翌日のことである。

岩切が店舗の入口に〈休憩中〉の札をかけ、見守りに出ていこうとしていると、大穀屋の主人がやってきた。

「ガンちゃん、今日は休んで」

「言われなくても開店休業だ」

「下校の見守り。岩切さんは遠慮してほしいと言われた」

「誰に？」

「榊さん。さっき電話があった」

「優亜君の？」

「きのう、あの子と何かあったのか？」

「何も」

「ガンちゃんを見守りからはずせと、榊さん、ずいぶん強い調子だったぞ」

「俺は優亜君を助けたんだぞ。どうして気分を害されなければならないんだ。実際、お母さんは全然怒っていなかった。ダイコクさんも見ただろう。いったい何が不満なんだ？」

「詳しくは聞いていない」

「そりゃ、ただの理不尽じゃないか」

「納得いかないだろうが、今日のところは休んでくれ。変な騒ぎになったら、子供たちのためにもならんだろう。理由はあとで榊さんに確かめるから」

岩切は承知するしかなかった。しかし少しも納得できず、住居との間の框に腰かけてイライラしながら煙草を吹かしていると、店の入口からポロシャツ姿の男が入ってきた。いらっしゃいと煙草を置き、サンダルに足を入れる。

男はズボンのポケットに手を突っ込んだまま岩切の方に向かってくる。三十歳くらいだろうか、このあたりでは見かけない顔だ。

「岩切亮志さん？」

ポケットから出した手には身分証を収めた手帳があった。

「警察？」

「あなたは岩切亮志さんですか？」

「そうですけど、警察？」

「ご家族は、今？」

警察官は薄暗い座敷に目をやる。

「独り暮らしです」

「お一人で。寂しいでしょう」

警察官は岩切のことを観察するように、頭の先から下に向かってゆっくり視線を動かす。

「娘がわりと近くにいるので。あのう、家族構成の調査ですか？　以前おまわりさんに、そういうのを書いたカードを渡しましたが」

「中原小学校一年生の榊優亜君を知っていますか？」

「え？　はい」

「昨日の午後、あなたは優亜君と一緒にいましたか？」

「はあ。あのう、榊君がどうかしたのですか？」

「昨日の午後、あなたは優亜君をここに連れてきましたか？」

「連れてきましたけど。あ？　二人乗りのこと？」

「何ですって？」

「自転車の後ろに乗せて連れてきました。小学校にあがってたら、もう二人乗りはだめなんですよね。榊君はつい数か月前までは幼稚園生だったけど、規則は規則、大目に見てはもらえませんよね。軽率でした」

優亜の親は、だから怒っているのか。交通ルールを守れない者に児童の安全をまかせられないと。

先ほど来のもやもやが解け、笑顔で頭を掻いた岩切だったが、次の一撃で表情が消えた。

「榊優亜君のご両親から被害の届けが出ています。岩切商店の主人に息子が裸にされ、体のあちこちをさわられた、嫌だったけれど抵抗できなかった」

呆然としていると、警察官は言った。

「優亜君を裸にしましたか？」

まだ呆然としていると、圧迫するように繰り返された。

「岩切亮志さん、あなたは優亜君を裸にしましたか？」

ハッとして、岩切は立ちあがった。

「風呂に入れました。それだけです」

「その際、優亜君の体にさわりましたか？」

「洗ってやりました。それだけです」

「なるほど」

警察官はペンを走らせる。手帳には目を落とさず、表情を読むように岩切を見据えている。

「榊君が全身汚れていたので、きれいにしてあげただけです。怪我もしていたから、洗わないと、黴菌が怖いでしょう」

岩切は両腕を大きく振って訴える。

「わかりました」

警察官は手帳を閉じる。

「本当です。私は何もしていません。なのにどうして被害届？　どういうことなんです？」

「届け出があったので、その事実確認を行なっています」

「確認も何も、事実とは違います。そうだ、榊君と話させてください。話せばわかります」

必死にすがっても取り合ってくれない。

「岩切さん、近々旅行の予定はありますか？」

「はい？」

「今日はこれで失礼しますが、あらためて話を伺うことになるので、生活で必要なこと以外では家を離れないでください。電話番号を聞いておきましょうかね。携帯電話も持ってますよね？そちらの番号も」

警察が去っても、岩切は土間に立っていた。何か考えようとしても何も考えられず、棒のように突っ立っていた。

突然、頭の中から何かが取り払われたような感じになり、岩切はサンダルのまま店を出た。自転車にまたがり、西日がまぶしい道を飛ばした。

榊宅のインターホンを押すと、すぐに応答があった。岩切が名乗ると、無言でぶつりと切れた。その後何度ボタンを押してもつながらなかった。

岩切は自転車を押して、とぼとぼ道を戻った。川を渡る夕風が、頬に、首筋に、粘りつく。胸に染み入ると底に滞留し、あまりの重さに嘔吐しそうになる。

自宅に戻っても胸苦しさは治まらず、頭も沸騰するようだった。独りではとても耐えきれなかった。

「優亜君を迎えにきた時には、お母さんは何も言っていなかった。それどころか感謝していた。あの表情に偽りはなかった。だから、あのあと何かがあったんだ。お父さんが帰ってくる。今日は大変なことがあったのよとお母さんが切り出す。水路に人形を落としてからの出来事を優亜君が話す。それを父親が曲解した。優亜君は純粋な事実として、岩切のおじさんに体を洗ってもらったと語ったのだが、ありもしなかったことを想像した。岩切は性的なことをもくろんで息子を自宅に連れ込み、目的をはたしたに違いない。それを聞いた母親は、なにバカなことをと笑うが、繰り返し、強く聞かされるうちに、洗脳され、考えを百八十度あらためた。そして警察に被害届を出した。おそらくそういうことなんだ」

岩切は大穀屋に押しかけ、やり場のない怒りを主人に叩きつけた。

「警察は俺に事実確認をしたのだから、当然優亜君にも話を聞いているはず。そのとき優亜君は何と言っただろう。岩切のおじさんに嫌なことをされた、嫌だったけど抵抗できなかった、とは言っていない。言うわけがない。服は俺が無理やり脱がせたんじゃないし、タオルでこすっても、きゃっきゃ笑ってた。けれど質問というのは主観的だからな。どうせ警察は『おちんちんをさわられた？』というふうに尋ねるんだろう。すると優亜君は『うん』と答える。額面では何も間違ってはいない。けれどどここにまた主観が入り、性的な目的でさわられたのだと、警察は事実をねじ曲げて解釈する。その積み重ねで岩切亮志は小児性愛者（ペドフィリア）に仕立てあげられるという寸法だ。かんべんしてくれ。この食い違いを解消するには、優亜君と両親と警察と俺とが一堂に会して話すしかない。しかし榊さんは俺を拒絶している。卑劣な性犯罪者の言い訳など一言も聞きたくないというのだろう。これではどうにもならん。そこでダイコクさん、あなたにお願いしたい。岩切の話を聞いてやってくれと、榊さんを説得してくれないか」

「向こうは耳を貸さんだろう」

「ダイコクさんは見守りの班長を長く務めていて信頼がある。だから榊さんは、岩切を見守りからはずしてくれと、あなたのところに連絡してきたんだろう？　あなたなら門前払いされない。接触できれば、そこから相手に近づけるというもの。な、頼む、このとおり」

「しかし、ガンちゃんの使者として訪ねていったら、火に油を注ぐことになるんじゃ……」

「じゃあ俺はどうすればいいんだ。警察が来たんだぞ」

岩切は顔をゆがめ、両手を振りたてる。

「阪本(さかもと)先生に頼んだら？」

と言ったのは、奥で話を聞いていた細君だ。おおそうだと主人は手を打つ。

「下の子が交通事故を起こした時にお世話になった弁護士先生」

その夜遅く、岩切のところに阪本弁護士から電話があった。最初に費用の説明があったが、岩切は上(うわ)の空(そら)で、自分の身の上に降りかかったことをまくしたて、誤解なんです助けてくださいと電話機に向かって頭をさげた。

「誤解を解きたいからと、先方の家を訪ねたり、電話をかけたりしないでください。絶対にだめです。かえってあなたにとって不利益になります。先方との話は私に一任してください」

弁護士はそう釘を刺し、警察から事情聴取の連絡が来たら任意だからといって拒否せずに応じること、出頭する前にかならず自分に一声かけること、と注意した。

早くも翌朝、警察署から出頭の要請があった。

「私は逮捕されるんですか？」

岩切は泣きそうになりながら弁護士を頼った。

「そうならないよう手をつくします」

安心できるような、できないような答えだった。

事情聴取担当の警察官は威圧的ではなかったが、同じことを繰り返し質してきて、それは岩切から理性を奪った。

優亜君を裸にしたか、どこをさわったか、さわった時にどういう気持ちになったのかということまで執拗に訊かれるのだ。優亜の膝の傷についても、いたずらした際にできたのだろうと迫る。

携帯電話の中を見せろという要請に応じたところ、店で撮った優亜のスナップの説明を求められた。かわいらしい表情を両親に見せてあげようとしたと説明すると、かわいいと思ったのだなと言葉尻をとらえられた。

そうやって曲解ばかりされ、どうして冷静でいられようか。岩切は感情的になり、机を叩いてしまうこともあった。

事情聴取は二時間、三時間と続き、このまま留置されるのではと岩切は不安でたまらなかったのだが、阪本弁護士の力によるものなのか、逮捕状を突きつけられることなく、日があるうちに警察署を出ることができた。

ただし放免されたわけではなかった。室内を見せてくれと、警察が自宅までついてきた。任意とのことだったので弁護士に相談すると、応じていいが自分が行くまで部屋にはあげず待たせておくようにと言われた。

店舗、台所、座敷、風呂場、トイレと、すべての部屋を覗かれた。押入れや箪笥も開けられた。何も出てくるわけがないのに、岩切の胸は早鐘のように打ち続けた。

警察が手ぶらで引き揚げていくと、岩切は畳に正坐をして頭をさげた。

「ありがとうございました。これも先生のおかげです」

「今日のところは」

阪本弁護士は硬い表情で手帳を広げた。

「警察に探りを入れたんですがね……。四年生の駒場麗さん、三年生の神野湊さん、二年生の熊沢流翔さんをご存じですよね？」

「はあ」

「岩切さんは駒場さんの髪を何度もさわっていますね？」

「は？」

「神野さんの尻をさわりましたよね？　熊沢さんを抱きしめましたよね？　これらの事実を警察は把握しています」

岩切は首をかしげる。

「岩切亮志は常日ごろから見守りのボランティアという立場を利用して地域の児童に肉体的な接触をはかっている」

岩切は絶句したのち、堰を切ったように言う。

「性的な意味なんてこれっぽっちもありませんよ。熊沢君を抱きしめたことはあったかもしれませんが、それってハグですよ。神野君はいつも遅刻ギリギリにやってくるので、早く早くと急かしたんですよ、たぶん。駒場さんは……、うーん、全然憶えてないけど、下級生の面倒見がいい子なので、そういう場面を見た時に、偉いねと頭をなでたのだと思います。ただ、それだけです」

「岩切さんの論理では」

「あの子らは嫌がってたんですか？　そんな顔、見たことがない。一度もない」

「子供は大人の顔色を窺いますから」

「彼らも被害を訴えているのですか？」

「いいえ。しかし強制わいせつ罪は告訴がなくても起訴できます。とくに子供は、自分が性被害に遭ったと認識できないことが多いため、被害が見逃されがちです」

「強制猥褻？　冗談じゃない！」

「いま言ったのは、そういう見方もできるという、警察側の論理です。警察は、岩切さんが日常的に子供たちと身体的接触をはかっていたという事実を摑んでいて、それを榊優亜さんの件と結びつけようとしているわけです」

「ひどい……」

「なのでこのままでは逮捕はまぬがれません」

「私は何もしていない！　無実だ！」

「逮捕、起訴されてしまったら、無実を証明する場は裁判ということになりますが、結果が出るまで相当な時間がかかります。身体的な拘束もともないます」

「その覚悟をしておけ？　ひどい！　何のために先生にお願いしたんだ。誤解を解いてもらうためなんですよ。全然助けになってない」

岩切は膝を立てて腕を振る。

「そこで榊さんとの示談交渉に入りたいのですが、よろしいですね？」

「示談？」

「示談交渉中であると警察に伝えることで、逮捕の回避が期待できます。逮捕されたとしても、勾留を防げ、その後示談が成立すれば不起訴になる可能性が高くなります。最悪起訴されてしまっても、執行猶予判決をもらえます」

「示談って、お金を払って話をまとめるということですか？」

「かならずしも金銭をともなうとはかぎりませんが、誠意を最もわかりやすい形にしたものが金銭です」

「誠意って、何も悪いことをしていないのに、こちらが誠意を示す？」

「裸にし、さわったことは事実です」

「それは、汚れていたから――」

「そういう受け答えでは先方の気持ちを刺戟するだけなので、ここは岩切さんが譲歩して、事実は事実として認め、軽率だったと謝罪するところからはじめるのが良策です」

岩切は唸って口を閉ざした。

「自分に非はまったくないのだからとうてい納得できないというのなら、法廷で自分の正しさを証明してもよいでしょう。私も力をつくします。ただし、被告に性的意図がない場合であっても強制わいせつ罪が成立するという判断がなされたケースがあると、先に申しあげておきます。

そして先ほど言ったように、裁判まで行ったら時間がかかる。精神的にも肉体的にも負担が大きい。示談は、それを回避するための手段なのです。

人生の中できわめて重い問題ですから、本来ならじっくり考えて決めるべきなのですが、警察も検察も待ってはくれません。この場でとは言いませんが、明日には返事をいただきたい。お子さんは成人していらっしゃいましたよね？　相談するのもよいかと思います」

岩切は不起訴となった。

息子も娘も穏便かつ早期の問題解決を望み、それが岩切の背中を押した。

岩切は榊優亜と両親に謝罪し、わずかだが金銭でも誠意を示し、その結果、被害届が取り下げられた。強制わいせつ罪は被害者の告訴がなくても罪に問えるので、警察の判断で岩切に手錠をかけることはできたのだが、示談が成立したことは大きく、不起訴となった。

岩切は自宅に引きこもった。示談での取り決めに従い見守り活動をやめただけでなく、店を開けず、買物にも極力出ないようにした。謹慎のつもりだった。

岩切は罪に問われなかった。地域社会からも姿を消した。しかしネガティブな情報はすぐに広まり、憶測が憶測を呼ぶ。

断罪するような言葉でシャッターが汚された。差出人が書かれていない封筒を開けると、人格を否定し、死を迫るような文章がぎっしり綴られていた。

落書きをペンキで塗り消しても新しくスプレーで汚されたため、警察に届けたが、いつになっても犯人は捕まらなかった。一度捜査対象となった人間の訴えは真剣に取り合ってもらえないのだと、岩切はそういう想像にも取り憑かれた。糾弾の手紙も間歇的に届き、ここに居続けることが罪のような気持ちに陥っていく。

岩切は店を畳み、夜逃げするように住み慣れた町を出た。

しかし悪意は隣町まで追いかけてきた。手紙、貼り紙、自転車をパンクさせられたことも一度ではない。年寄りでも雇ってくれる仕事がやっと見つかったかと思ったら、匿名の電話が社長にかかってきて、岩切は退職に追い込まれた。

岩切は泣いた。一日中カーテンを引いた部屋に閉じこもり、酔い潰れてそのまま永遠に目覚めないことを願いながら、生のウイスキーをあおった。

食べ物と着替えを持ってきた娘が、ゴミを片づけながら言った。

「お母さんが死んだあとも、お父さん、魂が抜けたようになって、二言目には、生きててもしょうがないとつぶやいていたけど、気がついたら元気になってたじゃない。商店街の人たちがよくしてくれたよね。今度もそのうち風向きが変わるよ。こんなひどいことが降りかかるのなら、正反対にいいことが降ってきてもおかしくない。老い先短いのに何を言う？　まだ六十五じゃないの。あと十五年、二十年、寿命があるよ。人生はまだ四分の一も残ってるんだよ。どんなハッピーとラッキーが待っているかわからない。再婚したくなるような人が現われるかも」

東京に行くことを勧めたのは息子だ。

「嫌がらせしてるのは地元の連中だ。近場で引越しを繰り返しても、すぐに見つけられるんじゃないの？　思いきって遠くに越すというのは？　東京は？　母さんから聞いてたよ、父さん、東京の大学に行きたかったんだってね。けど、経済的な理由で高校を出て働くことになったんだよね。今、その夢を叶えたら？　大学はあれだけど、花の都での生活を楽しむ。いや、勉強をして大学に入ってもいいよ。卒業するころには、こっちの空気も変わっているだろうから、戻ってくればいい」

子供たちに背中を押され、岩切は東京で生活をはじめた。

品川のアパートは子供たちが探し、娘の旦那の名義で契約した。悪意を抱いている者から守りたいという、子供たちの思いやりからだった。姓が違えば追跡がむずかしくなる。

岩切も用心に努めた。表札を出さず、郵便受けに名前を入れず、匿名で仕事を探した。

職探しをしている時のことだった。公園のベンチでパンを食べていると、靴の爪先（つまさき）に影が差した。顔をあげると、三、四歳の男の子が立っていた。正面をじっと見つめている。岩切は表情を緩め、袋の中から小さなドーナツを一つつまんで差し出した。それに男の子が手を出したところで声があがった。

「だめでしょう！」

母親らしき若い女性が飛んできて、男の子の腕を摑み、引きずるようにして去っていった。

その際一瞬向けられた鋭い視線が、封じていた岩切の記憶を呼び覚ました。榊優亜との出来事が一気に噴き出し、全身から血が退いた。

また誤解される。ひどい目に遭ってしまう。

帰宅しても、次の日になっても、乱れた気持ちは治まらなかった。

過日は不起訴になったが、岩切亮志は要注意人物として全国の警察に情報が回っているに違いない。今度子供との間に問題が発生したら、有無を言わさず逮捕されてしまう。

岩切は道で子供とすれ違うたびに緊張するようになり、その子が周囲に注意を払っておらず、ふらふらと向かってこようものなら、電柱に抱きつくような恰好でやりすごした。

そのうち日中の外出を避けるようになった。夜の仕事を選んだのも、子供と接触する危機を回避するためであった。

夜働き、昼は眠る。昼夜の逆転は休日も同じことで、長くあこがれていた花の都に来たというのに、浅草にお参りに行ったり、銀座を闊歩したりすることもなかった。

そうやって自分の存在を消し、怯えながら生き続けていたある日のこと。

いつもより一時間早くに床を出た岩切は、寝間着にしていたトレーナーのまま近くのスーパーに向かった。ＡＴＭで現金をおろすためである。出勤の途中で引き出すと、時間外の手数料を取られてしまう。

ついでに買物をしてアパートに戻る道すがら、右手前方の児童公園に小さな影が見えた。子供だと察知した岩切は、歩行のポジションを道の左側に移し、足早に通り過ぎた。

その二日後、五歳の女の子が行方不明になっていると報じられた。子供が行方不明と聞き、岩切の脳裏に優亜の件の発端がよみがえった。フラッシュバックで具合が悪くなったのに加え、明日への不安も生まれた。

同じ品川区内での出来事だ。捜査は区内を中心に行なわれるだろう。しかもこのアパートは、捜査を担当する大井警察署の管轄内にある。子供をターゲットとする性犯罪者としてブラックリストに載っている自分も聴取されるに違いない。

新聞に載っていた情報が不安をあおった。女児の自宅と自分のアパートがかなり近いのだ。町名こそ違うが生活圏は重なっている。その事実に気づいた時、岩切は別の緊張にも包まれた。

ＡＴＭで金を引き出したのはいつだった？　三日前？　何時ごろだった？　白坂磨友来ちゃんが行方不明になったのと同じ日？　公園で女児を見かけたのと同じころ？

岩切は情報を求めてテレビを見た。

数種類の顔写真にピンとくるものはなかった。暮れ方だったし、その子の方を見ないように歩いていたので、当然といえば当然だ。しかし服は――ピンクのトレーナー、白のスウェットパンツ、赤い靴――そう聞かされると、そうであったような気がする。顔の特徴はよく見ないと摑めないが、着衣の色は一瞬で頭に飛び込んでくる。

時間が経っても新しい情報はなく、報道は同じ情報を繰り返した。それにふれるうちに岩切は、あの日あの時自分が見たのは白坂磨友来に違いないと確信するにいたった。自分が通り過ぎたあと、黒い影が忍び寄ったのか。五分か十分か、わずかな時間差で。

岩切は朝に夕に神社に足を運んだ。自分の身の安全ではなく、幼い命の無事を祈った。

願いは届かなかった。

彼女を見かけたあの夕方、岩切は思った。

こんな時間にあんな幼い子が一人でいるものなのか？

心配したのだ。

しかし声をかけることができなかった。子供と接触したら、あらぬ疑いをかけられてしまうと恐れて。

「お母さんは？」

たったそれだけを、どうして言えなかったのか。その一言で彼女を救えたのに。両親も、友達も、周りのみんなが不幸にならずにすんだのに。

斎場で白坂磨友来を見送った岩切は、アパートに戻り、焼酎をストレートでやりながら、息子と娘に手紙を書いた。ペンを置くころには全身に血がみなぎり、何事も怖くなくなっていた。

カラーボックスを部屋の中央まで引っ張ってきて電灯の金具からロープを垂らし、輪を作って首を入れ、あとは重力にまかせる。

魂が肉体を離れ、指の力が消えてなくなると、ヤマモモの実が一つ、掌からこぼれ落ちた。

わたしが告発する！

1

乙坂雄大（おとさかたけひろ）が大学四年生の時にいい仲になったサークルの後輩は、彼の姉がひきこもりだと聞くと、「げえっ」とマンガのようなリアクションを残して去っていった。

社会人になって最初につきあった女性は、「それは大変ね」と理解があるような言葉を神妙な顔つきで口にしたが、その後関係が深まらず、自然と別れることになった。問題のある家族を持った人とは長い目で見たら交際できないと距離を置かれたのだろう。

そういう苦い過去があったので、松沢紅音（まつざわあかね）には姉のことをずっと黙っていたのだが、あるとき何かの話の流れでぽろっと漏らしてしまった。

「働かないで生きていけるのなら、それも一つの生き方よ。ご両親も容認しているわけだし。世間体が悪くても、世間様に迷惑はかけていない。でも、この生活形態に永久保証はない。お父さん、いつまで働けるの？　年金でどうにかなる？　生きている間はね。常識的には、親が先に死ぬ。頼りにしていた年金の支給がなくなる。遺族年金は成人した子供には支給されないよ。貯金もいつかは底をつく。お姉さん、どうやって生活するの？　生活保護？　役所は公金を使う前に、親族が金銭的に援助できないか、そちらの道での解決に持っていこうとするわよ。お姉さんに一番近い親族は誰？　将来そうなって困らないよう、早いうちに自立の道を探らせるべきでしょうね。年齢を重ねるにしたがって、社会復帰がむずかしくなる。負の遺産を抱え込む前に手を打たないと」

　そう指摘されたことで、雄大は将来が少々不安になったものの、姉はまだ三十で、両親の健康状態も良好である。おいおい考えていけばいいさと、深刻にはとらえなかった。

　それよりも、ひきこもりの家族の話を、驚いたふうもなく、蔑(さげす)んでもおらず、通り一遍の気づかいで終わらせようとするでもない松沢紅音の話しぶりに、ああ自分はこの人のこういう遠慮のない、それでいて感情的ではないところを好ましく思っているのだなと、雄大はしあわせな気分に包まれた。

　頼りない実姉(じっし)を置き換える存在として、さらに歳上の紅音に惹かれていることには、まだ気づいていなかった。気づきたくないと思っていたのかもしれない。

2

　史奈(ふみな)がひきこもりになった原因を雄大は知らない。

　子供のころ、四つ上の姉は崇敬の対象だった。クラスでの成績はいつもベストスリーで、学級委員長にならなかった年はなく、そうでなかった息子は両親から、「おねえちゃんを見習いなさい」と耳に胼胝(たこ)ができるほど言われたものである。中学校ではテニス部、高校では英語研究部に属し、日曜日には化粧をして原宿に出かけ、日本人なら誰もが知っている大学に現役で合格したというのに、どうしてひきこもりになってしまったのだろう。

成績がすべてCであっても日本人なら誰もが知っている企業から引く手あまたという境遇にありながら、三年の途中から学校に行かなくなり、留年を重ね、八年在籍しても卒業に必要な単位が揃わず、規定により除籍となった。大学の威光をよしとせず、自力で就職先を探したのでも起業したのでもない。

史奈に変化が生じた当時、雄大は大学受験を控えており、自分のことしか見ていなかった。大学生になってからは、解放感から自由を満喫するのに忙しく、終盤は、いっこうにもらえない内定に目が血走っていた。姉にモヤモヤしたものを感じるようになったのは、社会に出てからだった。

自分は毎月給料の四分の一を親に渡している。姉は一円も入れていないのに、寝る場所と三食を与えられている。内臓疾患や大怪我により働きに出られないのなら、それは仕方のないことだが、病院に行っている様子はない。

なんでも、史奈は人と接すると極度の緊張状態に陥り、精神面だけでなく肉体にも変調をきたしてしまう、一時期医者に診てもらっていたが改善の兆しはなく、医療関係者と接しても具合が悪くなるので通院はやめた、家にいれば体調は崩れない、ということだった。

雄大はとても納得できなかった。なぜなら、姉がときどき夜中にコンビニに行っているのを知っているし、日中出かけて大きな荷物を抱えて帰ってきたこともあったからだ。

史奈は母親が運んできた食事を自室でとり、その母親が買物などで外出し、父親と弟も仕事で家にいないタイミングでシャワーを浴びていたが、乙坂家は母屋（おもや）と離れを合わせて三十部屋もあるような豪邸ではないので、まれに家族と顔を合わせてしまうことがあった。

その日、雄大は上司に叱責され、しかし自分の何が悪いのか、どう解決すればよいのかがわからず、イライラしていた。だから廊下で出くわした姉に嚙みついた。

「ねえちゃんは、嫌なことにはかかわらず、のんびりだらだらぬるま湯の中にずっといたいんだろう？　わかる。俺もそう思う。クライアントのご機嫌取りなんてクソつまんねーことしたくないし、だいたいなんで、呼吸もできず肋骨（ろっこつ）が折れそうなほどの鮨詰（すしづ）め電車で通勤しなきゃならねーんだよ。けど、だからこんな嫌なことがない環境で生きてやると言って許されるのは、赤ちゃんか億万長者だけだ。俺はそうじゃないから、胃薬を服（の）んで、得意先の無茶な要求と上司の雷の板挟みに耐えている。ねえちゃんはどうしてそれをやらなくて許されてるわけ？　俺も同じようにすればいい？　うちの親がそれを許してくれる？　先にやった者の勝ち？　女だから？　いいね、女の特権を行使するのは、ありだ。ただし、だったら、親にすがるんじゃなくて、ねえちゃんを養ってくれる、いい男を探せよ。そのくらいの努力はしろ。家から一歩も出なくても探せるぞ。マッチングアプリって知ってる？」

恋人と破局した鬱憤（うっぷん）も言葉に拍車をかけた。

何の効き目もなかった。史奈は話の途中で自分の部屋に逃げ込み、雄大がドアを叩いても応じることはなかった。

雄大は座間の実家を出て、相模大野にアパートを借りた。姉に感情を掻き乱されたくなかったし、彼女を甘やかしている両親も嫌でたまらなかった。食わせてやっているだけでなく、通販やゲームの課金のためにクレジットカードを自由に使わせているのだ。

独り暮らしをはじめた当初は、食費を節約しようと、毎日のように実家に出入りしていたが、そのうち足が遠のき、やがて正月にしか顔を出さなくなった。

そうして何年かが過ぎ、昨日はラーメン今日は焼肉と、好物ばかりで腹を満たし、誰に気兼ねすることなく部屋に女性を呼び、これこそ真の独身だと気ままに生きていた雄大だったが、ある日突然、家族がいたことを思い知らされる事態に見舞われた。

両親が死んだ。同じ日、同じ時刻に、二人揃って死んだ。

仲のいい夫婦ではなかった。夫は家事や子育てに関心がなく、妻はそんな夫に不満をつのらせ、口喧嘩は年中行事だった。日曜日に一緒に買物に行くこともなく、テレビも壁を隔てて別々に見ていた。そんな二人が一緒に旅行をし、旅先の事故で命を落とした。いい歳をしてタンデムで湖畔をサイクリングし、下り坂で転倒して湖に落ちたのだ。

娘がひきこもりになり、息子が家を出ていってしまったことで、皮肉にも二人の結びつきが強くなったという。葬儀の際、親戚や近所の人から聞かされ、雄大ははじめて知った。

史奈は葬儀には姿を現わした。といっても読経の間だけで、通夜ぶるまいで親戚の相手をしたのは雄大一人だった。夜伽で棺につきそうこともなく、喪主なのに挨拶の前に姿を消してしまい、霊柩車にも乗らず、雄大は両手に骨壺をさげて火葬場をあとにした。

遺骨を実家に置き、相模大野のアパートに戻ると、松沢紅音が待っていた。彼女には鍵を渡してあり、二人はなかば同棲していた。

「すぐに相続手続きをはじめたほうがいいよ。遺産の総額を把握して、その半分を相続したお姉さんが何年生活できるか見積もる。その年数の間に自立させないと、あなたの相続分を援助に回さなければならなくなる」

こんな日でも紅音はドライだったが、日常が戻ってきたようで、雄大はむしろ安堵した。自身も不幸が起きる前のように、

「親父とお袋でなく、ねえちゃんが死ねばよかったのに」

と悪態をついた。これを「そんなこと言わないの」とたしなめず、

「現実はうまくいかないわね」

と応じるのが松沢紅音という人なのである。


遺品整理や物捜しのため、雄大は週に一、二度実家に足を運んだ。キッチンとダイニングはいつもゴミだらけで、片づけて帰っても、次に来た時にはまた足の踏み場がなくなっていた。史奈は、電子レンジだけで調理できるような食品をネットスーパーで注文し、置き配で受け取っているようだった。それができるのに、どうして片づけられない。分別がめんどうなのか。プラゴミは汚れていたら燃えるゴミとして出すことになっているので、その拡大解釈で、缶や瓶以外は一つの袋に入れてしまえばいいのに。

というような説教をしているうちにぶん殴ってしまいそうだったので、雄大は史奈とは顔を合わさずに、やるべきことだけをやって、さっさと引きあげることにしていた。

葬儀屋や檀那寺(だんなでら)とのやりとり、役所や金融機関での手続き、保険金の請求――雄大は一人で行なった。手分けをしようと姉に持ちかけたところで、問い合わせの電話一本かけてくれないことは目に見えている。これも話をするうちに、絶対に怒りがレッドゾーンに入ってしまう。

しかしどうしても彼女の力を借りなければならないことがあり、雄大は史奈の部屋のドアに向かって声を張りあげた。

「相続の手続きで印鑑証明が必要なんだけど、ねえちゃん、印鑑登録してないよな？ だったらまず登録の手続きをしないといけないんだけど、役所に行ける？ 行けないよな。それはいい。俺が代理で手続きしてくるから。ただ、その代理申請には直筆の委任状が必要なんだ。そのくらい書いてくれよ。用紙と例文は用意してきた。判子はあるよな？ 銀行印でいいから。なかったら空欄にしておいて。俺が用意する。書いたら、靴箱の上でもダイニングテーブルでもいいから、わかりやすいところに置いといて。日曜の夕方に取りに来る。二日あれば三行くらい書けるだろ。さっさと遺産を半分こして、お互い新しい人生を歩みはじめようぜ。

というのが用件の一で、次に確認。ねえちゃん、今後もこの家に住み続けるつもり？」

「ここは私の家」

「ここにいたいのなら、家はねえちゃんに譲ってもいいよ。ただし、本来は半々の相続なんだよね。だから権利を放棄するにあたっては、無条件というわけにはいかない。ちょっと出てきてくれない？　見てもらったほうがわかりやすいから」

「話して」

ドアは開かない。雄大は舌打ちをくれ、用意してきたメモを広げる。

「相場からしたら、ここの土地の価値は二千五百万円くらいね。築十五年だから、上物（うわもの）の価値はなしとしておこう。言っとくけど、低く見積もっておいたほうがねえちゃんに有利なんだからな。

じゃあほかに相続するものは何があるかというと、預貯金が三百万。六十歳を過ぎてて、こんだけしかないのかよと驚いたよ。親父の退職金は？　再雇用される前に、定年までの退職金が出ているはずなんだけど。と思って調べてみたところ、ローンの返済に充（あ）てられていた。歳を取ってから身の丈を考えずに家を買ったら、こうなるんだな、教訓教訓。投資信託は四百万ほど。元は五百万だったんだけど、運用に失敗して下がってしまってる。株は、親父が勤務先から割り当てられた自社株だけで、まあこれはゴミだな。死亡保険金も少ない。親父、お袋、ともに一千万円。二人とも、死亡時の受け取りより、生存中の医療保障や介護手当を重視してかけていた。一命を取り留めていれば大きな助けになったのに、泣けてくる。保険といえば、事故の際に乗っていたレンタサイクルには自転車関連団体の保険がついていたから、保険金が支給されるんだけど、搭乗者の死亡補償はいくらだと思う？　百万円。二人で二百万円。少なっ。自動車に轢（ひ）かれたのだったら、相手方の賠償責任補償があるけど、自損事故だもんなあ。任意の旅行保険にも入っていなかった。あと資産価値がありそうなのは、お袋の指輪と着物、親父の腕時計くらいだけど、いくらで買い取ってもらえることか。いちおう強気に百万と見積もっておく。相続する動産は以上で、締めて三千万円。

二千五百万円の不動産に三千万円の動産、合わせて五千五百万円相当の財産を、民法にのっとって子供の数で等分にすると、一人当たりの相続額は二千七百五十万円となる。で、ねえちゃんは家をまるまる取るわけだから、二千七百五十万引く二千五百万で、二百五十万。家のほかに二百五十万円もらえるということ。わかった？」

「わからない」

「数字を見ないからだよ。これを見たら一目瞭然だ」

雄大はメモを持った手でドアを叩く。史奈は出てこずに、

「それっぽっちじゃ生きていけない」

と言ってきた。

「働くしかないな」

「無理」

「何が無理だよ。家を取る代償だ」

「無理なものは無理」

「じゃあプランB」

雄大はメモを裏返す。

「この家を売る。二千五百万円に現金化される。預金なんかと合わせたら五千五百万円。二人で

半分こで、ねえちゃんの取り分は二千七百五十万円。それで部屋を借りる。このへんのワンルームなら、管理費込みで六万であるぞ。ずっと家にいるのなら服は買わなくていいし、交際費もいらないから月十万で暮らせる。ちょっとキツいか。余裕を持たせて十五万にしとこう。一年で百八十万。ここも余裕を持たせて二百万使っていいことにしとこう。そしたら相続分で十三、四年暮らせる。その間に社会復帰を目指せ。なにも、一人でどうにかしろと言ってるんじゃない。ネットで調べたら、ひきこもりを支援してくれる組織がいっぱい出てくる」

「だめ」

「引越しで人と接するのが？　物件は不動産屋に出向かなくてもネットで探せる。引越し業者もだ。引越しの作業も、事前に自分で荷物を完全にまとめておいて、当日はそれを作業員に運んでもらうよう手配しておけば、まったく顔を合わせずにすむ。なんなら、それらを俺が代行してやってもいいぞ。手数料はまけといてやる。役所なんかの手続きもやってやる。悪い話じゃないだろう？」

「嫌。私はここを離れない。ここが好きなの」

「あれも嫌、これも嫌。じゃあどうしたいんだよ」

雄大はドアを叩く。反応はない。

「またそれか。都合が悪くなると、だんまり。おら、顔を出せよ」

雄大は頭にきてドアを蹴りつけた。開かないし、言葉も返ってこない。

「出てこなかったら、不動産も預貯金も、ぜーんぶ俺一人で相続するよう手続きするぞ。やろうと思ったら簡単にできるんだからな」

もう一度蹴りつけて待っていると、やがて天の岩戸が少しだけ開いた。先ほどから廊下に立ちこめていた、食べ物が腐ったような臭いが一段と濃くなる。

「私はここに住む。預金や保険金の半分をもらう」

隙間から姉の顔が半分覗いている。かつてはそれなりに美人で、中学の時も高校の時も恋人がいた。あの面影はどこにいってしまったのか。先日の葬儀で三年ぶりに見て一度愕然としたはずなのに、雄大はあらためて胸が潰れるような思いにとらわれた。しかし情に流されずに言う。

「家をぶんどったうえに、金も半分？　歳上だから取り分が多くて当然だと主張するわけ？　そういう前近代の考えがまかりとおるのなら、むしろ俺のほうが優位になるぞ。歳下だろうが長男だから」

史奈は目を伏せ、爪を噛む。

「じゃあ、さっき言った二つの折衷案。家はねえちゃん、三千万円の動産は半々。ただし不動産については、俺の権利分を分割で支払うこと。総額千二百五十万円を、そうだな、月十万円ずつの返済でどうだ。家賃と考えればいい。それプラス食費やら税金やらを、動産の取り分から出して生活する。そして千五百万円が底をつくまでに社会復帰する。社会復帰とは、働きに出ることばかりじゃない。養ってくれる誰かを見つけるってのでもいい。部屋から出なくてもマッチングアプリで——って、昔言ったような」

反応がない。

「今のが最大の譲歩だ。この場で返事しろとは言わない。俺が相続の準備でいろいろしている間に考えておいて。あと、これ書いといて」

雄大は委任状の用紙と例文を差し出す。史奈は受け取ろうとせず、声を裏返す。

「どうして、金、金、言うの？　雄大は働いてるんだし、今すぐまとまったお金は必要ないじゃないの」

「何だよ、その言い草は。働いている者は、働かないで遊んでいる者のために我慢しろって？　俺も何かと物要りなの」

「何に？」

「もっと広いところに住みたいし、というか俺だって家を持ちたいし、車も買い替え時だ」

「雄大は勝手に家を出ていった。私はお父さんとお母さんのことを見ていた。私はこの家を受け継ぐ権利がある」

「見ていた？　ただ見ていただけじゃないか。めんどうを見ていたのではなく」

「異変があったらすぐに対応する態勢でいた」

「そんな戯れ言、よく言えるな。事故の連絡があっても現地に行かなかったくせに」

「雄大は親を捨てた。私は寄り添っていた」

「ふざけんな。そっちはただ寄生していただけだろうが。親のめんどうを見ていたのではなく、めんどうを見てもらっていた。うちの預金が思ったほどなかったのは、ねえちゃんを養ってたからじゃないのか？　それって、生前贈与されていたも同然じゃないか。だったら俺の取り分のほうが多くないとおかしいじゃないか。けどそれではかわいそうだからと、生前贈与分には目をつぶって、半々でゆるしてやろうって言ってるのに、どうして高飛車なんだよ」

反応が途切れた。

雄大は次の動きを察した。

そのとおり、ドアが動いた。雄大は閉まろうとする鏡板(かがみいた)に肩で当たり、隙間に足の先を入れた。向こうは押し返してくるが、力はこちらが上だ。膝、腿(もも)と入れて隙間を広げ、体の半分を室内に入れた。

「出てって！」

史奈は背中を向ける。

「都合が悪くなったら、そうやって――」

「私はここにいる！　ずっとここにいる！」

両耳を塞(ふさ)いでうずくまる。

「ガキかよ！　駄々(だだ)をこねて要求が通るか！」

雄大も声を張りあげるが、

「いやだ――」

と激しく頭を振って、自分の領域にバリアを張る。

ようやく声が途切れた。代わって、はあはあと肩を上下させている。

「お疲れ」

雄大は投げやりに手を叩く。荒く、速い呼吸が繰り返される。

「わざとらしいんだよ」

呼吸音に嗚咽(おえつ)が重なる。耳から離れた手は、手首が直角に曲がり、指も第一関節のところで九十度に折れ、ショベルカーのバケットのような状態で固まっている。腕は小刻みにふるえている。

「過呼吸？　よくあるの？」

史奈は答えない。

「気がすむまでそうしてろ。過呼吸じゃ死なないし」

雄大は憎まれ口を叩いて階段をおりた。

トイレから戻ってきても、史奈の激しい呼吸はおさまっていなかった。

雄大は室内のあちこちに目をやった。過換気症候群(かかんき)になったら紙袋を口と鼻に当て、吐いた息を吸い込ませればよい、と聞いたことがあった。姉を心配したわけではなく、これでは話ができない、せっかく追い詰めたのに逃がしてなるかという気持ちからだった。

六畳の部屋はゴミ屋敷状態で、床も壁も見えないほど物であふれ返っていたが、紙袋は見あたらない。ポリエチレンの袋ならいくらでも転がっているのに。

これだと窒息してしまうと雄大は思った。

これだと窒息させられるのかと次に思った。

その次には、大サイズのポリエチレン袋を手にしていた。

右の腿に振動を感じた。

雄大はズボンのポケットに手を突っ込み、スマホを取り出した。紅音からのメッセージだった。

〈ごはんどうする？〉

雄大は返信のために何文字か打ったあと、削除し、音声通話に切り替えた。彼女が出ると、スマホに向かって頭をさげた。

「ごめん」

「遅くなる？　じゃあ今日はそっちに行かないね」

「楽しかったよ。しあわせだった」

「は？」

「ずっと一緒にいたかったけど……。ありがとう。本当に楽しかった。本当にしあわせだった」

雄大は鼻声になる。

「ちょっと、何よ。どうしたのよ」

紅音の声の調子も変わった。

「ねえちゃんを殺した」

「え？」

「うざくって、めんどくさくなって、ああもう死ねって。気づいたら、あー死んでるよって……」

雄大はふるえた溜め息をつく。

「お姉さん、死んでるの？」

「死んだ。やっちゃった」

「救急車は呼んでないの？」

「必要ない。完全に死んでるもん。だから紅音さんとはお別れ。刑務所行かなきゃ。あー、やっぱり俺、紅音さんの声が好きだ。落ち着く。やばいから切るね。これ以上話してたら別れられなくなる。じゃ」

「待ちなさい！　今、どこなの？」

「実家」

「すぐに行くから、そこにいて」

三十分後、紅音がタクシーでやってきた。

「死んでるでしょう？」

史奈の部屋から廊下に出てきた彼女に雄大が尋ねると、うなずきが返ってきた。

「『過呼吸を落ち着かせるには紙袋で鼻と口を覆えばいいと聞いたことがあったのでそうしようとしたのですが、紙袋が見つからなかったのでビニール袋を使ったら――』と、あわてふためいて言い訳したらいけるかもと思ったんだけど、首にあれだけ痣ができてるもんなあ。よく憶えてないんだけど、頭からかぶせたら暴れられたので、袋の口の部分を絞めたんだと思う。はい、観念しました。いさぎよく自首します」

雄大はずっと半笑いだ。

「自首したいの？」

紅音は笑っていない。

「刑は軽いほうがいいもん」

「でも、一番いいのは、罪に問われないことでしょう？」

「一か八かで、さっきの言い訳を使ってみろってこと？　でも、嘘がばれたら、かえって罪が重くなるよね？　勝ち目が薄そうで、負けた時の代償も大きいから、そのギャンブルには乗らない」

「リスクが小さければ賭けをする？」

雄大は小首をかしげる。紅音は階段に足を向ける。

「普通は、人の死を隠蔽することには相当な困難をともなうんだけど、あなたのお姉さんにかぎっては、そうでもない。

彼女はひきこもりだった。同居の両親は最近亡くなり、ほかには誰ともつきあっていなかった。誰ともつながっていなければ、彼女が死んだ事実を黙っていても、彼女からの音信が途絶えたことを訝る者はいない。仕事はしていないので勤務先から問い合わせはないし、近所の人たちも彼女がひきこもりであることを知っているので、何年見かけなかろうが放っておいてくれる。

親戚も、史奈さんはこの世にいないものと考えていることが、葬儀の際にわかった。納骨の場に現われず、一周忌の法要に弟の姿しかなくても、家に乗り込んで史奈さんのことを説教しようとはしないでしょう。

彼女がひきこもっているという事情を知らない古い知り合いから、久しぶりに会いたいと電話がかかってくることもない。急に大学に行かなくなった当時、それを心配してかかってくる電話が煩わしくて、携帯電話を叩き壊し、自分には必要ないからと解約してしまったと、あなたから聞いた。

公的にも、黙っていて問題が生じるとは思えない。国民健康保険や国民年金の納付が途切れれば督促はあるだろうけど、それは文書によってであり、家にまで押しかけて本人に物申すことはない。不安なら、今後も継続して納付を続ければいい。医者にはかかっていないんだよね？　だったら、治療の途中で来なくなったと不審に思われることもない。国勢調査や警察の巡回連絡カードにも、乙坂史奈の情報を記しておけばいい。確認のため本人を出せとは言われない。

つまり、乙坂史奈という人が死んでも、その事実は表に出ていかない。家族が言い出さないかぎりはね。言い換えれば、あなたが黙っていれば、お姉さんが死んだことは誰にも知られない。

と、私も黙っていないといけないか」

紅音は口を閉ざした。リアクションを待っているようだったが、雄大は言葉が出なかった。

「いっぺんに話して理解できなかった？」

逆だ。乙坂史奈というのは、生きていようがいまいが第三者には何の影響も与えない透明人間のような存在なのだと気づかされた。自分にはまだ前途があるかもしれないと、雄大に興奮のようなものが湧きあがってきていた。

「ええと、俺たちが知らん顔していても、死体がこのままだと、隣近所に異変が伝わるよ、臭いで。冷蔵庫に入れる？　入ったとしても、腐敗の進行を遅らせることしかできないよね？　冷凍室は小さすぎて入らない。庭に埋める？　十メートルは掘りさげないと、臭いは防げないんじゃないの？　その前に、庭に巨大な穴を掘っていたら怪しまれる。ここは野中の一軒家じゃない」

雄大の心はもうこちらに傾いていた。

「高濃度の水酸化ナトリウム――」

紅音はスマホの画面を見ながら言う。

「または水酸化カリウム溶液で半日煮沸すると、タンパク質や脂肪は溶けてなくなり、骨はもろくなって粉砕が容易になるって。つまり死体を完全に消滅させられる。でもこれ、ドラッグストアやホームセンターで手に入るの？　ほかには……。

地域のゴミ収集でいけるってよ。細かく刻み、少量ずつ、紙屑（かみくず）や食べ残しにまぜて袋に入れるのがポイントか。骨も小さくすること、できれば粉砕する。大きいままだと収集員にシルエットで怪しまれたり、袋を突き破ったりするおそれがある。うーん、皮や肉や脂肪は処理できても、骨は素人（しろうと）の手にあまるでしょう。少量ずつゴミに出すとしたなら、処分し終えるまでに何か月もかかり、その間の保管の問題も生じるし。ほかに何か……。

あれこれ検討していたら、情報過多で決断が下せなくなるような気が」

紅音はスマホを伏せる。

「うん。週末のうちにやってしまわないと、仕事を休まなければならなくなる」

「オーソドックスに、山に埋める」

「どこの？」

「記憶全開で候補を出す」

二人のデートはもっぱらドライブで、海よりも山を走ることのほうが多かった。草津温泉に行った際、エメラルドグリーンの水をたたえた品木ダムに紅音がいたく感激し、ほかも見てみたいとのリクエストにより、関東一円のダム湖は相当回った。

居間で一時間意見を出し合い、秩父方面の、ある林道が候補地としてあがると、その晩のうちに下見に出かけた。一人でだいじょうぶだと雄大は言ったが、紅音は助手席に坐った。

道中、紅音はネットで知識を仕入れながら語った。

死体が発見されなければ事件は表沙汰にならない。だから永久に発見されないことが理想だが、山奥に埋めても、豪雨や地震などの自然現象、あるいは動物が掘り返すことであらわになり、人の目にふれる場所まで移動してしまうことがある。したがって、発見されてしまった場合の備えとして、身元がわからないようにしておく。身元が判明しなければ、その関係者が捜査の対象になることはない。着衣はすべて剝いでおくこと。死者に前科がなければ、指紋やＤＮＡから即座に個人を特定されることはない。過去に外科手術や歯の治療を受けていたら、医療機関に残った記録と照合して個人を特定されるおそれがある。タトゥやピアスの孔も決め手になりうる。なので、タトゥや手術の痕を除去しておかなければならないが、ピンポイントで取り除いたら、そこに見られたくない何かがあったと教えてしまうことになるので、注意が必要である――。

あたりをつけた林道には未明に着いた。

前後数キロにわたって人家はない。車も通らない。道をはずれて車を入れられるスペースがある。斜面を死体をかついで登れそうか。土は硬すぎないか。付近に防犯カメラが設置されていないか。

今現在警察にマークされているわけではないので、道中に設置されているカメラや自動車ナンバー自動読取装置を過度に警戒する必要はない。しかし遺棄作業を行なっている現場を撮られたら、何の言い訳もできない。

空が白んでから防犯カメラがないことを再確認し、ここに埋めることを雄大は決断した。帰路、ホームセンターでシャベルとペンチを調達した。

アパートに帰り、シャワーを浴びようとする紅音を雄大は後ろから強く抱きしめた。そうせずにいられなかった。

仮眠を取れないまま、最終準備のために実家に戻った。

雄大は躊躇した。死体の口を開き、ペンチを突っ込むが、思いきり力を込めることができず、歯がつるつる滑ってしまう。紅音が三十二本すべてを抜いた。

史奈に手術歴はなく、タトゥも入れていなかったので、歯の処理がすむと、裸にして毛布に包んだ。そしてふたたび秩父を目指した。

午後十時でも通る車はなく、林道から二十メートル入った木立の間に二人がかりで穴を掘った。土は案外柔らかく、夜が明ける前に死体を埋め終えることができた。

帰りの車の中、二人は押し黙っていた。紅音が発した唯一の言葉が、「うちに帰る」だった。雄大も今日は一人になりたかった。

紅音を彼女の自宅アパートで降ろす前に、雄大も一言だけ言った。

「結婚しよう」

3

雄大は相続の手続きを進めた。

史奈はこの世からいなくなったが、社会に対しては存命しているという設定なので、遺産は等分に分けておくことにした。雄大が独り占めすると、それを不審に思う者が現われるかもしれないと恐れたのだ。姉の資産も自分が管理することになるので、彼女の銀行口座に入れておいても自由に使うことができ、特段問題はない。暗証番号は、まだ姉弟(きょうだい)の関係が正常だった時代に聞いて知っている。相続に際して史奈が書くべき書類は紅音の手を借りて偽造した。当局に疑問を持たれることはなかった。

四十九日が近づいた土曜日の午後、雄大は実家に帰った。住んでいた者はすべていなくなり、好き勝手に使える状態になっていたが、生活の拠点はアパートに置いたまま、片づけや郵便物の確認のため、週に一、二度通っていた。

勢いに押されるように行なった遺棄作業が終わり、一人でぼんやりする時間が生まれると、突然、悔恨の念が湧きあがったり、良心の呵責にさいなまれて冷や汗が噴き出したり、やはり自首するんだったと胸が苦しくなったりすることもあったが、相続の手続きが順調に進んでいくにしたがい、雄大は平常心を取り戻していった。とはいえ、まだ記憶は生々しく、ああいうことをしでかしてしまった場所で寝起きするのはためらわれていた。

その土曜日、ガレージに車を入れて外に出ると、玄関先に男が立っていた。駐車する前にはいなかった。

「何でしょう？」

雄大がとがめるように尋ねたところ、男は振り返り、

「こちら、乙坂史奈さんのお宅でしょうか？」

と言った。虚を衝かれ、即答できずにいると、イエスだと判断したらしく、

「乙坂史奈さんはご在宅でしょうか？」

と尋ねてきた。

「どちら様？」

雄大はとりあえず質問でごまかした。

「小石川泰輔と申します」

男はスリングバッグの外ポケットから名刺を取り出し、両手で雄大に差し出してきた。東京の、聞いたことのない会社名が印刷されていた。

「ご用件は？」

尋ねながら、雄大は男を観察する。チェックのアウターにチノパン、茶革のスニーカー、眼鏡（めがね）は丸いセルフレーム、髭はきれいに剃っていて、髪は額の生え際がやや後退している。四十近くにも見えるが、名刺に役職の肩書きがないので、もっと若いのかもしれない。

「史奈さんがご在宅でしたら、お話しできればと」

用件を尋ねたのは失敗だったと後悔するが、もう遅い。

「うちは乙坂ですが、人違いではないですか？」

いちおうとぼけてみる。

「お歳は三十くらいで、ダンマニアの方です」

「ダンマニア？」

「ダンマ愛好家のことです」

「ダンマって何ですか？」

「ご存じありません？『ＤＡＮＤＡＮ魔弾』というマンガ。アニメにもなりました。乙坂史奈さんは〈ヨナグニさん〉という名前でダンマの同人サークル活動に参加されています」

不覚にもうなずきを返してしまい、抵抗は終了した。『ＤＡＮＤＡＮ魔弾』を冠（かん）した本やグッズが史奈の部屋に大量にあり、事後処理を行なう間に嫌でも憶えてしまっていた。

「同人の方が、わざわざどうして？」

「普段はネット上で交流しているのですが、このところずっとヨナグニさんの書き込みがなく、メールしても返信がないので、みんな心配しています。代表して私が様子を窺いにまいりました。史奈さん、お変わりありませんか？」

「ええ、変わりないですよ」

雄大は笑ってみせてから、

「ただ、両親の死がこたえていて。連絡する気分ではないのでしょう」

「最近お亡くなりになったのですか？」

「四十九日もまだなのです。メールは読んでいないかもしれません」

「そうだったんですか……」

「ですから、今はそっとしておいてやってください」

「わかりました。落ち着かれたら戻ってきてくださいとお伝えください。遅ればせながら、お父さまお母さまのこと、お悔やみ申しあげます」

小石川は頭をさげて去っていった。

リアルでの人づきあいや社会活動は拒否するが、ネットでは活発、というのはよくある話だ。しかし史奈は、たんなる人嫌いというレベルではなかったので、自宅まで訪ねてくるような濃い人間関係を築いていようとは思いもよらなかった。ネット上のつきあいで本名を名乗り、住所を教えていたのも驚きである。社交的な人間でも、ネット上で個人情報をさらすことには神経質だというのに。

雄大は史奈の部屋に入った。死体を運び出したあと、ここに来るのははじめてだった。ペットボトルや丸めたティッシュペーパーにまじってブックカバーのかかったコミックスや未開封のDVDソフトがあったが、今となってはすべてがゴミである。

ぬいぐるみだらけのベッドの横のテーブルにノートパソコンが置いてあった。開くと、パスワードを要求された。キャッシュカードの暗証番号や生年月日を試してみたが、違っていた。

自宅でしか使わないパソコンにどうしてパスワードを設定する、トイレに立っている間に母親に覗かれるとでも思ったのかと腹を立てたがどうにもならない。今回の不幸を機に活動から身を引きますと、史奈になりすまして同人に向けて書き込みやメールをして片づける、というもくろみは崩れた。

雄大は別の対策を迫られた。ネット上での知り合いをリアルに訪ねてくるような行動力のある人間だ、忌明(きあ)けしても音沙汰がない状態が続いたら、ふたたび訪ねてこないともかぎらない。紅音も同意見だった。

予感は早くもひと月後に的中した。小石川から史奈宛ての手紙が実家に届いたのだ。開けると、史奈への悔やみと、同人への復帰を願う、短い文章がしたためられていた。

翌月も同じような文面の手紙が届き、その次の月には、雄大が実家を片づけていると、彼がアポなしでやってきた。

「史奈さんはどんなご様子でしょうか？」

男は前回と似たような出で立ちをしていた。

「それがですね……」

雄大はむずかしい顔つきで溜め息をついた。

「一言、ご挨拶だけでもかないませんでしょうか？」

「小石川さんとおっしゃいましたね？　こちらには電車で？」

「え？　はい」

「じゃあ駅まで一緒に行きましょう」

雄大はジャケットを羽織って外に出た。前回の訪問を受け、また押しかけてきた際の対策として紅音と二人で考えておいた方便を使う時が来た。

「実は、姉はここにいないのです」

居住者しか通らない狭い道を並んで歩きながら、小声で話しかける。

「お出かけでしたか。何時ごろお帰りですか？」

小石川はほっとしたように表情を緩めた。

「買物に出かけているということではありません。しばらく前から別の場所で生活しています」

「え？」

「この話は他言無用でお願いしますよ。身内の恥をさらすことになるので」

「あ、はい」

「姉はひきこもりなのです」

小石川は小さく二度うなずいた。驚いた様子はない。

「ご存じでした？」

「なんとなく伝わってきていました。オフ会はずっと欠席でしたし、いらした時は、学校や仕事の話題には加わらなかったし、終わったあと、うまく喋れなくてごめんなさい、喋り慣れてなくてと涙ぐんでいましたし。あと、駅で切符を買われたので、めったに電車に乗らないのだなと思いました」

「姉が？　対面での集まりに？　出ていた？」

雄大が驚いた。

「一度だけですが。そのあとはまたいらっしゃらなくなりました」

「買物に出ることはたまにありますが、人と話さなければならない場に行ったとは、びっくりです。おまけに、初対面で名前と住所も明かして。よほどみなさんと波長が合ったのでしょうね」

まったく都合のいいひきこもりだと、雄大が苦々しく思っていると、

「オフ会ではヨナグニさんで通していらっしゃいましたよ。史奈さんにかぎらず、みんなとくに本名は名乗らなくて、ハンドルネームで呼び合っています」

「与那国さん？」

「ヨナグニサンというのは日本最大の蛾です。かつては世界最大とされていたのですが、近年の研究により、オセアニアに棲息するヘラクレスサンに一位の座を奪われました。ダンマのキャラ、シノビスV世のマスクがヨナグニサンの雌を模したものでして、乙坂さんはシノビスV世推

しなので、そういうハンドルネームに。マスクといっても、プロレスラーのように頭からすっぽりかぶるやつではなく、仮面舞踏会の時に目元だけを隠すあの形です。先ほど雌とわざわざ断わったのは、ヨナグニサンは雄と雌では形態も大きさも違うのです。ちなみに雌のほうが一回り大きいです。もう一つちなみに私のハンドルネームは〈ブルーオレンジ〉です。由来は、ダンマ第三部のビアードブリッジ攻防戦で――」

「じゃあどうやって姉の名前と住所を？」

「それはですね、会計の際、財布からキャッシュカードが落ちて、〈オトサカ　フミナ〉と刻印されているのが見えました。お住まいは切符が教えてくれました」

「切符？　電車の？」

「はい。オフ会は西新宿でありまして、終わって帰る際、ヨナグニさんは小田急線の券売機で四百八十円区間の切符を買いました。新宿から四百八十円のところは、座間、鶴間、大和の三駅ですが、ヨナグニさんが乗ったのは小田原行きの準急だったので、江ノ島線の鶴間、大和ではなく、小田原線の座間で降りるとわかりました。

　というオフ会の時のことを思い出しまして、座間駅を最寄りとする範囲に〈オトサカ〉さんのお宅を探してみました。インターネットのマップサービスの３Dビューで、通りをバーチャルで歩いたんです。すると〈乙坂〉と表札が出ているお宅がありました。めったにある名字ではないので、ここではないかと実際に足を運んでみたところ、郵便受けに史奈さんの名前があり、ビンゴでした」

「マジでそれで見つけたの？　うち、駅から結構離れてんぞ。どんだけ時間かけたんだ、あんた……」

驚きのあまり、雄大は素で喋ってしまった。

「座間駅を最寄りとする範囲は案外狭いんですよ。座間駅の北方面は座間谷戸山公園までの五百メートル程度、それより北は相武台前駅の方が近くなります。

南方面は、小田原線沿いは一・五キロほどありますが、東に行くにしたがって、範囲がどんどん狭まります。南に走っている相鉄本線の駅の方が近くなるので。ヨナグニさんの家がこちら方面にあるのなら、オフ会のあと彼女は藤沢行きに乗ったはずです。江ノ島線の大和で相鉄線に乗り換えですね。

東方面の先には江ノ島線の鶴間駅があるので、調べる範囲は、その中間地点、コストコくらいまでいいことになります。最大で三キロ程度でしょうか。

駅の西側の範囲はかなり狭いです。一キロ足らずのところをＪＲ相模線が並行して走っているので、中間地点以西はそっちが最寄りとなる。新宿からだと、小田原線で海老名まで行って相模線に乗り換えか、京王線に乗り、相模原線の橋本で相模線に乗り換えとなります。もっとも、相模線は本数が少ないので、待つより座間駅から歩くことを選択する人も少なくないと思われるのですが、大変失礼なことを申しますが、ヨナグニさんは普段あまり歩いていないように見受けられました、体型的に。そういう方は、歩くより待つことを選択するのではないでしょうか。相模線の本数が少ないといっても、一時間に三、四本あります。

とにかく、そういうふうにあらかじめ範囲を相当絞ったうえで歩いたので、母をたずねてジェノヴァを旅立ったマルコ少年に較べたら全然楽でした。もちろん一分、二分では見つけられませんでしたが、スマホをいじっている一時間、二時間なんて、あっという間ですよ。通勤の電車の中でもできますし。今になってみると、それでよく見つかったなという思いもありますが。だってそうでしょう、捜索範囲が百メートル四方でも、そこを百時間行き来しても、ヨナグニさんが集合住宅にお住まいだったら、ストリートの写真では絶対に見つけられません。それから、ヨナグニさんが交通系カードを使っていたら、最寄りの駅が座間だとはわかりませんでした。小田急小田原線の電車に乗ったからと、南新宿から一駅ずつマップの3Dビューでチェックしていくのは、さすがにやろうとは思いません。運がよかったというか、縁があったというか」

雄大はもう驚いていなかった。こいつはストーカーだと警戒しながら、小石川のペースに巻き込まれないよう、話を戻す。

「ベテランと言っていいのかわかりませんが、姉は家にこもるようになって十年近くになります。働いた経験はなく、三十を過ぎても親にめんどうを見てもらっていました。ところがこのたび両親を喪ったことで、この不幸が姉を動かしました。遺産は多少あるけれど、それで一生暮らせるわけではない。自分のことは自分でどうにかしなければならないという気持ちが生まれたのです。とはいえ、十年もひきこもっていたのです。簡単には社会に出ていけません。そこで、まずは施設に入ることにしました」

「施設？」

「ひきこもりの社会復帰の手助けをしてくれるところで、姉は現在、そこに入所しています」

「ご自宅にはいつ戻ってこられますか？」

「まだ決まっていません」

「どこにある、何という施設なのでしょうか？」

「それはご勘弁ください」

「面会に伺いたいのですが」

「ですから、お教えできないのです」

小石川は眉根を寄せる。

「その施設の方針は、入所者を生まれ変わらせることにあります。当人に染みついたものを洗い流し、まっさらな体で社会に戻す。それゆえ、自宅から通ってのカウンセリングではなく、入所なのです。趣味や好物に囲まれていては、その居心地のよさが、環境を劇的に変化させるうえでの障害となってしまう。とくに厳しく制限されているのがネットです。ネットがあれば、リアルな世界に出ていかなくても生きていける。情報は得られるし、食料も調達できる。実際、姉は何年もネットをライフラインとして生きてきて、その味を知っているため、ネットを使える環境にあったら、ついそれに頼ってしまいます。それではいつになっても生まれ変われない。だからネットは禁止です。デトックスと考えてください。先日私は小石川さんに、姉は両親の死で気持ちが沈んでいるからネットでの交流を休んでいると言いました。あの時はそうだったのですが、現在の事情は今話したとおりです。ネット環境を取りあげられているため、書き込みもメールもかなわないのです」

「ずいぶん厳しいですね」

「実に厳しいです。私は、やりすぎじゃないかと反対しました。けれど姉が、やると。厳しく管理してもらわないと自分に甘えてしまうと、覚悟して飛び込んだのです。姉は今、本気で生まれ変わろうとしています」

「そうでしたか」

「ですので、静かに見守っていただけたらと思います」

「わかりました」

「それから、以前送っていただいた手紙ですが、たしかに姉に渡しました」

「ありがとうございます」

「本当は、だめなんですけどね。メールでなく手紙というアナログな形式であっても、なじみの人との接触は再生への阻害となるということで、禁じられているんですよ」

「存じあげず、すみませんでした」

「それで、これを預かってきました」

雄大はクリーム色の封筒を差し出す。小石川の顔がパッと明るくなった。

「姉は外部に手紙を書くことも禁じられているので、最初で最後ですよ」

「ありがとうございます」

小石川は両手でうやうやしく受け取り、拝むように頭をさげてからバッグに収めた。この男、オフ会で史奈に恋愛感情を抱いてしまったのかもしれないなと、雄大は小石川を見送った。

渡した封筒の中には女文字の手紙が入っている。当初は紅音に書いてもらうつもりだったのだが、小石川が史奈の直筆のメモなどを所有している可能性は否定できないので、史奈の遺品をあさって彼女が手書きしたものを掻き集め、トレースして偽造した。

自然の中で運動や作業をして過ごしている、少しずつ過去の自分が剝がれてきた、これなしでは生きられないと思っていたあれやこれがなくても生きていけるのだと幽体離脱したような感じで昔の自分を眺めている、なんだかすべてが遠い思い出のよう、たぶんここを出る時には本当に生まれ変わっている、みんなとはお別れすることになりそう、楽しかった日々を作ってくれてありがとう——そういう内容である。

空気が読める者なら、このあと音信がなければ、同人活動への興味がなくなったのだなと理解し、乙坂史奈のことは放置するだろう。

4

「でも、彼の執着が恋愛感情によるものだったら、簡単には引きさがらないでしょうね」

紅音は言った。

「嫌なことを」

雄大は顔をしかめた。

「定期的に手紙をよこし、それに返事がなかったら、近況を教えてくれと実家に押しかけてくるんじゃないの？　この間の偽手紙のような婉曲的なものではなく、マンガには一ミリも興味がなくなった、二度と手紙をよこすな、といった直球の絶縁状を突きつけても、これを渡してくれと、復縁を迫る手紙を書いてくるような」

「勘弁してくれ」

「うっとうしいだけならまだいい。半年、一年と執着を続けるうちに、まだ家に戻ってこないのか、何かおかしい、本当に施設に入っているのか、そもそもそういう施設があるのかと疑いを持ち、探りにかかるかもしれない」

あのストーカー体質ならありうるように雄大は思えてきた。

「そうなる前にどうにかしないと大変」

あれから五か月、隣近所も親戚も、史奈は今もひきこもっていると考えている。というより、彼女の存在には何ら関心を払っていない。公共機関から本人と話させろと電話がかかってきたことも、警察の訪問を受けたこともない。小石川泰輔を除けば、事はうまく運んでいるのだ。

「殺す？」

と言ってから雄大は、そんな大それたことを躊躇なく口にした自分に驚いた。

「人を殺すのはハードルが相当高いよ」

史奈のことは殺そうと計画して殺したのではない。頭に血がのぼり、勝手に体が動いたのだ。

それ以前にも、自分の人生の障害になるから死ねばいいのにと思ったことは何度かあったが、理性が働いている状態では、一歩踏み込むことはできなかった。

　と雄大は納得したのだが、紅音が言っているのは心理面ではなかった。

「お姉さんは家族なので、第三者の目がない家の中で事をなすことができた。けれど小石川を殺すには、外に出ていかなければならない。その際、街のそこここで目を光らせている防犯カメラをかいくぐれるとは思えない。防犯カメラのない田舎（いなか）に呼び出して手をくだす？　すると別のリスクが発生するよ。呼び出しを電話で行なってもメールでもＳＮＳでも、通信の記録が残る。彼の端末を壊したところで、サーバーのデータは消せない。それから、彼はひきこもりではないので、殺したあと死体を隠しても、行方不明になったと、すぐに騒ぎになる。そして警察が彼の自宅を調べ、乙坂史奈とのつながりを見出し、小石川について彼女に話を聞こうと座間の家を訪ねてもいつも留守だったら、お姉さんと連絡を取りたいとあなたのところにやってくる。その時、姉はひきこもりなので誰とも会いませんと拒否できる？」

「守るもだめ、攻めるもだめじゃあ……」

　雄大は唇を嚙む。

「だいじょうぶ」

　紅音に抱き寄せられる。そしてあやされるように背中を叩かれながら、耳元でささやかれる。

「明日にでもどうにかしなければ、というほど切迫はしていない。今日渡した手書きの手紙の効力は、二、三か月はあるでしょう。猶予（ゆうよ）は十分ある。殺し方を考えるということじゃないよ。それも選択肢（し）の一つだけど、ほかに平和的な解決策があるかもしれないじゃない。考えてみる。彼のことは私にまかせて、あなたは家のことを進めて」

プロポーズの返事はすでにもらっていた。イエスである。ただし、一周忌が終わってからにしようと言われた。

新居は雄大の実家を予定している。あそこなら子供が生まれても十分な広さがある。あんなことがあったところにそのまま住むのはぞっとしないので、リフォームするか建て替える。いずれの場合でも、工事で迷惑をかけると隣近所に挨拶をしてまわる際、ひきこもりの姉と同居するために二世帯住宅にしたとふれておく。これは紅音の提案による予防線だった。

偽の手紙を渡してから二週間、小石川からのコンタクトはなく、案外空気の読める男だったのかもしれないと緊張が解けてきた雄大は建築業者を訪ねた。リフォームと建て替え、それぞれの工期や費用を聞き、比較検討するためだ。

いくつかの業者を回り、リフォームに心が傾いたので、実際に家を見てもらった。昔から修繕を頼んでいた工務店が座間市内にあり、そこなら費用その他もろもろ便宜をはかってもらえそうだったが、乙坂家の家族構成を知られており、史奈のことを尋ねられるのが嫌だったので、あえて遠くの業者を選んだ。

その三日後のことだった。

仕事を終え、アパートに帰って部屋着に着替えたタイミングで玄関チャイムが鳴った。今日は来ないはずだが気が変わったのかと、紅音と決めつけてドアを開けると、安っぽい背広を着て、それがまた全然似合っていない男が立っていた。

「乙坂雄大さんですか？」

通販で何か注文していたか？　いやこの服装で配達はないか。セールス？　表札を出していないのにどうしてフルネームを？　同級生にもこんな顔はいなかったよな。だいいち歳がだいぶん上のように見える。

返事をためらっていると、男は背広のポケットから手帳を取り出した。

「座間警察署から来ました。乙坂雄大さんですね？」

雄大は驚いたが、この時はまだ、訪問者が警察官だったことに意表を衝かれただけだった。

「座間市＊＊一丁目＊番＊号にある二階建ての住宅は、あなたと関係のあるお宅ですか？」

「実家です」

「相模原市の江島（えじま）建設にリフォームの見積もりを頼みましたね？」

「はい」

「でもあなたは、座間の家にお住まいではない」

「はい」

「現在は空き家ですか？」

「あ？　いえ、そういうわけでは……」

「現在どなたがお住まいですか？」

「あそこには姉が。姉です」

「お姉さんお一人？」

「はい。少し前まで両親も住んでいましたが、二人が死んで、今は姉が一人で」

雄大はしだいにドキドキしてきた。

「お姉さんはいつごろご在宅ですか？」

「え？」

「昨晩、今朝、今日の日中と訪ねたのですが、お留守だったようなので」

「あ、ええと、姉に何か？」

「伺いたいことがあるのですが。旅行中なのでしょうか？」

「あ、ええと、姉とは生活が別なのでわかりかねるのですが……。あのう、姉にどういったことを？　私でわかることなら……」

しどろもどろに言葉を探していると、

「乙坂雄大さん」

とフルネームで呼ばれ、雄大はびくりと背筋を伸ばした。

「座間のお宅は実家ということですが、あなたはいつまであちらに住んでいましたか？」

「三年？　四年？　そのくらい前に出ました」

「じゃあご存じないか。一年前だから」

「一年前？　うちで何かあったんですか？」

わけがわからず、それが雄大の不安をつのらせる。

「お母さんはいつお亡くなりに？」

刑事は答えてくれない。

「半年ほど前です」

「お歳は？」

「五十九でした」

「じゃあやはりお姉さんのほうか」

「やはりって、姉がどうしたんです？」

雄大は前のめりになって尋ねるが、刑事はすかすように、

「二階には二部屋ありますよね。手前の部屋を使っていたのはお姉さんですか？　それとも亡くなったご両親ですか？」

「出ていくまでは私の部屋でしたが、その後は納戸のように使われていたみたいです」

「その部屋には造りつけのクローゼットがありますよね」

「はい」

「そこから天井裏にあがれますよね、クローゼットの天井板の一部がずれて」

「そうなっているみたいですね。私はあがったことがありませんが」

「三日前、リフォームの件で、江島建設の田代さんが座間のお宅に来ましたよね」

「はい」

「建物の状態を詳しく見るため、家にあがりましたよね」

「はい」

「二階の手前の部屋では、梁や桁の状態を確かめるために、クローゼットに入って天井裏を覗いたそうです」

そういう作業をするとは事前に聞いていた。だからべつに驚くことはないのだが、話の行き着く先が見えないため、お化け屋敷を歩かされているようで、雄大のドキドキが加速していく。

「天井裏を覗いたところ、何かがあったそうです」

「何か？」

「このくらいの四角い包みです」

刑事は両腕で一抱えくらいを示し、

「天井裏にそういうものがあったことをご存じでしたか？」

雄大はぶるぶると首を横に振る。

「黒いビニール袋で、それが見えないほど、全体に粘着テープが巻かれていました。テープを剝がすとビニールが破れ、中から同じような包みが出てきました。その包みを破ると、また同じような包みが、という感じで、ビニール袋が何重にもなっていました」

「その包みというのは、うちにあったものなんですよね？」

「そうです。田代さんは興味本位で勝手に開けたそうです。厳重に包まれていたことで、より興味をそそられたと言っていました。他人の所有物を無断で壊したのですから罪に問われることになりますが、それは別件の問題として、幾重ものビニールを破っていくと、発泡スチロールの四角い箱が出てきました。蓋を留めていたテープを剝がしてみると、中には、箱よりふた回り小さいビニールの包みが入っていました。これもテープでグルグルに巻かれ、何層にもなっていて時間がかかりそうだったので、田代さんは持ち帰ってから中を確認することにしました。はい、窃盗ですね。これについても後日しかるべき措置を取るのでご安心を」

「このくらいだと、一千万円近くになりますよね？」

　雄大は胸の前で両手を広げる。

「田代さんも紙幣が隠匿されていることを期待して開けたのだそうです。けれど、マトリョーシカ状態のビニール袋をすべて剝ぎ取って現われたのは汚れたバスタオルで、それを開くと石鹼のようなものがありました」

「石鹼？」

「質感は石鹼のようでしたが、見た感じがただごとではなかったため警察に届けたと、いきさつはそういうことです。違法に手に入れたものなので、ずいぶん葛藤したそうですが」

「ただごとでない？　何だったんです？」

「人の形をしていました」

「え？」

「鑑定したところ、屍蠟とわかりました」

「は？」

「脂肪分が変化して蠟のようになった死体です」

「死体？」

「嬰児(えいじ)の死体で、死後一年ほどだと思われます」

「赤ちゃん？」

「年齢的に、お母さんが出産したとは考えにくいですよね。ですからお姉さんにお話を伺いたいのですが」

「姉の子供？　そんなわけ——」

　ありえない。なぜなら彼女は十年来のひきこもりだから。男性と接触していないのにどうして妊娠する。

　と言いかけ、雄大はハッと口をつぐんだ。

　小石川泰輔⁉

　オフ会に出た際、史奈は小石川と関係を持ったのか？

　だとしたら、小石川の史奈に対するただならぬ執着にも説明がつく。

　史奈にとっては、はずみでそうなってしまっただけで、彼に対して特別な感情は抱いていなかったのだが、小石川は違った。また会いたい、もう一度抱きたいと、思いがつのる。誘っても、ひきこもりの彼女は応じてくれず、ネット上でのやりとりで我慢する。ところが突然音信不通になり、寂しさに耐えきれず、彼女の自宅を見つけ出して直接訪ねてきた。

　一方、一夜の関係で妊娠したことに気づいた史奈は、相手の男には言わず、同居する両親にも隠し、どうしていいかわからないまま時間だけが経過し、自分の部屋で出産した。自宅や公衆便所で人知れず出産したという事例は時々耳にする。

史奈の子が死産だったのか、育てられないと自分で手にかけたのかはわからない。遺体は厳重に包んで天井裏に隠した。

この遺骸があるから、実家は誰にも渡さないと、史奈は強硬に主張したのではないのか。

「お姉さんの携帯番号を教えていただけませんか?」

刑事は言った。

「あ、いや、それは……」

「番号を教えることに抵抗があるなら、弟さんから連絡を取ってもらってもかまいません」

姉は携帯電話を持っていません――それはまぎれもない事実なのだが、そう言ったところで、今どき珍しいですねと引きさがってはくれまい。

ひきこもりということを明かし、外部からの接触を拒否しているのだと説明すれば、携帯電話を持っていないことには納得してくれるだろう。

しかし、ひきこもりだと言ったら、家にいるのに、どうして訪ねても出てこないのだと問われるだろう。人と会いたくないからチャイムを無視しているのだろうと答えたら、応じるようおまえが実家に行って説得しろと言われる。心を病んでいて身内の言葉にも耳を貸さないと抵抗しても、事件性があることだからと突っぱねられるに決まっている。

実はあの家にはいないと前言をひるがえすか。姉は両親の死がひどくショックだったようで、葬式のあと黙って家を出ていき、そのまま連絡が取れなくなっている。どうして行方不明者届を出していないのだと言われたら、身内の恥なので自力で解決しようとしていたと答える。

すると警察による史奈の捜索がはじまる。彼女には嬰児の死体を遺棄した疑いがかかっているので、通常の行方不明者捜索より力が入れられる。親戚や近隣住民の話から、史奈がひきこもりであったことが確かめられる。十年来のひきこもりがどうして家出するのか、家出できるのかと疑問を持たれる。史奈の預金口座が調べられる。利用したＡＴＭの場所から足取りをたどることができるからだ。ところが家出後一度も引き出されていないことが判明する。マンガの同人へも聞き込みを行なう。史奈は自主的に施設に入ったという嘘、筆跡をまねた偽の手紙の件が発覚する。相続の手続きで書類の偽造が行なわれたことも。結果、雄大に疑いの目が向けられる。

　ロックオンされたら、過去の行動が徹底的に洗われる。自動車ナンバー自動読取装置をもとに、雄大の車の走行ルートが裸にされる。五か月前の週末に二夜連続で秩父方面に往復したと突き止められる。ホームセンターでシャベルを買ったことが発覚する。そして説明を求められる。山岳ラリーに向けて秩父山中で練習したと答えるのか。シャベルは大雪に備えてと説明するのか。購入したのは十月だというのに。

「乙坂さん、お姉さんに連絡を」

　刑事が手帳を叩きながら急かす。

　雄大は首を縦に振った。うなずいたのではなく、がくりと折った。

「詰みました」

君は認知障害で

1

そのころ長柄竜騎(ながえたつき)は廃人だった。

憩(いこ)いの場が田んぼの真ん中に横たわるショッピングモールだけという地方都市で、きついばかりで実入りの悪い家業を継ぐなんてごめんだと、鼻息も荒く東京に出てきたはいいものの、大学の講義は少しもおもしろくなく、船を漕いだりスマホをいじったり欠席したりするうちについていけなくなり、一年の時から追試に追試を重ねてぎりぎり進級が許されるというありさまだった。そもそも学びたい何かがあったわけではなく、田舎を出るためのパスポートとして東京の大学を選んだので、こうなってしまうことは自明(じめい)の理(り)であった。

ウォー・シミュレーションゲームが好きだからという理由で入った軍事関連のサークルは、そういうノリで続けられるようなライトな集まりではなくひと月でリタイア、アルバイト先では職場の尋常でない弾(はじ)けっぷりについていけずに孤立、居づらくなって辞(や)めざるをえなくなった。

せっかく留年を回避できたというのに、それで力つきてしまったのか、二年生になると、キャンパスから完全に足が遠のいた。転学を決めて受験勉強をはじめる覇気もなく、アーバンライフを満喫しようにも先立つものがなく、それを作るために株や暗号資産に投資する度胸もなく、朝目が覚めたら眠気覚ましにとゲームアプリを開き、気づいたら日がとっぷり暮れていたという日々を繰り返していた。

食事はデリバリーで、部屋から一歩も出ない日も珍しくなく、体重が二十キロ増えて、さすがにこれはまずいと思ったのが夏の終わり、竜騎はアウトドア派に転向した。といってもゲームをやめたわけではない。

ちょうどそのころ、〈TOKYOゾンビーランド〉という同人ゲームがネットの口コミで広まり、商業ベースのゲームにも匹敵するほどのユーザーを集めていた。基本は、無限に湧き出てくるゾンビを倒しまくるだけの単純なゲームなのだが、スマートフォンが備えている加速度センサーやジャイロセンサー、位置情報の利用がシステムの根幹にあり、現実の世界でプレイヤーが歩くことでゲームのアバターもその世界の中で歩き、ゾンビと遭遇する。言い換えるなら、プレイヤーが部屋にいたままでは、いくらスマホの画面をタップしたりスワイプしたりしてもアバターは動かず、イベントが発生しない。ゲームを進行させるためには、とにかく自分の足で歩かなければならないのだ。

竜騎も評判に釣られ、スマホ片手に部屋を出た。歩けば歩くほどゾンビにエンカウントし、戦利品として強力な武器を得られるチャンスが増え、倒したゾンビが所持していた現金がスコアとして加算され、プレイヤーのランキングが上がる。というゲームとしてのおもしろみももちろんあったのだが、ゾンビをショットガンで吹き飛ばしたり、鉈で頭を叩き落としたりする時の過剰な演出が麻薬的に爽快だった。

屋外であっても、狭い範囲を周回しているだけでは、そのうちゾンビの湧きが止まってしまう仕様であるため、生活圏の外にも足を運ぶ。せっかくだから、行ったことのない街まで足を延ばす。

東京でも浸水被害が出たほどの颱風の日も、枯葉が北風に舞い、雪がちらついても、春を告げる強風の中、スギ花粉と闘いながら、竜騎は一日に五万歩歩いた。健康のために毎日一万歩歩けと巷間言われているが、一心不乱に歩いても、一万歩を達成するには一時間半ほどかかる。ゲームをしながらだと歩速が落ちる。レアな戦果をあげた際にはスクリーンショットを撮ってSNSにアップするという作業もある。それで五万歩である。起きている時間の大半をこのゲームに費やしていたことになる。

おかげで、皇居も国会議事堂も明治神宮も観光できた。江戸城より古い渋谷の城跡、小石川植物園のニュートンのリンゴの木、山手線唯一の踏切、鼠小僧次郎吉の墓所、といった、東京に長年住んでいても知らずに終わってしまうマニアックな名所に偶然行き当たった。そして一日五万歩効果により、体重はマイナス二十キロである。

その結果として大学二年に留め置かれたという現実があるというのに、そこは見ようとしない廃人は、今日も今日とて朝からゾンビ退治にいそしみ、四月のその日は葛飾区の東部地域に遠征した。この界隈で極レアなタイプのゾンビに遭遇したという情報が、ゲームのコミュニティにあがっていたからだった。

竜騎のアパートは東京二十三区の中でも西に位置する杉並区にあり、葛飾区は正反対の東端、両者は直線距離でも二十キロほど離れており、この行程をゲームしながら歩いたら目的地に到着するだけで日が暮れてしまうので、柴又までは電車で行くことにした。現実の戦場で、基地から前線までは輸送車輛で行くようなものだ。

最初は江戸川方面を攻め、せっかく来たのだから帝釈天の参道を通り、二天門の前で記念に自撮りしておいた。午後は南西の方に下っていき、新小岩まで歩いて総武線で帰還しようと考えていた。

鉄道の路線が放射状に延び、飲食店が連なる街道もあったが、駅や大通りから一区画離れると、もう住宅地だ。道は平坦で、車は思い出したようにしか通らず、おかげで歩きながらのゲームがしやすかった。

そう気を緩めたのがいけなかったのか。

倒したゾンビが見たことのないアイテムを落としていったので、そのスクリーンショットを撮り、ＳＮＳにアップしながら歩いていた時だった。

体の側面に衝撃が走り、あっと思ってスマホの画面から顔をあげると、目の前に人がいた。道路に尻餅をついていた。

齧りかけのトーストを手にした制服姿の少女だったら恋の芽生え、あるいは心の入れ替わりが期待できたのに残念、などと冗談を考える余裕もなく、竜騎は泡を食って声をかけた。

「すみません！」

そして助け起こそうと腰をかがめたところ、派手なカーディガンを着たおばあさんは、かたわらの塀に設置された街路消火器格納箱に手をかけて、自力で立ちあがった。

「だいじょうぶですか？」

竜騎は見あげるようにして顔を覗き込んだ。おばあさんはズボンの臀部をはたきながらにこっと笑った。

「おじいさんを見ませんでした？」

「おじいさん？」

「うちのおじいさん。そのへんにいませんでした？」

おばあさんはサンダル履きの足で爪先立ちになり、遠くに目をやる。旦那のことかと竜騎は察した。

「誰ともすれ違いませんでしたよ」

「まったく、どこに行ったのかしら。ボケてて、困ったものだわ。危ないのに」

おばあさんはニット帽をかぶり直して歩き出す。左足を軽く引きずっている。今の衝突で痛めたのだろうか。

「ご主人の特徴は？」

竜騎はおばあさんの横に並んで尋ねる。

「特徴？」

「どんな服を着ていました？」

「服……」

おばあさんは足を止め、宙を見つめる。

彼女が羽織るカーディガンは、前が赤、後ろが深緑という、クリスマスカラーのツートンになっていた。両胸に茶色の毛糸で編み込まれたジグザグの線はトナカイの角をイメージしているようだったが、左右のバランスがひどく悪いので、孫の手作りなのかもしれない。

と観察しながら想像していても全然答えが返ってこないので、竜騎は質問を変えた。

「眼鏡はかけていますか?」

「遠近両用のね」

「頭は白いですか?」

「髪なんかありませんよ」

ぷっと噴き出す。

「痩(や)せてます? 太ってます?」

「大酒飲みのくせに饅頭(まんじゅう)も好きで」

両手で太鼓腹(たいこばら)のジェスチャーをしてみせる。

「背はどのくらいですか?」

竜騎が自分の顔の横で手を上下させると、おばあさんに耳のあたりを指さされた。一五五から六〇といったところか。

「お歳は?」

「レディに歳を訊くものじゃありませんよ」

おばあさんはしわしわな口元に手を当てて笑う。

「いや、ご主人のお歳です」

「あらやだ。おじいさん、いくつだったかしら……」

宙を見つめる。

「ちょっとそのへんを捜してみますね」

ばあさん勘弁してくれよというのが本音だったが、歩きスマホでぶつかってしまったことが後ろめたく、少し償（つぐな）うかと、竜騎は歩いてきた道を戻った。ずっと画面を注視していたので、すれ違ったのに見逃したことも十分考えられた。

さすがに今度はながらではなく、スマホはポケットにしまい、左右に目を配って歩いた。

店舗や農地や空き地はなく、民家だけが建ち並んでいる。一戸建てが多い。送電網の要衝なのか、これだけの住宅密集地の中に送電塔が立ち、上空を高圧線が縦横に走っている。

柴又街道まで戻ってみたが、途中、年配の男性は見かけなかった。

自分が歩いていない道も捜してみた。公園やコンビニを覗き、庭をいじっているおばちゃんに声をかけた。

「おじいさんが通りませんでした？　太っていて、眼鏡をかけていて、頭が禿（は）げています。身長はこのくらい」

情報が得られず、竜騎は道を戻った。

先ほど衝突した地点に老婆の姿はなかった。電話番号を訊いておけばよかったと失敗を悔やみながら住宅の間を闇雲にめぐっていると、脚を引きずりながら歩いている深緑の背中を発見した。小走りで彼女の横に並び、報告する。

「ご主人、見つかりませんでした」

おばあさんは足を止め、竜騎に顔を向けた。ぱちぱちと瞬き（まばた）をする。

「おにいちゃん、甘いものは好き？」

「え？　ええ、まあ」

「お茶を飲んでいきなさい」

おばあさんは回れ右をして、ひょこひょこ歩き出す。

「脚、だいじょうぶですか？」

竜騎はついていきながら尋ねる。

「のろまで、ごめんね」

「いえ、そんなことは。痛くないですか？」

「ぜーんぜん」

若者のような調子で言う。脚を引きずっているにしては歩みは速い。

「ご主人を捜さなくてだいじょうぶですか？」

「おじいさんの好きな豆大福を買ってあるから」

腹が減ったら帰ってくると楽観しているのか？

「ご主人はスマホを持っていないんですか？」

「何？」

「携帯電話」

「息子に持たされてるけど、嫌い。家の電話が好き」

おばあさんの自宅は衝突現場のすぐそばで、消火器格納箱の先が袋小路になっていて、その一番奥にあった。庭も門もない古い木造家屋で、〈日高富美也〉と表札が出ていて、その下に〈邦子〉と手書きの紙が貼ってあった。

あがっていきなさいと邦子さんは言ったが、脱いだり履いたりがめんどうな靴なのでと、竜騎は玄関で待った。

一分待ったがおばあさんは戻ってこなかった。竜騎はスマホを取り出した。

〈歩きスマホで軽く事故 ;;〉

〈被害者と示談交渉中 w〉

SNSに投稿したあと、ゾンビを一体叩き潰したが、邦子さんは現われない。

「すみませーん」

竜騎はイライラしながら、邦子さんが入っていった奥の部屋に向かって声をかけた。早くゲームに本格復帰したかった。目当てのゾンビにまだ遭遇していないのだ。

「すみません！」

返事がなかったので、声を大きくした。先ほど喋った際、会話が噛み合わないようなことがあった。耳が遠いのが原因だったのかもしれない。

今度も返事がなかった。旦那のことで知り合いに電話しているのだろうかと、ドアが開いた部屋に向かって耳をすますが、声は聞こえてこない。

「あがっていいですか？」

竜騎はハイカットのスニーカーを脱いだ。黙って出ていこうという考えもよぎったのだが、邦子さんが脚を引きずっていたことを思い出した。痛みで動けなくなってしまったのかもしれない。ゾンビより厄介（やっかい）なものに引っかかってしまった思いだった。

「おじゃましまーす」

珠暖簾（たまのれん）を掻き分けて正面の部屋に入る。

おばあさんがソファーに横になっていた。竜騎はあわてて駆け寄っていった。染みが浮かんだ瞼（まぶた）を閉じ、寝息を立てている。

「だいじょうぶですか？」

声をかけても目は開かない。表情は穏やかだ。痛みに堪えかねて気絶してしまったようには見えない。しかし、怪我が原因でないのなら、どうして寝ているのだ。自分から招いた客を放置して。

適切な対処法がわからず、竜騎はおろおろするばかりだった。

その目にダイニングテーブルが映った。豆大福のパッケージが置いてある。二つ入りのものが五つ。横にある二つのレジ袋にも、シルエットからすると、同じ豆大福のパッケージが入っているように見えた。

次に仏壇が映った。サイドボードの上に置いてある小さなもので、供物台（くもつだい）に豆大福のパッケージが一つ載っていた。写真立てには男性の顔写真がある。ふっくらした顔、眼鏡、禿頭（とくとう）――。ソファーに目を戻す。四月だというのにクリスマスカラーのカーディガンを羽織ったおばあさんがすやすや眠っている。

一杯食わされたような気分で、テーブルに両手を打ちおろしそうになった竜騎だったが、衝動は黙って呑み込み、ソファーに背を向け、そのまま家から出た。

袋小路を出たところ、自転車の前籠（まえかご）からエコバッグを取りあげようとしている中年女性がいた。日高邦子さんの事情はなんとなく察しがついていたが、答え合わせがしたく、自転車のおばさんに声をかけた。

「そこの日高さんですけど、奥さん、ちょっとボケてる感じですか？」

自転車おばさんは答えなかった。どうしてそんなことを訊くのかと、目が警戒していた。

「ボケているご主人がいなくなったとあわてていたので捜すのを手伝ったのですが、見つからなくて。そのあとお茶に誘われてお宅にあがったところ、仏壇にご主人らしき男性の遺影があって、びっくりしました。ほかにもちぐはぐな言動があって、なんか変だなと」

「ときどき忘れちゃうみたいで」

おばさんは納得したようにうなずいた。

「ご主人が徘徊（はいかい）しているなら警察に届けたほうがいいんじゃないかと思ったんですけど、早まらなくてよかった。ちなみに、日高さんは脚が少し不自由ですか？」

「ええ」

表札に子供の名前がなかったが同居していないのだろうか、認知症の独り暮らしでだいじょうぶなのかなど、ほかにも知りたいことがあったが、そこまで立ち入ったら不審がられると思い、竜騎は自転車おばさんに礼を言って立ち去った。

とにかく、邦子さんが脚を引きずっていたのは衝突のせいではない、つまり自分は悪くないとわかったことが、竜騎にとっては一番だった。そして安心すると、別の感情が湧きあがる。

このクソボケババア！　貴重な三十分を返せ！

竜騎はゲームに復帰すると、バトルハンマーとブッチャーナイフの二刀流でゾンビの屍の山を築いた。薄闇に包まれた荒川の河川敷で目当てのレアキャラクターに遭遇し、それでようやく気分がおさまった。

総武線の電車の中ではＳＮＳにいそしんだ。

〈鎌倉攻め終了〉

〈葛飾区のだけど〉

〈新宿もあって、混乱した。にいじゅくって読むのか〉

〈すげーキャラもいたし。豆大福婆ｗ〉

〈あれって、買ったことを忘れて、また買ってきてるんだろうな。一人で食いきれるのか？〉

〈急募・豆大福好きの人。ばあちゃんを助けてあげてｗ食べて応援ｗ〉

こうしてまめに投稿しているが、フォロワーは五十人にも満たない。〈いいね〉をつけてくれるのは十人程度で、コメントまでくれるのは三人しかいなかった。

けれどこれもゲームと同じで生活の一部になっており、呼吸をするように投稿してしまう。家では独り、外に友人もいない竜騎は、こうでもして思いを吐き出しておかないとどうにかなってしまいそうなのだった。

2

という出来事があったのが四月のことで、それから間もなく早くも夏日というニュースが流れ、梅雨に入り、煉獄(れんごく)のような夏が来て、颱風が二週連続で上陸し、猛暑日の連続日数が途絶え、十月になった。

竜騎は相変わらずだった。世間が五連休だ九連休だと騒いで海外に出ていこうが、熱中症アラートで外出を控えるようにと繰り返されようが、最前線でゾンビの侵攻を食い止め続け、廃人生活も二年目に入っていた。

〈いざ鎌倉！　何か月ぶり？〉

十月のその日、竜騎が葛飾に遠征したのは四月の時と同じで、レアなゾンビが出現するというコミュニティの情報に導かれてのことだった。

常磐線(じようばん)の金町(かなまち)駅から、江戸川と中川(なかがわ)に挟まれた地域をジグザグに高砂(たかさご)のほうに下っていき、午前中の段階で目当てのゾンビに何度か遭遇し、これまたレアな重火器を獲得することもできた。だから心に余裕があり、そういえば前にこのへんでおばあさんとぶつかって、そのあとさんざん振り回されたよなあと思い出し、どこだったっけと足を向ける気になったのだろう。アルバムを見返すような感覚だった。

鉄塔と高圧線を頼りに住宅の間を縫って歩いていくと、真っ赤な消火器格納箱が見つかり、そこから細い道に入ると、突き当たりに古い二階屋があった。

妙に懐かしい気分で、〈日高富美也〉という表札と、その下の〈邦子〉の貼り紙を眺めていた時だった。玄関ドアの向こうで音がし、ドアノブが動いた。

竜騎はすんでのところで体をひねり、外開きのドアとぶつかることはまぬがれた。

しかし高齢である彼女は体がついていかなかった。ドアを開けたらすぐそこに人がいたことに面食らい、踏鞴を踏み、道路との境界で段差になっていたことも災いし、崩れたバランスを立て直すことができずに地面に放り出された。

「だいじょうぶですか？　日高さん？　日高さん？」

竜騎はあわてて声をかけた。おばあさんはヘッドスライディングの形で呻いている。竜騎は四つん這いになり、頭を地面までさげて、だいじょうぶですかと繰り返した。おばあさんはうつぶせの状態で小さくうなずいた。竜騎は背後からそっと抱え起こした。いつかと同じで、季節と合っていないクリスマスカラーのカーディガンを着ている。

「立てます？」

おばあさんは自力で立ちあがったが、前後左右にゆらゆらふらついている。竜騎は彼女の体を支えて家の中に連れて入った。三和土の真ん中にまで置いてある靴やサンダルを足でのけて通り道を作り、上がり框に坐らせる。

「怪我してませんか？　ああ、してる」

掌と手首が擦り剝けていた。上唇の赤いものは鼻血か。

「骨はどうですか？」

おばあさんはカーディガンのはずれかけたボタンを留める。質問が理解されていないようなので、竜騎は表現を変える。

「痛いところはありませんか？」

おばあさんは肘や肩をさわりながら皺だらけの顔をしかめる。

「痛いんですか？」

「だいじょうぶ……」

「ちょっと失礼しますね」

竜騎はおばあさんの茶色に染めた頭を覗き込む。出血はしていなかった。指先で軽くふれてみる。瘤はできていない。

「傷口の汚れを流しましょう」

「だいじょうぶ……」

「黴菌が入ったら大変だ」

「平気……」

「いやいや日高さん、へたしたら命にかかわるかもしれませんよ」

さあ立ってと、竜騎が手振りをまじえてうながすと、おばあさんはサンダルを脱ぎ、すぐ右の、ドアのない開口部に入った。

「絆創膏、じゃ小さすぎるか。ガーゼあります？」

竜騎は尋ねながら廊下に膝立ちになり、開口部の方に首を突き出した。おばあさんは洗面台の前で首をかしげる。認知症で自分の家の中のことも把握できていないのか。勝手に救急箱を捜すのはまずいか。

「ひとっ走り買ってきますね」

そう言って外に出ていこうとした竜騎の目が靴箱の上で留まった。

籐の籠が置いてあった。中に、鍵が二本と、剝き出しの認め印、朱肉、ボールペン、何かの業者の名刺、小さな懐中電灯、そして四角く平べったいビニールケースがあった。表面には数字を記した紙がセロハンテープで留められている。

竜騎に魔が差した。

スマホの地図アプリで捜した最寄りのコンビニに急いだ。消毒液と大小の傷当てパッドと湿布を買った。それからＡＴＭで現金を引き出した。〈ヒダカ　クニコ〉のキャッシュカードを使って。

籠の中の四角いビニールケースにはキャッシュカードが収められていた。貼られていた数字は暗証番号ではないかと、竜騎は見た瞬間に察した。病気により四桁の数字も忘れてしまうため、そうしているのではないか。

キャッシュカードを持ち出し、ＡＴＭにその四つの数字を入れたところ、すんなり引き出し額の入力画面に遷移した。竜騎は十万円引き出し、自分の財布に収めた。

親に対しては、大学にはまじめに通っていることになっているので、留年した現在も仕送りは変わらずある。けれど実家の水道工事店は金策が仕事のようなもので、最低限の生活維持費程度しか振り込んでくれない。それが東京の大学に進学する条件だった。だから竜騎は贅沢をするためにアルバイトをしていたのだが、ゲーム廃人になってからはそちらに割ける時間がなくなり、こうやって東京のあちこちに足を運び、谷中の老舗や中目黒の行列店の横を通っても、一店として入ったことがなかった。

邦子さんに申し訳がないという気持ちがなかったわけではない。

しかし彼女は金を引き出されても認知できないだろうから、驚かないし、困惑しないし、パニックにもならない。彼女にしてみれば、何も起きていないのと一緒なのだ。残高も数百万円ある。そのごく一部を恵んでもらうだけなのだ。

勝手な論理を積みあげると、竜騎の心は痛まなくなった。

〈鎌倉みやげｗ〉

公園のベンチで十枚の一万円札を扇形に開いた写真を撮り、ＳＮＳにアップしてから、竜騎は日高さんの家に戻った。

「買ってきました。手当てしてしまいますよ」

キャッシュカードを籠に戻し、快活に声をかける。

返事がなかった。

廊下に両膝をつき、洗面所を覗く。邦子さんはいなかった。

「日高さん？　日高さーん！」

声を張りあげるが返事はない。

過日のように暢気に寝ているのか。いや、今日は出血していたし、本当に怪我の影響で動けなくなってしまったのかもしれない。

様子を見ようと、竜騎はスニーカーの紐をほどいた。その最中に妙なことに気づいた。

三和土に履き物がないのだ。邦子さんは外に出ていった？　また幻の旦那を捜しに。

それで納得しかけたが、すぐに追加の疑問が生じた。

履き物が一足もないのだ。コンビニに行く前には靴やサンダルが乱雑に散らばっていた。おばあさんに肩を貸して家に入った際、蹴って通り道を作った。それが今は、きれいさっぱりなくなっている。

じゃまになるから、あるいはみっともないからと、邦子さんが片づけたのか？　転んで怪我をした直後にそんなことをするか、普通。しかし彼女は認知症を患っており、突拍子もない行動を取ることがある。そう考えると、やはり突然昼寝をはじめてしまったのかもしれない。

竜騎は靴を脱いで廊下にあがった。短い廊下の先のドアをノックする。応答はなかった。入りますよと声をかけてからドアを開ける。珠暖簾を掻き分ける。

ソファーの前で邦子さんが深緑の背中をこちらに向けて横になっていた。ソファーの上ではなく、脚下(あしもと)でである。

「痛みが出てきました？」

心配するような声をかけながらも竜騎は、ボケてこのようなところで寝ているのだろうという気持ちが強かった。

「ソファーに坐りましょうよ」

起こそうと近寄っていくと、手にタオルが巻かれているのが見えた。自分が帰ってくるのを待てず、繃帯(ほうたい)の代わりに巻いたのかと思いながらさらに近づくと、タオルは両方の手首から指先までをひとまとめにして縛ってあるとわかった。これでは手が使えないじゃないかと笑ったのは一瞬のことで、竜騎の緩んだ顔はすぐに凍りついた。

自分で自分の両手を縛れる？

「日高さん？」

耳元で呼びかける。反応はない。

胸元が見えた。カーディガンのボタンがはずれていて、間から覗いているシャツが赤く染まっていた。茶色のカーペットも湿って変色しているように見える。

「日高さん、だいじょうぶですか？」

竜騎は邦子さんの肩を叩いた。揺すった。

体の下から大きな鋏(はさみ)が現われた。キッチン鋏のようだった。刃が赤く汚れている。

邦子さんは目を閉じている。頬が白い。首筋に手を当てる。脈が感じられない。口元に顔を寄せる。呼吸をしていない。

コンビニに行っている間に何が起きたのだ。怪我をしていたとはいえ、動くことはできていた。たった二、三十分で、生命にかかわるほど容態が急変するか？　傷口から猛毒が入った？　それとも見た目には何ともなかったが、頭を強く打っていたのか？

いや、違う。両手首を縛ったタオルが第三者の関与を示している。自分と入れ替わるように賊が入ってきて、邦子さんの自由を奪い、キッチン鋏で刺し殺したのだ。

そう思って室内を見回したところ、食器棚や仏壇の抽斗が軒並み半分引き出された状態になっていた。サイドボードの抽斗は完全にはずされ、中身が床にばら撒かれている。カラーボックスの上の電話機はひっくり返り、はずれた受話器がカールコードで宙吊りになっている。

「やべー。強盗とか、マジかよ」

竜騎は電話機を戻すと、1、1とダイヤルボタンを押した。続いて0の上に指を持っていったが、とっさの判断で指先をずらして9を押した。息も脈もないように思われるが、それは素人判断だ。心停止していても適切に処置すれば蘇生することがあると聞いたこともある。

——119番、消防です。火事ですか？　救急ですか？

「救急車をお願いします。高齢の女性が出血して倒れています。意識がありません」

——救急車が向かう住所を教えてください。

「住所？　住所、住所……」

きょろきょろすると、テーブルの上のはがきが目に入った。取りあげ、表書きを読む。

「葛飾区鎌倉＊――＊――＊です。鎌倉＊――＊――＊」

――そちらのお名前と電話番号を教えてください。

「日高です、日高邦子。電話番号はわかりません。この電話の番号です」

通報を終えた竜騎は、力が抜けた感じでその場にしゃがみ込んだ。ぼんやりとした視界の奥に、横になって動かない人の姿がある。

竜騎はハッと立ちあがった。スマホを取り出す。何か通知が表示されていたが、それは無視して、倒れている邦子さんにカメラのレンズを向けた。こちらのほうが優先だ。救急車が到着してしまう。スマホを動かし、荒れた室内も動画に収める。

満足いくまで撮影してから、あらためて通知を表示させた。

「えーっ⁉」

〈TOKYOゾンビーランド〉のコミュニティからだった。葛西臨海公園に新種のゾンビが出現しているという。次のシーズンに投入が噂されているもので、おそらくバグだから、運営が気づきしだい修正されるだろうと予測されていた。

通知は十五分前に届いていた。こちらの世界で異変に直面し、通知音が耳に入らなかった。

いずれ投入されるゾンビなのだから、その時を待っていれば、かならず遭遇できる。しかしそれを先行して体験しないと気がすまないのが廃人なのである。バグという特別なイベントに参加することも。

竜騎は邦子さんに目をやった。

救急車は呼んだ。人道上の義務ははたした。最低限のことでしかないかもしれないが、これ以上自分に何ができる。擦り傷や打ち身の手当てではないのだ。

竜騎は日高さんの家をあとにした。

袋小路を出て、マップアプリで葛西臨海公園への経路検索をしながら道を急ぐ。背後で救急車のサイレンが小さく鳴っていたが、彼の耳には入らなかった。

3

シャワーを浴びてからスマホを開くと、〈塵芥天使〉からメッセージが届いていた。

〈空気銃さん、今日鎌倉に遠征したんですよね？〉

ＳＮＳにコメントをくれる三人のうちの一人で、ときどき一対一のメッセージ交換を行なっている。竜騎はリアルの友達がおらず、留年してしまったことを隠しているやましさから親兄弟とも距離を置くようになり、ネット上の彼（あるいは彼女かも）とのやりとりは貴重なコミュニケーションだった。〈空気銃〉というのは、竜騎のユーザーネーム〈空気銃０６１２〉を略したものである。

〈東京の、ですが ;;〉

〈生存確認！〉

〈？〉

〈《鎌倉みやげｗ》を最後に投稿がなくなってしまったものだから、心配してました〉

〈⁉〉

〈今日の午後、葛飾区鎌倉で殺人事件が発生したとテレビのニュースで言ってました。空気銃さんも巻き込まれたんじゃないかと。犯人はまだ捕まっていないようだし。無事でよかった〉

〈ご心配おかけしましたｗ〉

　葛西臨海公園に向かっている途中、コミュニティからの通知で、運営がバグに気づいて対策を施（ほどこ）したと知った。竜騎はそれでもあきらめきれず、一縷（いちる）の望みをかけて現地までシェアサイクルを飛ばし、広大な園内を二時間めぐったものの、目当ての新種は現われず、疲労と敗北感により、ＳＮＳに投稿する気になれなかったのだ。

〈空気銃さんが鎌倉にいた時にはまだ騒ぎになっていなかったのですか？〉

〈自分は警察やマスコミは見てないです。鎌倉は四丁目まであって広いですから〉

〈とにかく無事でよかったです〉

　そこでやりとりは終わったのだが、三十分後、竜騎が話を蒸し返した。

〈塵芥さん、鎌倉の事件に興味あります？〉

〈空気銃さんが巻き込まれたんじゃないかと心配しただけで、事件そのものに興味は。しかし最近やけに物騒ですよね。これも強盗の仕業みたいじゃないですか。白昼押し入って老人を殺すって、どういう世の中なんだろう〉

〈実は、その強盗事件、自分がいた時に起きました〉

〈！〉

〈現場に遭遇しました〉

〈!!〉

〈現場、見ます？〉

〈どういうことです？〉

〈文字どおりです。現場の映像です。通りすがりに撮りました〉

竜騎は日高さんの家で撮った動画を〈塵芥天使〉と共有した。

二十分後、メッセージが届いた。

〈強盗に入られたお宅を遠くから撮ったのかと思ったら……。どうして家の中まで入れたのですか？〉

〈ちょっと知り合いで、普通に訪問しました〉

〈警察が入れてくれたんですか？〉

〈警察が来る前です。でも市民の義務ははたしたので問題ありません。この動画は絶対に拡散しないでくださいね〉

ネットで知り合ったにすぎない、素性（すじょう）のわからない人間を、どうして信用してしまったのだろうと、竜騎はのちに後悔することになるのだが、とびきりの映像を誰かに自慢したいという気持ちに勝てなかった。

4

三日後の朝だった。

いつものようにゾンビを退治するために外出しようとしたところ、玄関ドアが開くのを待っていたかのように警察手帳を突きつけられた。

「長柄竜騎さんだね？」

竜騎は身を引きながらうなずいた。

「日高邦子さんとはどういう関係？　葛飾区で独り暮らしをされていた高齢の女性。先週の金曜日に自宅で亡くなった。ニュースでもやっているよね」

のけぞったまま動けない。

「君は、その日高邦子さんのキャッシュカードで現金を引き出したね？」

竜騎は小さく口を開けた。言葉は出てこない。

「十月十三日、君は葛飾区鎌倉＊丁目にあるコンビニエンスストア、α（アルファ）マーケット葛飾鎌倉店のATMで、日高邦子名義のキャッシュカードを使い、現金十万円を引き出した。先週金曜日の午後三時十分ごろのことだ。同店の防犯カメラに、君に似た人物が映っている。そのことで話を聞きたいから、警察署まで来てもらおうか」

「似た……。僕なんですか？」

竜騎はいちおう抵抗してみた。

「納得がいくよう、署で記録を見せよう」

「出かけるところなんですけど……」

「強制的に連れていけるよう、書類を取ってこようか？」

竜騎はシルバーのセダンに乗せられた。葛飾区にある所轄警察署までの道のりは長い。同行を求めてきた刑事は竜騎の横に坐ったが、話しかけてこなかった。運転手とも言葉をかわさない。

胸が潰されるような沈黙に耐えきれず、竜騎は自分から口を開いた。

「先週の金曜日、葛飾に行きました。コンビニのＡＴＭも利用しました」

「続きは署でね。調書を取らないといけないから」

話はそれで打ち切られてしまった。残りの道中、竜騎は長い呼吸で気持ちを落ち着かせ、必死に言い訳を考えた。

警察署では、窓のない狭い部屋に入れられた。机を挟んで向かいには、芳野（よしの）という、先ほどとは別の警察官が坐った。

名前や住所を確認されたのち、十月十三日に他人名義のキャッシュカードを使用したことについて尋ねられた。その際、長柄竜騎名義のスマートフォンアプリケーション版ＩＣ乗車カードの利用記録と、コンビニの防犯カメラ映像を見せられた。

ＩＣ乗車カードの利用記録には、十三日の午前十時十七分にＪＲ金町駅の改札を出たこと、午後四時十四分に京成小岩（けいせいこいわ）駅近くの貸し出し拠点で自転車を借りたことが残されていた。シェアサイクルもＩＣ乗車カードによる決済だった。

防犯カメラ映像の一つはＡＴＭに内蔵されたカメラによるもので、顔を真っ正面からアップでとらえており、画質も鮮明で、これは言い逃れが困難だと竜騎は完全にあきらめた。

「十月十三日に葛飾に行き、日高さんのキャッシュカードを使って、コンビニのＡＴＭで十万円おろしました」

「認めるんだね？」

「はい、引き出したことは。けれど盗んだのではありません。日高さんに頼まれました」

「頼まれた？」

「葛飾にはゲームのために行きました。〈ＴＯＫＹＯゾンビーランド〉というスマホのゲームで、実際に屋外を歩くことでゲーム内のイベントが発生するようになっているため、東京のあちこちに足を運んでいるのですが、先週の金曜日は葛飾まで出かけて、日高さんと出会いました。日高さんが自宅前で転んで道に倒れたところに行き合ったのです。日高さんはお金をおろしに行くところでした。ところが転んで怪我をしてしまったので、代わりに行ってきてくれないかと、僕にキャッシュカードを差し出してきました。出血しているし、脚もご不自由のようだったので、こころよく引き受けました。暗証番号は教えてもらいました。というか、番号を書いた紙をカードケースに貼りつけてありました。危ないからよしたほうがいいと、いちおう注意しておきました。そういうことがあってコンビニで十万円おろしたというのが正直なところです」

竜騎は机に語りかけるように保身の言葉を紡いだ。

「ほかに言うことは?」

「ええと、もしかして、本人の許可があっても、他人のカードは使っちゃいけないんですか?そういう決まりなら、すみませんでした。人助けのつもりだったのですが、軽率でした」

竜騎は頭をさげる。

「ほかには?」

首をかしげる。

「引き出した十万円はどうしたんだ?」

やはり見逃してはくれないのかと、次の嘘を放つ。

「コンビニから戻って声をかけても出てこないので、あがって部屋を覗いたところ、日高さんが倒れていました。血を流していて、呼んでも返事をしなくて、救急車を呼びました」

「やっぱり消防への通報は君だったか」

「やっぱり?」

「君以外に考えられないからな」

「どういうことです?」

スマホで通報していたら発信番号から個人が特定されるが、日高さんの家の固定電話を使ったのだ。しかし芳野は竜騎の疑問には答えてくれず、

「通報者は『日高』と名乗ったと記録されているが。本名を名乗れない理由があったのか?」

「いえ、そんなことは。名前を訊かれたから、日高さんの家に来てくださいという意味で答えた

のだと思います」

そう、名乗らなかったのだ。意図して本名を隠したのではなく、あわてていただけなのだが、理由はともかく、電話口では「日高」としか言わなかったのである。なのにどうして自分が通報したと特定されたのだと、竜騎の疑問は深くなる。

「では、通報後姿を消した理由は？」

「用事があったので」

「だめじゃないか。待機して、発見のいきさつを説明しないと」

「すみません。どうしてもはずせない用事だったんです。救急車はすぐに来るから、だいじょうぶかなと。それで十万円のことなんですけど、日高さんがあんなことになっていて驚いたのと、急いでいたのとで、すっかり忘れてしまい、バッグに入れたまま持ち帰ってしまいました。昨日それに気づいたのですが、忙しくてそのままになっていました」

他人のカードを使うことは犯罪だが、盗みを目的としたものと、体の不自由な老人に頼まれてのことでは、罪の重さが違うだろう。そして当事者の一方はこの世におらず話を聞けないので、警察はもう一方の主張を受け容れるしかない。嘘くさいと思っても、嘘であると証明する手立てはない。

「現金の引き出しを日高さんに頼まれたのは何時？」

「二時半、いやもっとあとか。はっきり憶えていませんが、三時にはなっていませんでした」

「自宅で頼まれたの？」

「はい」

「引き出して戻ってきたら、日高さんは倒れていた」

「はい」

「それは何時？」

「119番する五分くらい前だったと思います」

「通報後、すぐに出ていった」

「はい」

動画を撮影したことは黙っておく。

キャッシュカードの不正使用に気づかれないことを願っていたが、それは虫がよすぎた。しかし、代理で引き出し、その金を渡し忘れた理由に汲むべき点があり、使い込んでもいないということであれば、厳重注意くらいで放免され、罪に問われることはないだろうから、これが現状の最善手だ。

竜騎が皮算用する前で、芳野は質問を中断し、ペンをせわしなく動かしている。

と、竜騎は腿に振動を感じた。ズボンのポケットからスマホを取り出す。

「出ていいですか？」

「携帯電話は切っておくよう注意しただろう」

芳野は眉をひそめた。

「マナーモードにしておけばいいのかと。父からなんです、田舎の。廊下でならいいですか？」

竜騎は椅子をずらす。芳野は手で制し、

「ここで話せ」

と言ってノートに顔を戻した。

「何？　急ぎじゃなかったら夜にしてくれる？」

竜騎は小声の早口で電話に出た。

「このバカが。全然連絡をよこさないと思ったら」

隆一の声は大きく、竜騎は思わずスマホを耳から離した。

「何だよ」

「何をしてるんだ」

「だから何だよ」

「警察の厄介になって、このバカが」

竜騎は目を剝いた。

「だから東京に行かせたくなかったんだ……」

「どうして知ってるの？」

竜騎は空いたほうの手で頭を抱え込み、芳野をブロックするように背中を丸める。

「どうもこうも、事情聴取を行なうと、警察が知らせてきた」

成人しているのだから親は無関係だろう、まだ学生だから子供扱いなのかと、竜騎は顔をしかめた。キャッシュカードの不正使用についても、引き出したものに手をつけていなかったらたいそうな罪にはならないだろうから、親には隠しておこうと考えていたのに。

「心配いらないから」

「心配に決まってるだろう。弁護士の先生を頼んでおいたから、言うことをちゃんと聞いて助けてもらうんだぞ」

「弁護士？　いらないよ。そんなたいそうなことじゃないんだって」

「おまえは事の重大さがわかってないのか？　わかってないんだな。なさけない……」

「とにかく、今、警察だから」

通話を終えると、それを待っていたように芳野が言った。

「親御さんを悲しませるんじゃないぞ」

「日高さんに頼まれて引き出した十万円はアパートに置いてあります。今すぐ取ってきましょうか？」

取り繕うように竜騎は言う。芳野は首を横に振る。

「話がすんでいない。君と日高邦子さんの関係について教えてもらおう」

「関係って、倒れたところをたまたま助けただけですけど。親戚でも学友でもありません」

芳野は笑ってくれなかった。

「しかし先週の金曜日にはじめて会ったのではないよな？」

「え？　ええ、だいぶん前に一度」

「今年の四月二十日木曜日」

「日付は憶えていませんけど、その時もさっき言ったゲームのためにこっちの方まで来ていて、通りすがりに日高さんと出くわしました」

「出くわして、そのあとは？」

竜騎のＩＣ乗車カードの履歴が示される。同日十時二十一分に京成電鉄柴又駅の改札を出、十九時六分にＪＲ新小岩駅に入場したことが記録されていた。

「ご主人を捜していたので、ちょっと手伝いました。現実にはご主人はすでに亡くなっていたんですけど、日高さん、歳のせいで記憶が曖昧(あいまい)になっていたようで」

「それだ」

「はい？」

「日高邦子さんが認知症であることを、近所の人に確認したね？」

「え？　ああ、チャリのおばさんか。日高さんちの近くに人がいたので、訊きました」

「脚が不自由であることも」

「はい」

「どうしてそういうことを知りたかったのか？」

「日高さんの言動がおかしかったので、どういうことなのかと気になって」

どうしてそんな質問をするのだと、竜騎は妙な気分になってきた。

「たまたま出会っただけで、知り合いではない」

「はい」

「そして半年後にふたたび、たまたま出会ったわけだ。ずいぶん縁があるんだな。君は杉並に住んでいるんだろう？」

「たまたま近くまで行く用事があって、そういえば以前ここでおばあさんに振り回されたっけと、その場所を見にいきました。記憶を確かめたかったというか」

「意図して日高さんを訪ねたということだね？」

「家を見にいっただけです。それで引き返そうとしたら、玄関が開いて日高さんが出てきて、再会することになりました。だから、たまたまです」

「かねてより目をつけていたカモを撃ちに行ったんじゃないのか？」

「は？」

「この老婆は認知症なので騙しやすい。脚も悪いので、気づかれてもやすやす逃げ切れる。四月に出会った際、そう考え、このたび実行した」

竜騎は絶句した。

「君は常日頃から東京のあちこちを歩き回り、カモにできそうな高齢者を物色している。ゲームはその隠れ蓑だ。日高さん以前にもターゲットにした人はいるのか？　共犯者はいるのか？　誰かに命令されてやったのか？」

芳野は身を乗り出し、対戦前のボクサーのように眼前の敵を見据える。

「僕が？　日高さんを？　盗みのために？」

竜騎は切れ切れに声を絞り出した。

「殺して盗むことを最初から計画していたわけではないのだろう。そもそもは、認知機能が低下している高齢者から金を騙し取ろうとした。詐欺だ。東京都からの生活支援金を取ってきてあげますとか言ってキャッシュカードを借り、現金を引き出した。ところがコンビニから戻ってくると、日高さんに怪しまれ、とがめられた。だから殺した」

芳野はさらに身を乗り出す。顔が近すぎ、目をそらすことができない。これが「蛇に睨まれた蛙」なのかと、こんな状況で膝を叩く思いの竜騎であった。

「僕じゃありません。戻ってきたら倒れていたんです。僕がいない間に誰かが押し入ったんです」

「そう見せかけるために部屋を荒らしておいた」

「違います。詐欺をもくろんでカードを手に入れたんだったら、十万ぽっちじゃなく、限度額いっぱい引き出しますよ。それに、カードをわざわざ返しにいかず、そのままとんずらすればいい」

「いつもやっているような口ぶりだな」

「違いますって。それに、救急車を呼んだのは僕なんですよ。犯人のはずないじゃないですか。消防には119番通報の録音が残ってるんでしょう？　今ここで僕の声を録音して、あっちのと較べてください。間違いなく僕が通報したのだと証明されます」

「救急車を要請したのは、不可抗力で刺してしまったからだ。死んでほしくはなかった。しかし捕まりたくなかったので、救急車が来る前に逃げた」

「違います。作り話はやめてください」

「証拠をもとに出した結論のことを、作り話とは言わない」

「証拠？　何です、それ」

と竜騎が言うのを待っていたかのように、写真が二枚、投げるように置かれた。白黒で、画質は粗い。遠くに人の姿が一つある。

「君だ」

「顔が全然わからないんですけど」

「コンビニの防犯カメラ映像にあった君と同じような裾の長いジャケットを着ている。背恰好、髪型、背中の高い位置に斜めがけされたバッグも一致する」

「これが僕だとして、それが？」

「日高さんのところの袋小路を出た十五メートル先にある防犯カメラの映像だ。上の写真は十月十三日の十四時五十三分のもの。君がコンビニに行くところだ。進行方向がそうだし、君も先ほど、そのくらいの時間にコンビニに行ったと言った。もう一枚の写真は十五時二十八分に撮影されていて、コンビニから帰ってきた時のものだな。

問題は、一枚目と二枚目の間には三十五分あるわけだが、この間、日高さんの家のある袋小路への人の出入りは一件も記録されていないのだよ。わかりやすく言うと、君がコンビニに行っている間、日高さんの家を訪ねた者はいない。もっとわかりやすく言うと、日高邦子さんは君がコンビニに行っている間に殺されたのではない。君がコンビニから帰ってきた段階では、まだ生きていたはずなのだ。ということは？」

芳野はぐっと首を突き出す。

「そんなはずない……」

「次に袋小路に入るのは十五時五十八分の救急車で、だからこれを呼んだのは君以外には考えられないと判断できたわけだ。同じように、日高さんの家に出入りしたのは一人しかいないのだから、日高さんを刺すことができたのもその一人ということになる」

「でっちあげだ……」

「カメラが嘘をつくのか？」

「僕が戻るまでの三十五分間の映像を全部見せてください。本当に一人も日高さんちの方に曲がっていっていないのか、それを見ないことには納得できません」

「この場で君に見せる義務はないよ」

「ずるい」

「映像は証拠として提出するので、法廷で見る機会があるだろう」

「………」

「つまりね、動かぬ証拠がある以上、君が否認を通したところで、客観的な事実の積み重ねで罪は問えるんだよ。だったら正直になったほうが心証がよくなる。そう思わないか？」

結論を決めている者の前では何を言ったところで無意味だった。全身が痺(しび)れ、抵抗の意思が失われていく。

ノックが竜騎を救った。これがなかったら、圧迫から逃れたい一心で、当局が用意したシナリオに従ってしまったかもしれない。

芳野はノックに応じて竜騎の前を離れた。しばらくはドアの隙間から顔を突き出して対応していたが、そのうち廊下に出ていった。

竜騎は全身で息をついた。この間に対策を考えなければと思った。しかし、発熱した時のような倦怠感で何も考えられなかった。

机に両肘をついて頭を抱え、浅い呼吸を繰り返していると、

「今日は、これで」

と声がした。芳野が戻ってきていた。

「帰っていいよ」

竜騎はきょとんとした。

「続きは一両日中に。日時は追って連絡する。それから、例の十万円は、こちらから取りに行く。今晩でいいかな?」

そのあと、あらかじめ申告していた携帯番号が正しいか確認するためワン切りされ、

「田舎の親御さんを悲しませるんじゃないぞ」

と捨て台詞のようなものを吐かれてから竜騎は解放された。

5

警察署の建物を出て、最寄りの駅はどこだろうとマップを開いたところ、

「長柄竜騎さん?」

と声がした。竜騎はスマホから顔をあげた。斜め前に人がいた。

「弁護士の御崎(みさき)です。お父さまの依頼で、このたび竜騎さんを担当することになりました」

カードホルダーに入った身分証が呈示される。スーツの襟には天秤(てんびん)が象(かたど)られた記章が留められている。

「いま何を思ったか当ててみようか」

竜騎が挨拶するより早く、弁護士は言葉を崩して言った。

「『女かよ!』」

竜騎はきょとんとした。

「女の弁護士なんて頼りになるのかと、心の中で顔をしかめた」

「そんなことありません。このたびはよろしくお願いします」

竜騎は頭をさげる。

「じゃあ、こっちか。『こんな若造でだいじょうぶか!?』」

「逆です。こんな若いのに弁護士ですごいと思いました」

大学の先輩くらいに見える。

「それは褒め言葉になってないな」

「は？」

「若いからすごいわけでしょ。実は結構な歳だから。じゃあいくつなのか？　それ、訊く？」

「弁護士であること自体すごいですけど」

「取り繕わなくていいよ。万事、見た目や肩書きで判断していたら、痛い目に遭うよ。はい、無駄話はここまで。

今日は話を聞くだけにしてくれと要請したんだけど、警察は守ってくれた？　供述調書にサインを求められた？」

「はい？」

「取り調べの席で君が喋ったとされることを警察官が筆記した書類に、間違いなくそう供述しましたと署名した？」

「いいえ」

「よしよし。続きは車の中で話そう。家まで送る」

御崎弁護士はすぐ横のハッチバックに乗り込んだ。竜騎は助手席に坐った。後部坐席は、バッグや紙袋や風呂敷包みや裸の書籍やノートパソコンで大変なことになっていた。

「次からの取り調べで、供述調書にサインするよう言われることがあるけど、その際は内容をきちんと読んで、自分が言っていないことが一言でも書かれていたら、かならず訂正を求めること。警察は、こちらの発言をいいように解釈して文章化することがあるからね。納得がいく内容になるまでサインしてはだめ。サインした供述調書は裁判の証拠になるんだからね」

「もしさっきの席でサインを求められたら、読まずにしていたかも。疲れてたし」

「署名することの重大さを君に伝えておきたかったから、今日は話を聞くだけにしてくれと頼んだんだよ。そういうことを知らない一般人を、警察は騙し討ちにするからね。取り調べも、任意の聴取なのに拘束時間が長すぎると抗議した」

「だから話の途中で帰してくれたのか。ありがとうございました」

「それが私の仕事」

車の流れが途切れ、ようやく警察署の駐車場から出ることができた。

「さて長柄竜騎君、日高邦子さんとのことを話してもらおうか。警察には話していないこと、あるいは嘘をついたことがあるかもしれないけど、私には包み隠さず話してちょうだい。ここで聞いたことを捜査関係者に漏らすことはないから安心して。君の行動を完全に把握したうえで、君の不利益が最小限になるようはからう。この状態だとメモを取れないから録音するよ」

四月二十日に歩きスマホで衝突したところから竜騎は話をはじめた。包み隠さずと言われたが、キャッシュカードを不正使用した本当の理由は明かせなかった。

「僕、逮捕されるんですか？」

話し終え、竜騎は一番の不安を口にした。

「そうならないようにがんばらなきゃね」

弁護士は襟のバッジをつついた。

「キャッシュカードのことならともかく、身におぼえのないことで逮捕されるのは絶対に嫌です」

「不当なことは絶対にさせない」

「お願いします」

「と太鼓判を押したいところだけど」

「え？」

「努力しますとしか言えない。弁護士は万能じゃないの。デアデビルはスーパーヒーローだけど、この世界はマーベル・ユニバースじゃないからね。嘘でもいいから安心させてあげられなくてごめんね。でも嘘で安心させたら、反対の結果になってしまった時、落差で心が致命傷を負う」

不思議なことに、竜騎の不安が少しやわらいだ。

6

宵の口、部屋に警察官がやってきて、一万円札十枚が入ったコンビニの現金封筒を透明なビニール袋に入れて持ち帰った。そのあとシャワーを浴び、竜騎はベッドに入った。

寝つけなかった。いつもならまだ街を徘徊し、ゾンビと戦っている。だが、寝つけないのは、時間が早いからではなかった。警察で精神的に痛めつけられたことは体にも影響をおよぼしていて、首も肩も背中もパンパンに張っており、瞼も重かった。だが、全然眠れない。

溜め息まじりに寝返りを繰り返していると、さまざまなことが頭をよぎる。その一つが、どうしてこんな窮地に陥っているのかということだった。

コンビニの天井やATMに防犯カメラが設置されていることを竜騎は知らなかったわけではない。しかし自分の生活圏は葛飾から遠く離れているので、顔をはっきり映され、その写真を持って周辺地域を聞き込みされても、個人を特定されることはないと楽観していた。前科はないので、警察のデータベースにもヒットしない。救急用品の購入にあたっても、モバイル決済やクレジットカードは利用せず、現金で支払ったので、個人情報も残していない。

なのにわずか三日で突き止められてしまった。日本の警察はそれほど優秀なのか？

優秀？　笑わせるな。見当違いの人間を殺人犯と決めつけているのに。

何か特別な力が作用している。

〈塵芥天使〉だ。

〈空気銃０６１２〉の動画を見て、撮影者が事件にかかわっていると判断し、警察に届けた。善良な市民面をして。

〈塵芥天使〉はネット上での知り合いだ。竜騎は、本名も住所も教えていない。しかし警察は、犯罪性のある動画だからとSNSの管理者にアカウントの開示を求めることで、〈空気銃０６１２〉の正体を容易に知ることができる。そして長柄竜騎の写真を大学関係者から手に入れ、あるいはゲームをしながら歩いているところを隠し撮りし、防犯カメラの映像と照合した。ＩＣ乗車カードの履歴も調べた。

おそらくそうなのだ。端緒は防犯カメラ映像ではなく、〈塵芥天使〉のリークだったに違いない。

竜騎は〈塵芥天使〉を恨み、その怒りが言葉にならぬ声となってほとばしり出た。ネット上で意気投合していたから好感を持ち、全面的に信用してしまった自分にも罵声を飛ばした。

気持ちがおさまらず、ふざけるなゴミ野郎おまえのせいであらぬ罪を着せられそうになってるんだぞと、〈塵芥天使〉にメッセージを送った。三十分経っても返信がないと、言い訳くらいしてみろと圧をかけた。返信はなかった。

竜騎はいらだちと怒りがないまぜになり、完全に覚醒して疲労感も吹き飛び、ベッドを出ると部屋も出て、深夜の街でゾンビの頭を叩き割って鬱憤を晴らした。部屋に戻ったのは朝になってからだった。

うとうとしていると、電話で叩き起こされた。警察からだった。事情聴取の続きをするから昼までに来いという。竜騎は御崎弁護士に報告を入れてアパートを出た。

ところが駅のホームで電車を待っていたら、ふたたび警察から電話があり、本日の事情聴取は中止するという。

これはゆさぶりなのか？　心を掻き乱し、動揺を誘おうとしているのか？

竜騎は隣の駅で電車を降り、やり場のない気持ちをゲームにぶつけた。

7

翌朝も警察に叩き起こされた。今日はキャンセルにならないでしょうねと、せいぜい強がって電話を切り、出頭要請があったと御崎弁護士に報告したところ、迎えにいくから待っていろと言われた。

一時間後、車に乗り込むと、弁護士は言った。

「君の疑いは晴れた」

「本当ですか⁉」

竜騎は運手席の方に身を乗り出した。

「厳密に言うと、まだ完全には晴れていないけど、警察は君への興味を失った。もっと魅力的な人物が現われたから」

「新たな容疑者が捜査線上に浮かんだんですか？」

「怪しいのは長柄竜騎だけではないでしょうと、別の可能性を提示したところ、食いついてくれた」

「提示？　先生が警察に？　というか、誰です、その容疑者というのは」

「警察が君に強い疑いをかけていたのは、街頭の防犯カメラ映像があったからだ。君がコンビニに行って戻ってくるまでの三十五分間に、日高さんの家の方に向かう、または出てくる人や車は記録されていなかった。唯一出入りした若い男は被害者のキャッシュカードを不正使用しているのだから、こいつを疑わない理由がない」

「僕しか出入りしていないというのは、警察が言ってるだけなんでしょう？　僕を追い詰めるために」

「それはない。実際には、たとえば宅配便業者の車が出入りしていたとしたら、その映像も残っているわけだから、はったりで君を追い詰め、嘘の自白を引き出せたとしても、裁判では通用しない」

「じゃあ、本当に僕以外誰も出入りしていなかったんですか？」

「映像に誰も映っていなかったからといって、誰も出入りしていないと言い切っていいのだろうか。私はその映像を見ていないけれど、一般的に考えて、二つの可能性が残されていると思った。一つは、レンズの死角から出入りできたのではないか。もう一つは、人の姿が背景と同化して、錯覚が発生しているのではないか。保護色みたいな感じね。そこで、それらの可能性は現実に発生しうるのか検証するため、現地に足を運んだ。おととい君をアパートまで送ったあとのことだ」

「あのあと、またあっちに戻ってくれたんですか？」

「行ったよ。仕事だから。君のお父さんからお金をもらってるんだよ」

身も蓋もないことをしれっと言う。

「それで、実際に現場を見たところ、いま挙げた二つの可能性はなさそうに思えた」

「えーっ……」

「なんだけど、第三の可能性を発見したんだな。これだから、足を使わないとだめなんだよ。車で行ったんだけど」

「第三の可能性？」

「日高さんの家は袋小路の突き当たりにある。だからそこへの出入りは、袋小路の手前に設置されたカメラで把握されていると考えられたわけだけど、ちょっと待って、袋小路に面した家は日高さんだけじゃない。日高さん宅の手前の左右二軒もそうで、右隣のお宅にいたっては、袋小路に面して勝手口があるじゃないの」

「そこから日高さんちを往復しても防犯カメラには映らない！　犯人は隣の家の人だったのか！動機は？　日高さんは認知症だったから、話が食い違ってトラブルになった？」

竜騎は膝を激しく叩く。

「先を急がない。カメラを回避して行き来できる立地ではあるけれど、そこに住む人が事件発生当時仕事や学校で全員不在だったり、寝たきりの独り暮らし世帯だったりしたら、犯行は不可能でしょう？　そこで、当該(とうがい)住宅にはどういう人が住んでいるのか、近所に探りを入れた。するとそこは母親と独身の息子の二人世帯で、息子は都内の私立大学で事務職員として働いているとのことだった。十三日は平日だから、特別な事情がなければ仕事に出ていて不在だったはず」

「社会人の息子がいるのなら、お母さんはそれなりの歳ですよね？」

「後期高齢者だそうだ」

「じゃあその人で決まりじゃないですか。無職でしょう？　家にいることが多い」

竜騎はふたたび膝を連打する。

「ところで、おととい車の中で君が語った中で、引っかかっていたことがあった。コンビニから戻ってきたら、出かける前には散らかっていた履き物が、きれいさっぱりなくなっていたのだよね？」

「ちょっと！　なんで隣のお母さんはスルーなんですか？　後期高齢者って何歳です？　七十、八十の老人だって人を殺しますよ。結構ニュースになってます」

「まあ聞きなさい。履き物がなくなった件について君は、お客さんにみっともないと恥ずかしく思った日高さんが片づけたのだろうと解釈した」

「それか、僕が蹴って道を作ったのを見て、出入りのじゃまになっていると思ったのか」

「しかし隣家の高齢女性が犯人だったのだとしたら、まったく別の解釈が成り立つんだよ。犯人である彼女が履き物を片づけた。なぜ？　君に履き物を見られたくなかった。なぜ？　コンビニに行く前と帰ってきた時とで履き物の数が違っていたら、人の出入りがあったと気づかれてしまうから。帰ってきたところ一足減っていたら、君は何を思う？」

数秒の間を置き、竜騎はハッと背筋を伸ばす。

「日高さんが玄関先で転んだ時、家の中に隣の人がいたということですか⁉　日高さんを家の中に連れていき、怪我のことで話をしていても誰も出てこなかったので、当然誰もいないと思い込んでいました。すると、僕が救急用品を買いに出たあとで、隠れていたその人が日高さんを襲った。じゃあ、僕がコンビニに行かなかったら……」

「その解釈は間違っているから、責任を感じる必要はないよ」

竜騎の反応を想定していたかのように、弁護士は即座にコメントした。

「でも、靴が一足減るということは、誰かが出ていくということですよね？　それを知られたくないということは、その誰かが犯人なわけですよね？」

「だったとしても、君が出ていってから犯行におよんだとはかぎらない」

「は？」

「君が出ていく以前に犯行は終わっていたのかもしれない」

「それはないです。日高さんは洗面所で傷を洗っていて、そこには誰もいませんでした」

「それ、日高さんじゃないから」

「はい？」

「その時、日高邦子さんはすでに奥の部屋で倒れていた」

「はあ？」

「洗面所で傷を洗っていたのが犯人だったのかもしれない。日高さんの家から出てきて転び、君が助けた高齢女性が」

理解の範疇（はんちゅう）を超え、竜騎は何の反応もできなかった。

「日高さんとの間で何かがあって部屋で刺してしまい、逃げようと玄関を出たところ、若い男と鉢合わせになり、驚いて転倒、怪我を気づかわれて家の中に戻されてしまったため、とりあえず日高さんを装って対応し、さいわい男が救急用品を買いにいってくれたので脱出、その際、履き物が一足減っていたらなりすましがバレてしまうと思い、三和土にあった履き物を全部片づけた。靴箱に放り込んだんでしょうね。この野郎！　ドラレコの映像を警察に送るぞ！」

交叉点の直前で強引に割り込んできた車に御崎弁護士は中指を立てた。

「いや、でも……」

ずいぶん走って、竜騎はようやく声を出せるようになったが、言葉にはならない。

「日高邦子さんはおばあさん。隣に住むのも高齢女性」

「いや、でも……」

「目を閉じてごらん。日高邦子さんの顔を思い出せる？　似顔絵を描くから特徴を言って」

「いや、でも……」

「四月に短時間話して、そのあと六か月まったく接触がなかったんだよ。顔なんて憶えていなくてあたりまえ。日高さんの家から高齢女性が出てきたら、それを日高邦子さんと思ってしまっても仕方ない」

「いや、でも、そこの勘違いはあっておかしくないと思うけど、そこで助けた人と、部屋に倒れていた人は別人なんですよね。僕はその両方を見たんですよ。半年置いてじゃないですよ。三十五分しか経ってなかった。別人だと気づきますよ」

「気づかないよ」

「どうしてそう言い切れるんですか？」

「だって、君、お年寄りに関心ないでしょう?」

「は?」

「今回の被害者が二十歳の子だったら、君は二人が違うことに気づいていたと思うよ。目の前にいるのが自分が関心のある年代の人間だったら、ちらっと見ただけでも、その短時間で自分の好みと照らし合わせようとするから、記憶の中に強く残る。けれど高齢者は興味の対象外なので、特徴をとらえようとして見てはいない。トリコロールのアフロヘアとかハンプティ・ダンプティのような肥満体型とかいう極端な特徴でもないかぎり、みんな同じように見えてしまう。老人は老人として十把一絡げで、個として認識できない。それが若さの証明でもあるので、二人の違いに気づけなかったことを無念に思うことはないよ。

今、すぐ前にミニバンがいるよね。その右隣を走っているのもミニバンだ。車に興味のない人からしたら、同じ車種にしか見えないよ。ミニバンとワンボックスカーの見分けもつかない。私も、なんとか48とかいうグループの女の子は全員同じに見える。君が二人を同一視してしまったのも同じこと」

納得がいったような、とうてい腑に落ちないような、腹が立つような、複雑な心境だった。竜騎は目を閉じ、日高邦子さんの顔を思い出そうとする。思い出せない。

御崎弁護士が言う。

「けれど、きわだった特徴があれば、興味のあるなしにかかわらず記憶に残るわけで、それが個を見誤らせるという皮肉な現象を発生させている。日高さんのカーディガンが。特徴は?」

「クリスマスっぽい」

「日高さんの家から出てきて君の目の前で転んだおばあさんはそのカーディガンを着ていた。半年前に会ったおばあさんが着ていたカーディガンだ。だから君はその女性を日高邦子さんだとみなしてしまった」

「そういう勘違いが発生することはあるかもしれませんが、どうして――」

「そうだね。どうして犯人は日高さんと同じカーディガンを着ていたのだろう？　市販品ではないようなので、日高さんのほかに同じものを持っている人がいたとは考えにくい。犯人が着ていたカーディガンは彼女の所有物ではなく、日高さん所有のものを拝借したと考えたほうがいい。ではなぜ他人のカーディガンを着る必要があったのか？


犯人は日高さんを刺した際、返り血で自分の服を汚してしまったのではないか。それを隠すために、部屋で目に留まった服を拝借した。自分の家は目と鼻の先とはいえ、一度外に出なければならず、その時に袋小路の入口を通りかかった人に見られたら厄介なことになる。ちらっと見られてもギョッとされるくらい派手に汚れていたのではないかな。夜ならそのまま帰ったかもしれないけど、真っ昼間だからね。

しかし玄関を出たところで見ず知らずの青年と鉢合わせになり、カーディガンのおかげで返り血は見られずにすんだものの、日高邦子さんだと勘違いされたため、彼女のふりをしてしまう。日高さんのふりをしたことで、この青年が死体を発見した場合に備え、本物の日高さんとの整合性を取る必要に迫られた犯人は、青年の印象に残っているであろうカーディガンを日高さんに着せ、自分はほかの上着を拝借した。掌を隠すように手首を縛ったのは、転倒時の傷がないことを見せないためだ。縛られていることが自然に見えるよう、抽斗を荒らし、強盗が入ったように見せかけた。そして一人消えたことがわからないよう、履き物を片づけて引きあげた。

——という可能性があるんじゃないですか。少なくとも、両手の擦り傷の有無を、被害者と隣家の女性、両名について確認してください。

と警察に要請したんだ。警察だって誤認逮捕で信用を落としたくないからね。再検証を行ない、その結果、隣の高齢女性への容疑が高まって捜査方針が変更になり、君の事情聴取が中断された。きのうのキャンセルね。彼女はまだ任意の聴取を受けている段階だけど、逮捕は時間の問題でしょう」

竜騎は腹の底から安堵の溜め息をついた。それから運転席に顔を向けて、

「ありがとうございました」

と手を合わせた。御崎弁護士は、どうってことないと応えるように、左手を軽く振る。

「警察署に行く前に、一か所立ち寄るね」

「疑いは晴れたのだから、事情聴取はキャンセルじゃないんですか？」

「容疑者として取り調べるだけが事情聴取じゃないんだよ。日高さんの家から出てきた高齢女性と、室内で倒れていた高齢女性とが別人なら、両者を見ている唯一の人間に、それぞれの特徴を訊かないと。君が思い出せる思い出せないは別にして。あと、三和土の履き物がなくなったことも、警察には言ってないんだよね？」

「ああなるほど」

と竜騎がうなずくのにかぶって電子音が鳴り響いた。竜騎が設定している着信音ではなかった。三十秒近く鳴って切れたあと、御崎弁護士は信号待ちでスマホの着信履歴を確認し、青に変わってしばらく進んでから路肩に停めた。

御崎弁護士が折り返している間、竜騎は、床に入ってもゲームに逃げてもまとわりついてきていた澱(おり)のような感情について結論をくだし、彼女が通話を終えて車を出してから口を開いた。

「今日これからの事情聴取で、質問に答えるだけでなく、言いたいことを言ってもいいんですよね?」

「警察への文句? 心証を害して損するだけだよ」

「愚痴(ぐち)じゃありません。怪我をした自分に代わって現金をおろしてきてくれと日高さんにキャッシュカードを渡されたというのは嘘です。カードと暗証番号がセットになっていたのを見つけ、千載一遇(せんざいいちぐう)のチャンスだと、こっそり持ち出しました。日高さんは認知症なので、勝手に引き出しても気づかれないと思ったからです。十万円のうち一万円はすでに使っていて、警察が取りにくる前に自分の口座から一万円おろして封筒に戻しました」

「そんなことだろうとは察していたけど、現状そこは追及されていないのに、あえて自己申告するの?」

「言おうと思います」

竜騎は胸を押さえる。

「その結果、送検、起訴されるようなことになっても？　名前が出るよ。大学の対応も変わってくるよ」

「覚悟のうえです」

「諒解。君の意思を尊重したうえで、不利益が最小限になるよう力をつくす。ただ、刑事のほうは軽くすんでも、君の大学の学則はかなり厳しく、過去の処分事案に鑑みて、寛大な処分は望めないかもしれないよ。一度名前が出てしまったら、ネットでの誹謗中傷を防ぎきることができないという問題も生じる」

「自分がしたことの結果なので、すべて受け容れます。してもいない殺人の罪を着せられるのは勘弁ですけど」

8

錦糸町のコインパーキングに入ると、御崎弁護士はスマホを手にし、通話しながら車を出た。竜騎もスマホを取り出した。長いドライブの間、一度も通知を確認していなかった。

助手席側のドアが叩かれた。弁護士が手招きしている。竜騎はドアを開けた。

「先生の用事じゃないんですか？」

「一緒に来て」

御崎弁護士は駐車場を出ると、歩道の切れ目から車道を横切り、公園に入った。草野球場の横をフェンスに沿って歩いていく。二面のグラウンドがようやく終わると、鬱蒼とした桜の木立が続き、芝生ではエプロン姿の先生に率いられた保育園児が走り回り、ここが東京の副都心であることを忘れさせてくれたが、顔をあげると、四方を大小のビルに取り囲まれており、公園の上だけ青空が切り取られていた。

豪快に水柱を噴きあげている池の横をショートカットして公園の中央部に出た。そのあたりはタイル貼りでプランターの植栽が目立ち、洒落た街灯やベンチが等間隔で配置され、いかにも都会の公園を思わせた。

御崎弁護士が足を止めた。横のベンチに坐っていたジャンパー姿の男が立ちあがり、ぺこぺこ頭をさげた。弁護士が振り返り、竜騎を指さす。男が顔をあげ、首を伸ばす。竜騎は十メートル離れたところに突っ立っていた。ある予感にとらわれ、弁護士についていくのをやめていた。

御崎弁護士が手招く。早くいらっしゃいと声を出す。竜騎は仕方なしに近寄っていった。

「バカが。疑われるようなことをするから、こうなる」

その中年男は、やはり長柄隆一だった。

「お父さん、その拳骨を落としたら、親子であっても暴力案件となってしまうご時世ですよ」

御崎弁護士にたしなめられ、隆一はばつが悪そうに振りあげた手をおろした。

「竜騎、先生に、よーくお礼を言ったか？」

「言った」

「先に戻ってる」

御崎弁護士が駐車場の方を指さす。

「先生、このたびは本当にありがとうございました」

隆一は深く腰を折る。

「ここからが本番ですよ」

弁護士はほほえみ、父子を残して去っていく。

「もう見てないし」

竜騎はベンチに腰かける。隆一は頭をあげ、「バカが」と隣に腰をおろした。ジャンパーのポケットから煙草を取り出したのを、向こうの喫煙所に行くよう息子が注意すると、小さく舌打ちして、もう一度「バカが」と吐き捨てた。

「つーか、何でこんなところにいるんだよ」

竜騎は隣に背を向けるようにして言った。

「心配だからに決まってるだろう。おまえは本当にバカだな」

「バカはそっちだ。心配だからって田舎から出てきて、何ができるんだ。近くで心配するだけじゃないか。金庫の扉が閉まらないほど儲かってるのなら、そういう道楽もいいけど」

「夜行バスのエコノミーを使ったし、泊まりも、そこのネットカフェだ」

「そういう節約をしたところで弁護士代の足しにもならないだろ。そうだよ、弁護士に頼んだんだから、水道屋がのこのこ出てくる意味がどこにある」

と噛みついてから、

「弁護士がいて助かった。ありがとう」

と、しおらしくつけ加えたが、喋っているそばから恥ずかしくなり、

「仕事をほっぽり出していいのかよ。東京見物したかっただけじゃねーの？　だったらもう少しましな服を着てこいよ」

と憎まれ口に切り替える。

「仕事は来週まで入ってない」

「だめじゃん。なおさら東京に来てる場合か。ちょうど見物できたことだし、とっとと帰って、営業、営業」

公園のすぐそばに建つ超高層ビルの隣に東京スカイツリーの威容がくっきり見える。

「わが子が大変なことになっているのに、じっと待っていられるか。何ができるできないじゃない。金や仕事はあとでどうにでもなる。事情が許せば母さんも連れてきた」

その言葉に竜騎はぐっときかけたが、感情を素直に受け容れることを拒否する別勢力が、

「つか、警察は何て言ってきたの？『お宅の息子を殺人容疑で取り調べます』？」

と話を変えた。

「そこまでストレートじゃなかった。日高邦子さんの事件で任意の事情聴取を行なうことになった、といった感じだったかな」

「驚いた？」

「その時は、やっぱりとしか」

「やっぱり？」

「とっくに驚いていたから」

「とっくに？」

「竜騎が撮った現場の映像を見た時に頭の中が真っ白になった。県営住宅の仕事を事前通告なしに全部切られた時も、ここまでショックじゃなかった」

「現場の映像？」

「日高さんが血を流して倒れている動画」

「それ、警察に見せられたの？」

〈塵芥天使〉が警察に密告した際提出した動画を容疑者の親に見せた？　事情聴取が決まる前に？

竜騎が変に思っていると、

「おまえが見せてくれたんじゃないか」

と言われ、数秒の間を置いて、

「塵芥さん⁉」

目を剝き、隣のオヤジを指さした。

「妙齢の美少女を期待したか？」

隆一は恥ずかしそうに無精髭(ぶしょうひげ)をさする。

「え？　何？　どういうこと？」

刺された邦子さんを発見した時より、警察の訪問を受けた時より、竜騎は混乱していた。

「パパだってＳＮＳくらい普通に使えるぞ。学生時代からインターネットに親しんでいて、ＳＮＳの礎（いしずえ）となる電子掲示板で丁々発止（ちょうちょうはっし）やり合っていた。なりすましも心得ている」

「そういうことじゃなくて……」

「おまえに電話すれば、いつも、いま手が離せないとすぐに切るし、メッセージの返事もそっけないから、学校や生活がどうなっているのか心配で、ＳＮＳをチェックしてたんだよ。そこを見れば竜騎のリアルな姿がわかるだろうと」

「いや、でも、アカウントは教えてない」

「だから探し出した。アカウントには誕生日を織り込むことが多いと聞いたことがあったので、まずは〈０６１２〉で検索し、ヒットしたものを見ていくと、〈空気銃〉とついたのがあった。これを見つけた段階でほぼ決まりなんだが、検証のため、〈空気銃０６１２〉の過去の投稿やフォロー先をチェックしたところ、出身地や高校や大学が特定でき、竜騎だという確信が得られた」

「〈０６１２〉でどんだけヒットするんだよ。それを一つ一つ確かめたわけ？」

「暇（ひま）な時間が結構あるから」

「だめじゃん。てゆーか、どうして〈空気銃〉でわかったんだよ」

「パパが竜騎に、長柄はエアガンだと教えたんじゃないか」

「パパとか言うな、恥ずかしい。違います。エアガンは自分で発見しました」

長柄をローマ字表記するとNAGAE、逆さにするとEAGAN、エアガンは空気銃。

「子供は親との時間をすぐに忘れてしまうが、親はいつまでも憶えているんだよ」

「くそーっ、誕生日を使わなければ……」

竜騎は髪を掻きむしる。

「パパの誕生日ベースのアカウントは気づかれなかったな。意識して見つけようとしていたのと、そうでないのとの違いが大きいのだろうけど」

「〈塵芥天使〉が誕生日?」

「五三年十月四日」

「五三年?」

「昭和」

「元号で言われてもわかんねえよ、普段使わないんだし。つかさあ、SNSを見るのはいいけど、別にコメントしなくていいじゃん。DMをよこさなくても」

「仲よくなりたかったんだよ」

「キモいんだけど。だったら正体を隠さずにフォローしてこいよ、卑怯者」

「父親だとわかっていたら本音を出さないだろう?」

「だからといって他人のふりをして接触してくるって、いやらしすぎる」

「でも〈塵芥天使〉のことを、ネット上だけの知り合いと思っていたからこそ、例の動画を見せたんだろう?　父親だとわかっていたら見せていない」

「それが？」

「葛飾区鎌倉で高齢女性殺害というニュースを見た時には、もしや竜騎も巻き込まれたのではと心配したが、〈空気銃０６１２〉の動画を見て、考えが百八十度変わった。うちの竜騎がやったんじゃないか？」

「早とちりすんなよ」

「〈鎌倉みやげｗ〉の写真もあったんだぞ、一万円札十枚を並べた。これは大変なことになったと血の気が退いた」

「妄想癖があるとは知らなかった」

「竜騎も子供を持てばわかる」

「つか、俺、そんなことをしてもおかしくないやつだと思われてたわけ？　普通は、うちの子にかぎってと否定するもんじゃないのかよ」

「よそ様の家に押し入ったり、人が死んでしまうほどの暴力を振るえる度胸がある子でないことは、千パーセントわかっている」

「それ、喜んでいいの？」

「単独では無理だ。しかし今の強盗は、グループで役割分担して行なうというじゃないか。運転手や、押し入る家の選定や、奪ったキャッシュカードでの引き出し役なら、うちの子にもできそうだ。メンバーも、アルバイトを集めるように募集しているらしいから、バカ息子はそれに引っかかってしまったのかも。バイト感覚の軽いノリだから、感覚が麻痺してしまって、動画を撮ったり、それを自慢げに人に見せたりしたに違いない。

一つの考えに取り憑かれてしまったら、セカンドオピニオンを持ってきて、どちらが正しいのか判断することはむずかしいんだよ。思い込みがあふれているネットを見れば明らかだ。だからパパも、鎌倉で起きた強盗殺人事件に息子がかかわっていると思われるから調べてくださいと、警察に電話した」

竜騎はあんぐりと口を開けた。

「例の動画と十万円の写真も提出した。どういう形にせよ、竜騎が関与していることは絶対だと凝り固まっていたので、警察の対応を待たずに知り合いを頼って弁護士を探し、事情聴取を行なうことになったと警察から連絡が入った段階で、すぐに御崎先生に動いてもらった」

「いやいやいや!」

竜騎は両手をばたつかせる。

「なんでわが子を警察に売るんだよ。あの動画を見ても、見なかったことにして、お宅の息子は人殺しだと警察に言われても、そんなことはないと頑として否定して守るのが普通だろ」

「間違っているのはおまえだ」

隆一は体をねじり、竜騎の方にぐっと身を乗り出す。

「わが子が道を踏みはずした時、その足跡を消してやるのが親のなすべきことか？　前に立ち、正しい方に導いてやるのが親の務めだろうが。子供が成人していようが関係ない。

竜騎のＳＮＳを見ていて、留年したことは察しがついていた。一言言いたかったよ。一言どころか、呼び戻して詰問したかった。けれどぐっと我慢した。おまえはもう大人なんだから、自分でどう対処するか、とりあえず見守ることにした。

しかし強盗殺人はそうはいかない。留年は個人の問題だが、こっちは社会にかかわっている。間違いはすぐに正さないと。だから警察に報せた。とはいえ、わが子はかわいい。将来が潰れてしまうことは望まない。だから弁護士の先生にお願いした。

殺人の容疑は晴れるだろうと聞いた。よかった。本当によかった。でも、他人のカードを使ったのは事実だそうだな。最悪、竜騎はもう大学にはいられなくなるかもしれないと、御崎先生に聞かされた。退学や除籍はまぬがれても、居づらくなり、自分からやめる方に追い込まれてしまうかもしれないと。

その時は、帰ってこい。うちを継げと言ってるんじゃない。リセットだ。しばらく頭を冷やし、今度こそ将来をよく考えてから出ていけ。大学に入り直したいというのなら、学費と生活費はどうにかしてやる」

熱弁をふるいながら徐々に腰をあげていき、最後は息子の前に立ちはだかり、見おろしていた。

その背後を、朝から缶チューハイの男が通り過ぎる。それを避けるようにベビーカーを押す女性、手をつないで自撮りしながら歩くカップル、食パンをちぎっては鳩に投げる老人、大型犬に引きずられるようにして歩く外国人。さらに向こうでは、ロケットを模した遊具で子供たちが歓声をあげ、それをファストファッションに身を包んだママたちが談笑しながら見守り、遠くからはテニスボールを打ち返す乾いた音が聞こえてくる。

「あ。弁護士からだ。早く戻ってこいって」

竜騎はスマホを取り出し、何も表示されていない画面を見るふりをして腰をあげた。

そのまま父に背を向ける。絶対に涙は見せない。

死にゆく母にできること

【10÷2+9×7=□】

「どうして98なの！」

兼松(かねまつ)初生(はつみ)は金切り声をあげ、□の中に鉛筆で記された数字をボールペンの軸先でつついた。

「10割る2は5でしょ、5足す9は14でしょ――」

遥飛(はると)は問題を指でなぞりながら暗算する。その指を初生はボールペンでぴしりと叩く。

「掛け算と割り算が先！」

「あっ、そっかー」

遥飛はぺろりと舌を出す。

「あっ、じゃないわよ」

初生はボールペンを振りあげる。

「掛け算と割り算が先、掛け算と割り算が先」

遥飛はお経のように唱えながら自分の頭を鉛筆で叩き、98に消しゴムをかける。書き直された68が初生に新たな怒りを連れてきた。

「枠からはみ出さない！」


初生が三面鏡の前で化粧水をつけていると、夫がベッドの中から話しかけてきた。

「あっちのこともあって、いっぱいいっぱいなのはわかるが」

尻切れのまま、いつまでも続きを口にしない。

「『あっち』って何よ」

初生は鏡の中の夫を睨みつけた。

「お義母(かあ)さん」

賢司(けんじ)は背中を向けてスマホを手にしている。

「『あっち』」

「言葉の綾(あや)だ」

悪びれた色もない。そしてまた口を閉ざす。指は動いている。

「それで、『あっち』がどうしたの？」

「しつこいぞ。だから、そのストレスを子供にぶつけるのはよせってこと」

「はい？」

「遥飛にガミガミ言いすぎだ。このごろ、いつもそうじゃないか」

「注意しただけよ」

「だからって、あんなに威圧することはないだろう」

「威圧って何よ」

「ほとんど怒鳴(どな)っていた。虐待だぞ」

「何ですって?」

初生は振り返る。夫はスマホに向かったままだ。それがさらに気分を逆(さか)なでし、

「ふざけたこと言わないで!」

使ったコットンとティッシュを丸めて投げつける。賢司は上体を起こして初生の方にひねり、

「しっ」と口に人さし指を立てる。

「きのうも同じ間違いをしたのよ。だからイラッとして、ちょっと強く言っちゃったの」

「そこはこらえろよ。ヒステリックな物言いは子供に恐怖や不安を与えるだけだ」

「遥飛はだいじょうぶ。怒ってもあっけらかんとしていて困りものだけど」

「それは思い違いだ。自分を守るために剽軽(ひょうきん)にふるまっているんだ。笑いで相手の怒りをやわらげようとしている」

「いつから精神科医になったの?」

「とにかく、もっと穏やかに接しろということだ」

「あなたもあなたよ」

「は?」

「なんで今になって言うのよ。あの場で注意してくれればよかったのに」

遥飛がダイニングテーブルでドリルをしていた時、賢司はソファーテーブルでリモートワーク

をしていた。

「あそこで口を挟んだら、君はカチンと来て、激しく反発した。すると僕も声が大きくなる。両親が感情的にやり合っているところは子供に見せないようにしようと決めたじゃないか。僕らは、少し時間が経てば、けろっと普通に戻るが、子供は違う。心に傷が残る」

「あー、なんか、もうっ」

初生はティッシュを力まかせに引き抜く。

「何？」

「何でもない」

二枚、三枚と引き抜く。

「心配なのはわかるけど、毎日行く必要はないだろう」

「『必要』？」

「完全看護なんだし、お義母さんはスマホを持っているんだから、行かなくても話はできる。ビデオ通話にすれば顔も見られる」

「ビデオ通話じゃ手を握ってあげられないじゃないの」

初生はティッシュの箱を叩きつけて立ちあがると、自分のベッドから掛け蒲団を引き剝がした。

「何だよ」

賢司が驚いてベッドに正坐する。

「ソファーで寝る！」
初生は蒲団を引きずって寝室を出ていった。

工場の電話交換、スーパーマーケットの惣菜部、保険の外交、クリーニングの受付、公共施設の清掃――母が過去に就いてきた仕事です。そういう、時給いくらの仕事にしか就けないのは、自分に学歴がなく資格も特殊技能も持っていないからだと母は考えていました。

妙齢になっても良縁に恵まれず、風采のあがらない十も歳上の村内文男と結婚するしかなかったのも、定時制高校出身であることがハンディとしてあったと考えていました。

その鬱憤を晴らすように、結婚後の母は女王のようにふるまいました。夫には日の丸弁当と煙草代しか与えず、晩酌も二級酒で、時にはその酒に自分が酔い、彼を足蹴にしていました。

そのような目に遭いながらも文男は、自分は年齢がいっており、資産家の出でもなく、人間的魅力にも乏しいので、ここで別れても次はないとあきらめ、理不尽に耐える毎日を送っていました。食事や洗濯をしてくれる人がそばにいればよしとしようという気持ちだったようです。仕事で高いところを目指したいという気概も、これといった趣味もない人でした。

そういう夫婦だと、あなたには見えました？

たぶん見えなかったでしょうね。母は人目があるところでは夫を立てていたから。父も、ただの無口でしかないのに、威厳があるように見えていたんじゃないですか？　なんなんでしょうね、あれ。歳の差がそう見せるんですかね。

家の中ではまったく違って、母は父のことを、クソ、ボケ、カスと口汚く罵り、それに父が反論しないものだから、わたしもずっと父のことをダメ人間だと蔑んでいました。でも、ある程度大きくなると、父と母、それぞれの過去がなんとなくわかってきて、父にも心を寄せられるようになりました。

父に花嫁姿を見せることができてよかったと、心から思っています。孫は間に合わず、残念だったのですが。


汚れたタオルや肌着が入ったナイロンのバッグをキャビネットから出し、洗ってきたものと置き換えていると、名前を呼ぶ声が聞こえた。

「起こしちゃった？」

初生は腰をあげ、サイドレールに両手を置いて、ベッドを覗き込んだ。

「洗濯、いつも悪いわね」

寝起きだからなのか、滋子は、どこを見ているのかわからないような目をしていた。肌には艶がなく、釉薬のかかっていない焼き物を思わせた。

「全然。お礼なら、うちの洗濯機に言って」

「往復の荷物になるじゃない。洗濯は、ここでお願いしてもいいよ」

「でも、嫌なんでしょう？」

「我慢するわ」

「我慢しなくていいよ。無理したら、回復の妨(さまた)げになる。うちで洗ってくるよ。この先何年も続けるわけじゃないんだから、全然大変じゃない。そんなことより、今日の調子はどう？」

「相変わらず」

「熱が下がらないんだ」

「下がったり、また出たり。微熱だけど」

「手の痺れは？」

「それもうっすらとある。あと、おなかがゆるいのも」

初生は両腕を伸ばし、滋子の左右の手を取った。熱があると言うが、冷たさを感じる。いつからこんなに肉が薄くなったのだろう。

「切ったところは痛い？」

「ううん、全然。じょうずな先生だったんだね。だから具合は悪くはないんだよ。痺れや下痢(げり)は抗癌剤(こうがんざい)の副作用なんだから、逆に、薬が効いていると考えればいい」

「前向きだね」

初生は笑う。

「前向きよ」

母の表情もわずかに緩んだ。

滋子は膵臓(すいぞう)癌の治療のため、自宅に近い病院に入院している。かすみ目を診てもらいに眼科にかかったところ、白目が黄色いから検査してもらったほうがいいと内科に回され、膵管に腫瘍が見つかった。運がよかったのは発見のいきさつだけでなく、ステージが進んでいなかったため、手術で取り除くことができた。現在、術後の化学療法を受けているところだった。

「洗ってもらった？」

初生は滋子の髪に手をふれた。艶がなく、ごわごわしていた。

「きのう」

「梳かしてあげる」

初生は少しベッドを起こし、母の髪にやさしくブラシをかける。

「遥飛は元気？」

「元気よ。て、きのうもおとといも言ったじゃないの」

「お母さんがいなくて、心細いでしょうね。ごめんね、遥飛」

「だいじょうぶよ、夕飯までには帰ってるから。ちょっと遅くなってるけど、ゲームの時間が増えて喜んでるみたい」

「賢司さんにも長く迷惑をかけることになってしまって」

「それも気にしないでって。彼も迷惑だなんて思ってないから。協力的だし。よけいなことを気にしてたら、治りが悪くなるよ。ママは自分がよくなることだけを考えてちょうだい」

「じゃあ、そうさせてもらおうかな」

滋子はやわらかく笑う。

「そうしちゃいな」

初生も笑って応じる。

「迷惑かけついでに、一つお願いしようかな」

「何？」

「草取りしてくれると助かるわ」

「まかせて」

「あと、ゴーヤを植えといてもらえる？　お願いが二つになっちゃうけど」

「オッケー」

「土の入れ替えは入院する前にやったから、苗を買ってきて植えるだけでいい」

「支柱とネットは物置よね？」

「それは退院してからママがやる。とにかく植えるのだけは急がないと、一番暑い時に葉が十分茂らない」

「退院してすぐに肉体労働は無理だよ。ネットもわたしがやっとく」

「悪いわね」

「全然。ママのためにやっていると思うと、わたし、なんか元気が湧くんだ」

「ありがとう」

「ほかにも気になることがあったら、遠慮なく言って。わたし、何でもやるよ。だからママは治療に専念して。元気になってくれることが、わたしにとって一番のご褒美だよ。そういえば、昔、成績が悪くて泣いてたら、こうやって、がんばれがんばれって励ましてくれたよね。ママもがんばれがんばれ」

初生は母の両手を取り、ゆっくりと上下に振る。

西側の窓にグリーンカーテンを作るのが村内家の夏の慣例だった。初生が子供だった時は朝顔だったのだが、こっちのほうが葉がみっしり茂るし収穫の楽しみもあるということで、そのうちゴーヤを植えるようになった。

滋子に頼まれたあと、初生は早速ホームセンターでゴーヤの苗を買い求め、実家に行った。窓際の地面に穴を掘り、五十センチ間隔で苗を植える。物置から出した支柱を立て、脚立に乗って庇(ひさし)に留め、窓全体を覆うようにネットを張る。

ゴーヤはたいして手入れしなくてもぐんぐん伸び、夏には立派な実をつける。窓は二間幅あり、収穫は相当な量になる。滋子は九年前に夫を亡くしてからは独り暮らしで、一人ではとても食べきれないため、近所に配る。娘にも持たせる。一本二本ではない。こちらはほとんど近所づきあいがないため、家族三人で食べるしかなく、来る日も来る日もゴーヤが食卓に並ぶ。夫は、うんざりしながらも食べてくれるが、子供は素直だ。苦いから嫌だと拒否する。体にいいから薬だと思って食べなさいと叱っても、泣いて吐き出す。その日だけの問題ではない。大量のゴーヤをやっと消費したかと思ったら、第二弾、第三弾と届き、秋のはじめまで尽きることがない。

食べきれないからと言って、あまりもらってくるなよと賢司は顔をしかめる。実家でももてあましているのよと初生は反論する。

「親孝行は結構なことだ。けど、こちらに過剰な負担がかかってしまったら、正直、いい気分じゃない」

「あなただって、お義母さんが勝手に送ってくる荷物を喜んで受け取ってるじゃないの」

「桃や葡萄(ぶどう)は遥飛も大喜びだ」

「差別」

「それなら大量に引き受けてもいい。そのかわり一度味見したら、あとは処分しちゃえ」

「もったいないじゃないの」

「買ったものではないのだから、いいじゃないか」

「食べ物は粗末にできない」

「ゴーヤをやめて朝顔を植えてもらおう」

「ゴーヤのほうが日よけになるの」

毎年喧嘩腰のやりとりが繰り返され、最後にはお互い口をきかなくなる。今年も、あと三か月もすれば、殺伐とした夏がやってくる。

憂鬱な未来に溜め息をつき、全部枯れてしまえばいいのにと、スコップをザクザクと地面に突き刺していると、

「初生ちゃん」

と声がかかった。隣の木全(きまた)さんの奥さんが、低い塀越しに顔を突き出していた。

「こんにちは。四月なのに夏みたいですね」

初生はスコップを置き、笑顔を作って立ちあがった。

「お母さんはどう？」

「手術は無事終わりました」

「いつ戻ってこられるの？」

「まだ決まっていませんが、来月には」

「よかったわね」

「はい。ありがとうございます」

「きのうも来てたんだって？　うちのお父さんが言ってた。わたしはダンスのレッスンでいなかったの」

「きのうは草むしりを少し」

「偉いわよねえ」

「家事をしているだけですから」

「電話の仕事もあるのに」

「カスタマーセンターはしばらく休ませてもらうことにしました。だから結構暇なんですよ。息子ももう手がかからないし」

「うちの二人に聞かせたいわ。村内さんは、いい娘さんを持って、心強いわよね」

「そう思ってくれていればいいんですけど」

初生は頬に手を当てる。

「美緒なんか、嫁いでいったら、もう木全の人間じゃなくなっちゃって。わたしが腰をやって歩けなくなった時も、心配かけまいと、だいじょうぶだと言ったら、様子を見にも来ないんだから。お正月も、向こうの実家にばかり行って。章紀は一緒に住んでいるのに窓拭きも手伝わない。わたしじゃ上まで届かないのに」

「美緒ちゃんは関西だから、遠くて戻ってきにくいんじゃないですか」

「まったく、小さい時から親に楯突いてばかりで、いい歳になって、さすがに反抗的ではなくなったけど、でも自分勝手なのは変わらないのよね。子供って、結局そのまま大人になるのね。思えば、初生ちゃんはずっといい子だったもんねえ。素直で、聞き分けがよくて、お勉強はできるし、悪い友達を作らないし。こんな親孝行な子はいないわ。お母さん、本当にしあわせよね」

「それ、退院してきたら、母に言ってもらえますか」

ほほえんで頭を掻いた初生の、やわらかく開いた唇の深淵では、奥歯が臼を碾くように嚙みしめられていた。


二人の間に子供ができたのは結婚後十年を過ぎてからでした。それがわたしです。

父の喜びようは大変なものだったそうです。仕事から帰ってきたら着替える前に娘を抱きあげ、休日は一日中ベビーベッドを覗き込んで話しかけ、夜中に泣き出せば母より先におむつを取り替える。この木偶の坊にこんな人間味があったのかと、母は驚いたといいます。

けれど、ある時から、母は父をわたしから遠ざけます。不潔だとスキンシップを禁じ、食事の時間をずらし、休日は家から追い出しました。娘が父親のほうになついてしまうことを恐れたのです。向こうになつけば、自分の言うことを聞かせにくくなります。

わたしは四つのころから習い事をさせられました。最初はダンスでした。教室でだけでなく、家でも特訓させられました。

うまくできないと、母は大声で怒りました。脳天に突き刺さるようなその高音が恐ろしくて、それから逃れるように、わたしはいっしょうけんめいがんばりました。

うまくいくと、満面の笑みで「愛してるよ」と抱きしめてくれました。怒っていない時は、とてもやさしい人なのです。そのしあわせそうな顔を見ていると、わたしもしあわせな気分になれました。いつもしあわせでいられるよう、わたしはがんばりました。

けれどどれだけがんばっても一番にはなれず、すると母はダンスを見切り、わたしをピアノ教室に連れていきました。水泳、絵画、英語、習字、バイオリン、体操――何かの才能があるかもしれないと、いろんな教室を渡り歩きました。どれも自分の意志ではじめたものではないので、続けても意味がないと、半年や一年でやめさせられても、まあいいかなという感じでした。唯一お絵描きだけは、やっていて楽しかったので残念には思いましたが、頼んだところで聞き入れられないのはわかっていましたから。

母は、自分が子供の時にやれなかった習い事を娘にさせることで、心の隙間を埋めていたのだと思います。けれど娘がやっている様子を見るだけで、自分が跳んだり跳ねたり筆を運んだりするわけではないので、そのおもしろさやむずかしさはわからず、結果でしか評価することができないため、成績が悪ければ、やる価値はないと見切りをつけてしまうのです。

わたしは何の才能も見つけられないまま小学校の高学年になり、母は方針を転換しました。進学塾に通わせたのです。


【桜の木は（実）と（葉）から（スイーツ）を作ります】


「ふざけてるの⁉」

初生はボールペンの軸でテーブルを叩く。遥飛はきょとんと小首をかしげる。

「それ、演技？」

反対側に首を倒す。

「本当にこれで合ってると思ったの？」

「実はサクランボだし、葉っぱは桜餅になるし」

「お笑いのネタを作ってるんじゃないのよ！　これは何の問題⁉」

「理科」

「理科で、光合成の問題のうちの一つなのだから、スイーツのはずないでしょう！」

「あっ、そっかー。二酸化炭素と水のやつか」

遥飛は自分の頭に軽く拳骨を落とし、ぺろりと舌を出す。舌を引っ込めたあと二発目を落とし、舌を出す。

「またそうやってふざける！」

初生は遥飛の拳を摑んで頭の上から引っぱりおろす。

居間に広げた室内物干しにタオルをかけていた初生のもとに、缶ビール片手に夫が近づいてきた。

「外に干せよ」

「夜、外干ししたら洗濯物がくすむの」

「じゃまなんだよ。だいたい、どうしてうちで洗うんだ」

「実家で洗って干してきたら、病院に行く前に取りに行かなければならないじゃないの。時間のロス」

「そうじゃなくて」

「電気代と水道代と洗剤がよけいにかかるけど、今だけだから」

「そんな苦情は言ってない」

「夜に洗濯機を回すな？　だいじょうぶ。音と振動で迷惑がかかっていないか、下のお宅に確かめたから」

「違うって」

「じゃあ何が言いたいのよ。ああもう、話がわからなくなった」

初生はリモコンを叩くようにしてドラマが映っていたテレビを消す。

「そうやってイライラするのは、疲れているからだろう」

「疲れてるのに、わけのわからないことを言われたからよ」

「だから負担を減らせと言ってるんだ。洗濯は病院に頼めよ。高いのか？」

「お金の問題じゃない」

「じゃあやってもらえよ」

「あなたは、自分の服を他人の服と一緒に洗われても平気なの？　肌着もよ。業者に頼んだら、見ず知らずの人たちのものと一緒くたにされてしまう。どんな病気に罹っているのかわからない人の下着なんかと」

「入院中くらい我慢するよ」

「ママに我慢しろと？」

　初生はキッと眉を寄せる。

「お義母さんが嫌がっているのか？　君が言えば、納得するだろう」

「ひどいこと言うのね。かわいそうじゃないの」

「遥飛はかわいそうでもいいのか？」

「はい？」

「疲れた君が遥飛にあたるのを、これ以上見てられない」

「あたってないわよ」

「勉強を見ている間、叱りっぱなしじゃないか。あれでは落ち着いて問題を解けない」

「だから言ってるでしょう。あの子が全然なってないから、つい声が大きくなってしまうの」

「手を出すのも、つい？」

「ペンでちょっとつついてるだけよ」

「お義母さんが病気になる前は、あんなにガミガミ言ってなかった」

「ガミガミ」という言葉が初生の癇にさわった。

「そうよ！　疲れてるのよ！　じゃああなたが勉強を見てちょうだいよ！」

初生は洗濯籠からタオルを取りあげた。バサバサと音が出るほど振る。皺が伸びてもなお激しく振り続ける。声を落とせと、賢司が両手を上下させる。

「勉強に関しては放任すると前から言ってる」

「無責任」

「小学四年生をそこまで追い込む必要はない」

「人並みの成績ならね」

「教えたいのなら、感情的になるな。疲れのせいで感情を制御できなくなるのなら、疲れないようにしろ。そのために少しでも楽をしろと言っている。おまえ自身のためでもあるんだぞ。この機会に洗濯乾燥機に買い替えるというのはどうだ？」

「乾燥機はだめ。縮むから」

「じゃあ食洗機を入れて楽をしろ。せっかくこのマンションには専用の水栓が設置されてるんだし」

「ちゃんと洗えるのか信用ならない。外食した時に食器をよく見てごらんなさいよ。機械が洗ったあとチェックして、手で洗い直すほうが効率が悪い」

「しかし、どこかで手を抜かないとパンクする。お見舞いを休まないのはいいとして、そのたびに実家にまで足を運ぶ必要はないだろう」

「空気を入れ換えないと家が傷むの。埃も溜まる」

「庭の手入れまですることはない」

「ひと月放置したらどうなると思ってるの？　庭のある家に住んだことのない人は、これだから」

「それこそ人に頼めよ。シルバー人材センターなんかを利用すれば安くあがるだろう」

「一度頼んで仕事が雑だったから、ママが嫌がるの。草むしりにしろ洗濯にしろ、毎日じゃないんだし、永遠に続くのでもないんだし、わたしがやります。無理でも何でもない」

「だったら、疲れていても遥飛にはあたるな」

「気をつける」

「絶対にあたるな。約束しろ」

「わかったわよ！」

初生は最後のタオルを摑みあげ、振りたて、ピンチで留めた。

「いいわよね、あなたは相変わらず毎日飲めて、ほんわか気分で。そんなにわたしの負担が気になるのなら、飲んだあと缶を洗って水をよく切っておいてね。電気も消してね！」

初生は洗濯籠を蹴りながら居間を出ていく。

塾なんか行きたくありませんでした。勉強は好きではないし、遊ぶ時間が短くなるし、そしてなにより友達を失うのが嫌でした。進学塾イコール中学受験であり、地元の公立に行く仲のよい友達と別れ別れになってしまいます。けれどわたしに一言の相談もなく、母は勝手に塾に申し込んでいました。

抵抗はしました。悪智慧(わるぢえ)を働かせ、受験に失敗すればみんなと一緒の学校に行けると、塾では講師の先生の一言一句を書き留めているふりをして、別のノートにイラストを描いていました。するといっこうに上がらない成績を見た母に、もっと勉強していい学校を出なければいい仕事に就けず村内文男のようなどうしようもない男としか結婚できないと、あの暴力的な声で夜通し説教されました。

怒られたくない一心で、わたしはいっしょうけんめい勉強しました。成績が上がると母の声はまろやかになり、表情も観音様(かんのんさま)のようでした。そういう姿を見せられると、母はわたしをいじめているのではなく、しあわせを願ってくれているのだと安らぎをおぼえました。怖い母とやさしい母、どちらが本当なのかわかりませんでした。同じように、母の顔色を窺う自分と母の喜びを嬉(うれ)しく思う自分のどちらが本当なのかもわからなくなりました。

わたしは県下では五指に入る私立の中高一貫校に入りました。けれど母はそれで満足したわけではありません。母は大学のことも早くから決めていました。医学部か法学部か、そうでなければ理学部の数理情報系です。収入と将来性を考えてのことでした。

わたしの希望は違いました。けれど美大に行きたいと言ったところで反応は明らかで、話し合ってもどうにもならないことも見えていました。このころにはわたしも十分学習し、母の機嫌をそこねないよう先読みして行動するようになっていました。

法学部を選択したのは理数系が苦手だったからです。もっとも、母が希望する大学はそれなりにレベルが高く、法学部の受験にも数学があり、大変なことに変わりありませんでした。高校三年生の時は、学校と塾以外、どこにも出かけられませんでした。

就職先は、内定をもらった会社の中から、母の勧めで総合商社を選びました。三年目には法務関連の部署に配属され、大学で学んだことを活かせるようになりました。その後二年くらいがビジネスパーソンとして一番充実していたでしょうか。


見舞いを終えた初生は、自転車の前籠に荷物を押し込み、実家に向かって漕ぎ出した。晴天続きで滋子が花壇のことを心配していたので、水をやりにいくことにしたのだ。

自転車は、嫁いで家を出るまで初生が乗っていたものだ。駅の駐輪場に置きっぱなしにして、病院や実家との行き来に使っている。結婚後、実家に帰るたびに、まだ処分していないのかとあきれていたものが、こんな形で役立つことになろうとは思いもよらなかった。

病院の駐車場を横切り、出口で一時停止して左右を確かめていると、

「村内初生さん？」

と旧姓のフルネームで呼びかけられた。

振り返ると、堂々とした体格の男が、腕を伸ばしてこちらを指さしていた。サングラスをかけていたということもあるが、その声にも、体形にも、顔のラインにも、濃い無精髭にも、ピンとくるものがなかった。男の隣にある県外ナンバーのＳＵＶにも見憶えがない。なので初生が返事をしないでいると、男は左脚を引きずり気味に歩み寄ってきて、

「村内さんだよね？　俺だよ、滝山（たきやま）」

とサングラスをはずした。濃い眉と切れ長の目、そして名字――。

「滝山君？」

初生は自転車を降りて男を指さした。

「やっぱりそうか。面影がバッチリで、ピンときた。何年ぶり？　何十年？」

滝山将毅（まさき）は両腕を大きく開いた。ハグをするのかと初生は驚いて身構えたが、実際にはされることなく、彼は腕をおろした。

「滝山君も変わってないね」

「それはない」

頭のてっぺんと腹に手を当てて笑う。

「どなた？」

将毅の背後から小柄な女性がひょこっと姿を現わした。その彼女を初生に、

「妻」

と紹介したのち、奥さんに初生のことを、

「初恋の人」

と説明したので、初生はびくりと背中をそらせてしまった。

しかし細君は驚いたり不愉快そうな顔を見せたりはせず、わぉと手を叩いた。

「こっちは末っ子」

奥さんの後ろには、小学校にあがるかあがらないかくらいの男の子がいた。

「村内と申します。ご主人とは小学校が一緒でした」

初生は言い訳がましく自己紹介する。

「先に行ってるね。ダイ君、ジュース飲もうか」

奥さんは初生にもお先にとほほえみかけ、子供を連れて正面玄関の方に歩いていく。

「明るい方ね」

初生が言うと、将毅は返事の代わりに苦笑いして、

「村内さんはずっと鶴ヶ島（つるがしま）なんだ」

と、あらためて体を正面に向けた。

「ううん、東京。母が入院していて、面会に」

「お母さんは元気？　あ、バカだな、俺。入院しているのに、そんな訊き方はないよな」

将毅は頭に拳骨を落とす。初生は笑って手を振る。

「順調によくなってるよ」

「それはよかった。こっちは親父(おやじ)が入院中」

「そうなんだ。同じ病院だなんて、すごい偶然」

「まったく。びっくりしたよ」

「ときどき帰ってきてるの？」

「全然。あんなふうに家を出ていったから、絶縁状態に近かったんだけど、もう長くないと聞いて、ちょくちょく会いに来るようになった。春先からここの終末期病棟で世話になっている」

「そうなんだ……」

「村内さんは結婚してるんだよね？」

将毅は視線をややさげる。初生の左手の指輪を見ているようだった。

「うん。さっきのボクは末っ子だと言ってたけど、上に何人いるの？」

「三人」

「すごい。うちは一人でもいっぱいいっぱいなのに」

「早くに結婚したから」

「じゃあわたし、そろそろ。実家に寄っていかないといけないから」

もっと話したいことや訊きたいことがあるはずなのに、初生は逃げるように将毅の前から去った。

高校三年の夏のこと。自宅に向かって自転車を漕いでいた初生は、信号機のない交叉点(こうさてん)で、左から出てきた大きなオートバイとぶつかりそうになった。

悲鳴のようなブレーキ音をあげたバイクは自転車の手前十センチで停まり、暑い盛りなのに革ジャン姿のライダーは、気をつけろと怒鳴るように警笛を鳴らした。

片足をついて自転車を支えていた初生は、すみませんと頭をさげ、体勢を立て直し、逃げるようにその場を立ち去ろうとしたのだが、漕ぎ出す前に、ふたたびクラクションを鳴らされた。

ライダーはヘルメットのシールドをあげた。からまれるのか、めんどうなことになったと、初生はドキドキして身構えた。

「村内初生？」

ライダーはグローブをはめた手で指さしてきた。初生が返事をしないでいると、

「五小で六年一組だった村内だろう？　俺だよ、滝山。三年の時からずっと同じクラスだった」

とヘルメットを脱いだ。知っている単語が次々と出てきた。

「卒業以来？」

「そうかも」

「全然変わってないな」

「滝山君も」

と応じた初生だったが、心中では、その変わりように驚いていた。あどけなさが消え、ちょっとおっかない。街ですれ違っても気づかなかっただろう。背も、当時は自分よりずっと低かった。

一方で、彼はこちらを一目見ただけで誰だかわかったのだから、自分には昔の面影が濃く残っているわけだ。いまだに小学生っぽいのね、わたし。

などと複雑な思いを抱きながら、その日はそれだけの会話で別れた。

翌週、同じ道を自転車で走っていると、ふたたび彼と一緒になった。今度は出会い頭ではなく、後ろからクラクションを鳴らされた。

滝山将毅はバイクにまたがったまま話しかけてきた。

「いつもこんくらいの時間に、ここを通るの？」

「うん。十二分の電車だから」

「学校は夏休みだよな。バイト？」

「塾、川越の」

「村内、中学受験で朝星に行ったんだよな？」

「うん」

「朝星とかすごい一貫校に行って、塾にも通ってるって、どんだけ勉強が好きなんだよ」

「数学が全然できなくて、このままだと受験がヤバいから、夏期講習を受けることにしたんだ」

「美大の入試に数学いるの？」

「美大？」

「ファッションデザイナーになるって言ってたじゃん。休み時間にはいつも服の絵を描いてた。美大に行くんじゃないの？」

「あれは子供の妄想」

初生はバタバタと手を振って、

「滝山君はどこ高なの？」

と話を変える。

「恒心」

「そうなんだ」

と相槌を打った初生だったが、内心、引いてしまい、それが顔に出なかったかと心配した。平均以下の成績の生徒の受け皿として有名な学校だったからだ。

三度目の出会いは三日後だった。最初の二回は偶然だったが、今度は待ち伏せしたのだと、後日将毅が打ち明けた。

塾の帰り道に彼と話すことが初生の日課になった。

立ち話だったのが、公園に場所を移し、ベンチの端と端に坐るようになり、出会って二週間あまり経ち、バイクの後ろに乗った。

高麗川までの、わずか三キロ、十分足らずのツーリングだったが、自転車を漕いでいる時とは違う風の音も、地底から突きあげてくるようなエンジンの低音と振動も、目の前にある広い背中も、その奥から伝わってくる体温と鼓動も、革と汗が入り混じった匂いも、何もかもがはじめての体験で、そして、ただ新鮮なだけでなく、それまで感じたことのなかった、胸が締めつけられるような気持ちを連れてきた。

土手に並んでジュースを飲んでいたら、突然誘われた。

「海に行こうぜ。16号からガーッと南に下って湘南に」

初生の胸が大きく弾んだ。息が詰まって返事ができなかった。

「今からじゃないって。お盆。塾、休みなんだろう？」

「休みだけど……」

「家で勉強？　息抜きしないと死ぬぞ」

「でも、そんなに遠くは無理かな、受験生だし……」

母親の顔が脳裏にちらつく。

「じゃあ花火大会。お盆のあとになるかもだけど」

「夜は、ちょっと……」

母親の声も聞こえる。

「近場でも？」

「うん……」

「くそーっ、最後の思い出は、なしか」

将毅は後ろに倒れ込んだ。

「最後？」

「俺、来月、家を出るんだ」

「来月？　来年だよね？」

「卒業してからじゃない。退学して別の道に進む」

「え？」

「恒心学園って底辺じゃん。入学してみて、噂以上にひどいとわかった。こんなところを卒業したところで、ぱっとしない会社にしか就職できない。半分は進学してるけど、底辺から底辺に移動してるだけ。だから明るい未来がほしければ自分で道を切り拓かなければと、入学してからずっと考えていた。そして答えが出た」

「転学するの？」

「そんな頭はないよ。俺、小学校の時、ヤスやセキたちと毎日ヒーローごっこしてたじゃん。村内、オリジナルのコスチュームをデザインしてくれたよな」

「忘れた」

「その絵、もらって、今も取ってあるよ」

「忘れて」

「中学生になると、みんなそんな遊びからは卒業して、せいぜい番組を見たりグッズを集めたりするだけになったんだけど、俺は高校生になっても、テレビの前でポーズを決めたり、公園で側宙や三角跳びの練習をしていた。バカだろ？　だから恒心にしか入れなかったんだけど。けど、ああこれだと気づいたんだ。スタントをやろう！　思い立ったら善は急げだ。三角関数や御成敗式目を習っている場合じゃない」

「採用されたの？」

「とりあえず見習いだけどね」

「来月から？」

「本当は今年の春からやるつもりだったんだ。けど、親が、高校くらい卒業しろとうるさくて。退学する！　許さん！　と顔を合わせては喧嘩の毎日が何か月も続いて、この間、ようやく向こうが折れた。勝手にしろ、挫折してもめんどうは見ないぞと、縁を切られた感じなんだけど」

「でも、三年の途中まで来てるんだから、あと半年くらい待っても」

「恒心の卒業証書なんか焚きつけにしか使えないよ。それより、一日でも多くキャリアを積んだほうがいい。まだ運転免許は持ってないけど、練習場は私有地だから、車を運転しても問題ない。カースタントの練習ができる。ということで、来月伊豆に行く。プロダクションの本部があっちなんだ」

「遠いね」

「あと何回、こうやって話せるかな」

「…………」

「社長曰く、『滝山は筋がいい』そうだから、アクション系の映画やテレビドラマを注目してて。スタントはクレジットが小さいから、スローで見ないと気づかないかもだけど」

　将毅は頭の後ろで手を組み、雲に向かって語りかけている。自分というものをしっかり持って生きている彼が初生にはまぶしかった。

「明るいうちに帰ってこられるなら行ってもいいよ、海」

約束の前日、自室で勉強していると、母親が畳んだ洗濯物を持って入ってきた。

「あら、お出かけ？」

机の脇に目をやって言った。

「あしたは一日、図書館で勉強するって言ったじゃん」

「でもそれ、中学の時にプール用に買ったものよね？」

半透明のビーチバッグだった。

「こういうのを普段使いするのがはやってるんだよ。いつも同じバッグだと、だめになるのも早いし。気分転換にもなるし」

用意していたわけではないのに、そんな言い訳がよどみなく出た。

「遊びに行くのかと心配しちゃった」

「行かないよぉ、受験生なのに」

「そうよね。変な話を聞かされたところだったから、よけいに心配しちゃった」

「変な話？」

「高根（たかね）さんが何日か前にね、お宅の初生ちゃんが男の子と一緒にいたって言うのよ、Y字路のところの公園で。高根さんが知っている男子で、恒心の生徒だって」

「わたし、あそこの公園には行かないよ。駅からの帰り道じゃないから」

「男子に気を取られている時じゃないし、あんな学校の生徒に声をかけられても相手にしちゃだめよ。初生さんがバカになる」

「心配しないで。今は受験のことで頭がいっぱい」

「そうよね、あと半年だもんね。C判定だから遊んでなんかいられないよね。がんばってね。ママ、応援してるよ」

滋子は初生の両手を取り、せっせっせと手遊びするように上下に振った。

翌日、待ち合わせの場所に行った初生は、差し出されたヘルメットを拒否した。

「やっぱり行けない。勉強はサボれない。ごめんね。滝山君が全身全霊をかけて夢を摑み取ったように、わたしも今は受験に集中する。九月からがんばって。陰ながら応援してる。体に気をつけてね。さようなら」

初生は体をひるがえし、図書館の方に駆け出した。

将毅は追ってこなかった。塾の帰りに待ち伏せされることもなかった。空気を読んだのだろう。転居通知も届かなかった。


その彼と二十数年ぶりに再会した。

挨拶程度に言葉をかわしただけで立ち去ったのは、突然のことに動揺したからであり、別れの一件で合わせる顔がないと思ったわけではない。自転車を漕ぐうちに落ち着いてくると、早々に立ち去ってしまったことが悔やまれてきた。

どんな映画やテレビに出演したのだろう。脚を引きずっていたのはスタントでの事故が原因なのだろうか。ずいぶん太っていたので現役ではないのかもしれない。いい車に乗っていたからプロダクションの要職にあるのかもしれない。

知りたいことが、あとからあとから湧いてきた。母が退院するまでに、また病院で出会えるだろうか。連絡先を訊いておくべきだったと初生は臍を噬んだ。

帰りの電車に揺られ、うつらうつらしていると、淡い妄想にも包まれた。あの夏の日に一緒に海に行っていたら自分の未来は変わっていたかもしれない。今では四人の子の母となり、ＳＵＶの助手席に坐って——。

しかし自宅の玄関ドアを開けるなり、ふわふわした気持ちは一気に吹き飛んだ。

「お帰りなさい」

割烹着姿の女性に出迎えられたのだ。

「いらしてたんですか？」

初生は面食らい、両手のエコバッグを取り落としてしまった。

「お母さんの具合は？」

勢津子は腰をかがめてエコバッグに手を伸ばす。姑である。

「おかげさまで、順調に回復しています。すぐに晩ご飯の支度を」

初生は奪うようにエコバッグを抱えあげ、荒っぽく靴を脱ぐ。

「デパ地下でお惣菜を買ってきたわ」

「あ、申し訳ありません。じゃあ急いでお米をといで——」

「今、炊いてる」

「すみません」

初生はぺこぺこ頭をさげる。

「明日からは献立を考えて作るから、栄養面も心配しないで」

「いえ、明日からはわたしがちゃんとしますから」

「ううん。お母さんとご実家のことが大変なんだから、初生さんはそちらに専念してちょうだい」

「そういうわけには――」

「遠慮しないで。遥飛君、もうちょっとでご飯だからね」

手を叩きながらキッチンに入っていく勢津子の後ろ姿を、初生はただ見つめるしかなかった。

夕食のあと、遥飛を相手にゲームをしていた勢津子が風呂に入るや、初生は夫を寝室に引っ張っていき、食ってかかった。

「お義母さんを呼ぶなら、前もって相談してよ」

「話したら、助けは必要ないと意地を張るだろう?」

その憎たらしい返しもだが、それが酒臭い息に乗っていたことで、初生の神経がより逆なでされた。母親が来たということで、この男は調子に乗って二杯も多く晩酌していたのだ。

「意地って何よ」

「負担を軽くしろと言っても、ちっとも聞かない。だから負担が軽くなるよう、こちらからはからった。当面、うちのことはお袋にまかせろ」

「冗談じゃないわ。自分の家のことを他人にさせられないわよ。それに、お義母さんと寝起きをともにすることのほうが、よっぽど負担になる」

「心配するな。君とお袋は別々だ」

「は？」

「君は実家から病院に通うんだよ。帰ってこなくていい」

初生は絶句した。

賢司が背中を向けた。反論がないのは納得の印と解釈し、出ていこうとしている。

「ふざけないで」

初生はあわてて夫のシャツを引っ張った。

「往復の時間がぐっと短くなり、相当楽になる。お袋と顔を合わせることもないので、そっちのストレスもフリーだ」

「なに勝手に決めてるのよ。わたしを追い出したいの？」

「君に楽をさせてやるためだよ」

「だからって、この家のことは他人にまかせられない。キッチンに入られるだけでも嫌なのに、遥飛やあなたの洗濯もお義母さんが？　やめてよ。顔を合わせなくてもストレスだわ」

「すぐに慣れるよ。退院してもしばらくは、実家でお義母さんのそばにいてあげるといい」

「そんなに長く家を空けたら、遥飛が困るじゃないの。そうよ、お義母さんは勉強を見てやれない」

「そんなに遥飛のことが心配か？」

「あたりまえでしょう」

「だったら、お義母さんのことが落ち着くまでは距離を置け」

「はあ？」

「君の遥飛への対応はもう放っておけない。君は軽く叩いているつもりなのかもしれない。痣にもなっていない。けれど心は傷ついている。怒鳴るのも立派な暴力だ」

「わかってるって」

「そう言うだけで全然改善されないじゃないか」

「今日は叱ってないでしょう」

「お袋が抑止力になったからな」

そのとおりなので初生は言い返せない。夕飯のあと、いつもならダイニングテーブルで勉強を見るのだが、勢津子が遥飛をゲームに誘ったので、そのままにしておいた。

「じゃあ、お袋に家事をサポートしてもらいながら、君はうちから病院に通えばいいんじゃないかとなるが、それは理想論にすぎない。同居生活が続けば抑止の効果は弱くなる。夕食後のゲームを君は許さなくなる。遥飛に勉強をさせる。それをつきっきりで見て、間違ったらカッとなる。お袋がそれを見る。通報する」

「通報？」

「あの人が正論人間だと知ってるだろう？　身内だろうが、躊躇なく児童相談所や警察に通報するぞ。僕が止めても聞かないぞ。箱根での一件を忘れてないよな？」

立ち寄った土産物屋で万引騒動が起きた。店主は高校生を諭して終わらせようとしているのに、万引きは窃盗であり刑法に抵触すると、勢津子は横から口を出して警察を呼んだ。その後高校生は退学したと聞く。

「お袋がいなければ問題ない、実家に帰せ？　いやいや、それは現状を容認しろということじゃないか。僕はもう目をつぶれない。僕は、君の虐待行為が家庭内で解決されることを願っている。その一方で――」

「虐待なんかしてない！」

初生は賢司の胸を突いた。

「そういうふうに激するところが、問題の重大さを認識していない証拠だ」

「虐待とは違う。絶対に違う」

耳を塞ぎ、頭を振る。

「いいから聞け。僕は、君のイライラがこの先も続いたら、取り返しのつかない事態を招いてしまうのではないかと恐れている。だから、君の言動がエスカレートしたら、その時には内々での解決というきれいごとは捨て、第三者の介入もやむなしと覚悟を決めた。明日お袋を帰しても、僕が行動に出る。お袋との違いは、僕のほうが少しだけ気が長いくらいだ。

でも、できれば他人に家庭をいじらせたくない。遥飛も、君を失うことを望んでいるわけがない。ママが好きなんだ。ママに嫌われたくないから、厳しくあたられても耐えている。

君も遥飛のことが好きなんだろう？　愛しているんだろう？　だったら、しばらく距離を置いてくれ。別居の間のヘルプとしてお袋を呼んだんだ。君の虐待を見せ、通報させるためではない。

お義母さんの癌は早期発見でき、手術は成功した。そんなに長い別居にはならないだろう。君は前から教育熱心だったけど、今回の入院以前はここまで感情的ではなかったじゃないか。疲れが原因なんだよ」

二十七歳の誕生日を祝っていると、母が言いました。

「子供は早くに産んだほうがいいわよ」

仕事のキャリアを作るような道筋を歩まされていたのに、突然、キャリアを捨てる方向に舵（かじ）を切られたのです。自分が高齢出産で苦労したから、娘にはそうなってほしくないとの思いから出た言葉なのでしょう。あの人にはあるあるの支離滅裂です。

ここで自分の意見を述べたら、どういう事態になるか容易に想像がついたので、わたしはほほえんでうなずくしかありませんでした。

その後はあなたも知るとおりです。

結婚しても仕事は続けましたが、出産後はまったく同じように働くのはむずかしく、そのため部署を変えられ、居づらくなり、退職し、それまでに形成したキャリアとは無関係のパートタイマーとなりました。

進学、就職、友達、趣味、結婚、生活様式――母はわたしのすべてを支配してきました。ああ、でも、支配というのとはちょっと違うのかもしれません。母は自分の半生を憾み、わが子に自分を重ね合わせることで、仮想で人生をやり直しているようにも見えます。

そういう母の思いを叶えてあげることが親孝行だと思う一方で、わたしの人生は何なのだろうと無力感にさいなまれます。その二つの心のせめぎ合いが、時に激しい痛みとしてわたしを襲います。

遥飛やあなたにきつく接してしまうのも、それが関係しているように思います。病院への往復や洗濯、病状を心配することでの疲労ももちろんありますが、一番の原因は、無理して母に従っていることのストレスです。

わたしも、洗濯や庭の手入れは人にまかせていいのではと、心の底では思っています。けれど母はどちらも望んでいません。わたしが好きなように進めて、病室で母にキンキン声で騒がれても困ります。乾燥機や食洗機もです。わたしは使って楽をしたい。けれど「使うものではない」と育てられてきたので、何かの拍子で使っていることが母に知れたら、どれほどうるさく言われることか。我慢するしかないのです。その我慢が膨れあがると制御不能になり、爆発してしまうのです。結婚後は母との接触機会が減ったため、心の乱れも減っていたのですが、今回癌とわかってからほぼ毎日会うようになり、一気に不安定になりました。

だからといって家族にあたっていいわけはありませんよね。とくに遥飛に対しては絶対にだめです。今後は自分をコントロールできるように努めます。

それから、これも言わせてください。

わたしは母の意向で結婚することになり、その結果、仕事のキャリアを失うことになりました。けれど賢司さんと一緒になったことは少しも後悔していません。あなたとの間に遥飛という子を授かり、病気や怪我もなくここまで大きくなり、わたしは今の自分をしあわせに思っています。


実家に追いやられて四日目、話があるからと、初生は夫に呼ばれて朝霞（あさか）に行った。自宅と実家の中間地点である。賢司は車で来ていた。

「遥飛は元気？」

朝霞台（あさかだい）の駅前ロータリーでトールワゴンに乗り込み、助手席に坐ると、初生はまず尋ねた。

「伝えるまでもないだろう。今日もビデオ通話したんだろう？」

賢司は嫌み丸出しで応じると、

「あんな長文をメッセージで送ってきて、どういうつもりなんだ？」

と本題に入った。

「遥飛にきつく接してしまう理由について自分なりに考えてみました」

初生は小声で答える。

「どうしてメッセなんだよ。直接話すべきことだろう」

「ずっと実家で、顔を合わせる機会がなくなったからよ」

「大切な話があると言われれば、こうして出てくる」

「長くなるから、整然と話せる自信がなくて、まずは文章にまとめてみることにしたの。実家で一人で時間が余ってたから。それで、まとめちゃったから、これを読んでもらったほうが早いかなって」

と言ったのち、

「面と向かっては話しづらかったというのが大きいかな」

と、初生は本当の気持ちを明かした。

「ああいう話は、もっと早くに伝えるものじゃないのか？　お義母さんの入院とは関係なく」

「そうよね。お見合いのあと何度かデートした時に話して、こういう人間だけど本当に結婚するかと確認すべきだったよね。騙された？」

「そうは言ってない。まああれを読んで、腑に落ちたことがいくつかあった」

賢司はそれ以上は語らなかった。腑に落ちたということは、今までもやもやしていたということである。それはあのことだろうか、このことだろうかと、初生はドキドキした。何なのか具体的に知りたい反面、絶対に聞きたくないとも思った。

「しかし、なにもこんな大変な時に言うことじゃないだろう」

「今回わたしが追い出されたのはママの入院と関係しているのだから――」

「追い出したんじゃない。楽にするために――」

「言葉の綾よ。現在抱えている問題は、リアルタイムで説明したほうが伝わるでしょう？　落ち着いてから話しても、その時には関心がなくなってる」

「で、告白して、僕に何を期待してるわけ？」

「そういうことじゃないのよ。あなたや遥飛に迷惑をかけていることを謝りたかったのと、今後は気をつけると約束したかったの。わたしの深い事情を理解してねと甘えてるんじゃない。そこは誤解しないで。遥飛を怒鳴ったり叩いたりすることは、もう絶対にしません。これは約束とかじゃなく、神に誓います」

でも、退院後もしばらくは母のめんどうを実家で見るとなると、自宅に帰れるのはいつになるだろう、遥飛の成績がますます下がってしまう、と初生が心配していたところ、賢司が言った。

「率直な意見をいいか？」

「うん」

「君の親に対するスタンスは社会通念からかけ離れていると思う。親に従うのが孝行であっても、一から十まで言いなりというのは極端すぎる。お義母さんの厳しい叱責から自分を守るためという事情はわかった。しかし大人になった今でも自己主張ができないというのは、どう考えても普通じゃない。意見がぶつかったとしても、それを乗り越えて絆(きずな)を強くしていくというのが健全なあり方だろう」

「やっぱりそうなのかな……」

幼い時からずっと本心は呑み込んできて、それが自分にとっては普通だったため、初生はいま一つピンとこなかった。

「一度、お義母さんと膝詰めで本音をぶつけ合うべきなんじゃないかな。昔の話もして、こういうことは本当は嫌だったのだと伝えることで、君の気持ちを理解してもらう」

「無理よ」

「もちろん、病気がよくなってからだよ」

「それもあるけど、あそこに書いたように、わたしが何をどう言っても、ママに理解してもらえるとは思えない。寝た子を起こして大変なことになるだけで……」

「お義母さんも歳を取ったり大病を経験したりして、考え方が変わったかもしれない」

「そうは思えない」

「トラウマのようなものがじゃまするんだな」

「そうね」

「だったら一度、専門家に相談してはどうだろう」

「専門家？」

「精神科医とか心理カウンセラーとか」

「わたしが病気だと？」

初生は眉根を寄せる。

「そうは言ってない。僕は素人で、『お義母さんと話し合え』と言うことしかできないけど、専門家ならもっと適切なアドバイスをしてくれるだろう。どういうふうに話せばお義母さんを怒らせずにすむかとか、もしかしたら話し合わずに解決する道を示してくれるんじゃないか？」

「そんなにうまくいくかしら……」

「受診に抵抗があるのはわかる。けれどこのままだと、君はこの先もずっとお義母さんの言いなりだ。後日別の形でストレスが溜まるのは必至で、その皺寄せは家族におよぶ。僕は我慢しよう。しかし遥飛は？　まだ傷つけたいのか？」

賢司は助手席の方を向き、シートベルトが伸びるほどに体を突き出す。初生は目を伏せ、小声で応える。

「だから気をつけると誓ったでしょう」

「いいや、あれを読んで、たんに気をつけるだけでは解決しないと思った。といって、遥飛を守るために、このままずっと別れて暮らすわけにもいくまい」

「あたりまえでしょう」

「僕もそんなことは望んでいない。子供には母親が必要だ。お袋では代わりにはならない。だから君の不安定な精神状態が解消されなければならないんだ。受診を勧めているのは、感情的になるのを抑える薬を処方してもらえるかもしれないからだ。これはお願いだ。遥飛のためにも、問題に向き合って対処してほしい。遥飛を威圧し続けていたら、あの子も親の顔色を窺って行動するようになるぞ。自分と同じ苦しみを一生背負わせるつもりか？」

日曜日、賢司が遥飛と勢津子を連れて病院にやってきた。しかし直接の面会はかなわなかった。

滋子が肺炎になっていた。誤嚥によるもので、当初咳も痰もなかったため、発見が遅れた。症状は急激に悪化し、咳が止まらなくなり、前日からは酸素吸入を受けていた。病室に入っての面会は禁止となり、せっかくお見舞いに来てもらったのに、ガラス窓越しに顔を見るだけとなってしまった。

見舞いのあと、近くで食事をしていくことになり、初生も一緒にファミレスに行った。

「咳がひどくてかわいそう。楽にしてあげられないのかしら。肺炎は高齢者にとっては危険な病気だから心配よね。癌のほうは早く見つかって手術も成功したのに、神様はどうしていじわるなことをするのかしら」

食事中、姑はこちらの気持ちも考えずに喋りづめで、初生は理由を作って退席しようかとも思ったが、次に遥飛と会えるのがいつになるかわからないので、ぐっとこらえた。

しかし退席しておくべきだったのだ。

デザートがなかなか来ないのにじれたのか、おもちゃを見たいと遥飛が席を離れ、おばあちゃんが買ってあげると勢津子がついていくと、賢司が言った。

「正直、どうなんだ?」

「どうって?」

「お義母さん」

「わからない」

「急に悪くなったのは、癌の治療で免疫力が低下しているからなのかな」

「わからない」

「なんだか、あれだな」

「何よ、あれって」

「お義母さんが亡くなったら君の呪縛は解けるけど、なんだかな」

「あなた、お義母さんにそっくりよ」

初生はフォークを逆手に摑むと、残していたポテトに突き刺した。

病院に戻ると、呼びかけに対する滋子の反応が鈍くなっていると伝えられた。

そして四日後、息を引き取った。


霊安室にノックの音が響いた。

初生が目を開けると、賢司が先に立ちあがっていた。

「ご遺体を見せていただきたいのですが」

廊下に男が立っていた。葬儀社の人かと思ったら、制服を着た警察官だった。

「人違いじゃないですか?」

賢司が手を振った。

「ここのご遺体は村内滋子さんですよね?」

「そうですけど、どうして警察が? 肺炎で亡くなったんですけど。ただの病死でもいちいち警察が調べるんですか?」

「あなたは滋子さんの息子さん？」

「娘婿です」

と初生に顔を向ける。

「確認したいことがあります。すぐに終わります」

「お願いします」

初生はパイプ椅子から腰をあげた。賢司は不服そうだったが、一緒に廊下に出た。代わって、警察官と、もう一人白衣の男性が霊安室に入った。この病院の医師で、滋子の担当ではなかったが、初生は見た憶えがあった。

二人は五分ほどで出てきた。そして警官が言った。

「滋子さんのご遺体はこれから司法解剖に回します」

「解剖？　実は肺炎ではなく、特別な伝染病とかだったんですか？」

賢司が驚いて尋ねた。

「死因に不審な点があるので、そこを明らかにするために詳しく調べます」

「不審な点？」

「病棟のスタッフによると、奥さんは滋子さんの臨終に立ち会われたとのことですが」

警官は賢司を無視して初生に話しかける。初生は無言でうなずく。

「お名前は、兼松初生さん」

うなずく。

「滋子さんが亡くなられた時の話を聞かせてください」

警官は階段の方に歩いていく。初生は素直に従う。

「解剖と言われますが、もうすぐ葬儀社の方がやってきて斎場に運ぶことになっているのですが」

賢司がついてくる。

「葬儀のほうは延期してください」

「無茶な」

「ご遺体なしで行なわれてもかまいませんが」

「あなた、自分が何を言ってるのかわかってるのか？　警察だからってそんな横暴が——」

「ご主人はここまでで」

警官は救急搬送口で賢司の方に手を立てた。

「一人でだいじょうぶ。あなたは葬儀屋さんが来たら事情を説明しておいて」

初生は警官に従って外に出た。すぐそこに駐まっていた車のドアを開けられた。

「どういうことです！」

賢司が後ろから叫んだ。

「中で話すだけです」

警官にうながされ、初生はパトカーの後ろに乗った。警官は横に坐り、前置きもなく質問してきた。

「滋子さんの死亡が確認されたのは本日の十七時五分ですが、あなたはその三十分前に滋子さんの病室に入りましたね？」

初生はうなずく。

「そして『母の様子がおかしい』と看護師を呼んだ」

うなずく。

「滋子さんの肺炎は重篤（じゅうとく）で、面会は許されていなかったと聞きましたが、スタッフの許可は得ましたか？」

「いいえ。一目見るだけだからと、勝手に。悪い状態が続いていたので、様子を見ないと不安で」

「それで病室に入ったところ、滋子さんの様子がおかしかったと」

「はい」

「具体的には、どうおかしかったのですか？」

「あんなにひどかった咳を全然していなくて、回復してきたのかと喜んだのですが、呼びかけても返事がなく、息もしていないように感じられました」

「それでナースコールをした」

「はい」

「最初に駆けつけた看護師の方によると、酸素吸入のマスクが不正な形で装着されていたとのことなのですが、あなたが見た時もおかしかったですか？」

「どういう形が正しいのかわからないので……。呼びかけながら揺すったので、それでずれたのかもしれません……」

「滋子さんの顔が圧迫されていたのには気づきましたか?」

「マスクでですか?」

「顔全体が強く押され、痕が残っていたのですが、それには気づきましたか?」

初生はぶるぶると首を横に振る。警官が首を突き出す。見つめるだけで何も言わない。

「後日また話を聞かせてもらうかもしれません。それから、ご遺体をお返しする際にも連絡します」

自宅と実家と携帯の番号を教えると解放された。

「だいじょうぶか?」

救急搬送口の外で賢司が待っていた。

「何を訊かれた?　だいたいどうして君に?」

「葬儀屋さんは?」

「あらためてお願いすると言っておいた。解剖する理由は説明されたか?」

「他殺の疑いがあるから」

「他殺?　肺炎でどうして他殺なんだよ」

「あれ、うちの車よね?」

初生は暗闇に目を凝らし、駐車場の白いトールワゴンを見つけると、そちらに向かって歩いた。助手席に乗り込み、賢司が隣に坐るのを待ってから言った。

「わたしが殺した」

「は？」

「酸素マスクをはずして、畳んだバスタオルを顔にかぶせて、上からのしかかって」

「何言ってるんだ」

「だから、わたしがそうやってママを窒息させたんだって。激しい咳で呼吸困難に陥ったとか、痰が詰まったとかいうように見えるだろうと思ったんだけど、専門家の目はごまかせないんだね。マスクは元どおりにしたつもりだったんだけど。顔を押さえつけたことも、わかっちゃうんだね。もっと調べたら、兼松初生個人を特定できる証拠も出てくるんだろうな」

事後抑えつけていた感情の蓋が一度開くと、興奮が止められなくなった。

「感心しない冗談だぞ」

賢司が声をひそめる。

「冗談じゃないわ」

「お義母さんが亡くなった悲しみをまぎらそうと、ふざけてるんだろう？　無理することはない」

「ふざけてないわ。告白してるの。ママは肺炎で死んだんじゃない。わたしが殺しました」

賢司は口を開きかけ、しかし言葉は発さなかった。

「わたし、お葬式に出られないかもしれないね」

初生は頭をドアにもたせかける。溜め息でウインドウが曇る。

「本当に――」

賢司はそれだけ言って口を閉ざした。ずいぶん間を置いて、

「本当に君がそうしたのだとして、なぜ？　咳がひどくて苦しそうだから、楽にしてあげたかったのか？」

「それはあなたのお母さんの発想ね」

初生はくすりと笑う。

「じゃあ、まさか、支配から解放されるために？　お義母さんがいなくなれば、あれをしなさいと命じられることも、これはだめと言われるのではと気をつかう必要もなくなると考えたのか？　バカなことを。なんで早まった。こんなことを言ったらあれだが、お義母さんは回復しなかったかもしれないんだぞ。あのまま亡くなれば、それで問題は自然解決だったのに。その判断ができないほど追い詰められていたのか？

元気になったお義母さんの前で自分の気持ちを打ち明けることを想像し、恐ろしくなったのか？　理解してもらえず、かえってきつい言葉を浴びせかけられると絶望したのか？　それで、話にならず、深い傷を負うことになるくらいならと、短絡的な手段での解決を図ったと？　寝たきりの今なら、赤子の手をひねるより簡単にこの世から消し去れる。そうなんだな。僕が、本音をぶつけ合えと言ったのがいけなかったのか……」

賢司は頭を抱える。

「ちょっと違う。でもこの微妙な違いが、人と人とがわかり合えない理由なのね」

初生は溜め息をつく。賢司は眉根を寄せる。

「あなたの言葉に気づかされた。本心をママに伝えないと、わたしは変われないと思った。それで、どう話そうかと考えていたら、ママの容態が急変した。状態がどんどん悪くなって、呼びかけへの反応もなくなった。明日にでも死んじゃいそう。

ママはわたしのことを思いどおりに操縦して、何事かをやりとげた気持ちでこの世を去っていこうとしている。わたしがどれだけ苦しんでいたのかを知らないまま。

だめよ、だめ！　それじゃあわたしはどうなるの？

ママがこのまま病気で天寿をまっとうすれば、わたしはもう自由？　うん、ママに指図されることは金輪際なくなるよ。でも、自分の本心を伝えられずに終わってしまったという悔いが生まれるんじゃない？

いやよ、いや！　それって、形を変えた支配じゃないの。新しいトラウマにつきまとわれ、わたしは一生救われない。

だから急いで思いの丈を伝えたの。話しても届かないから、体を使って伝えたの。わたしがどれだけママのことを嫌だと思っていたのか。今しかなかったし、こうするしかなかったの」

無実が二人を分かつまで

1

比良依吹が三田一と上野公園で出会う三か月前のこと、依吹は二十六歳で、大手不動産ディベロッパーに勤務していた。三月になったばかりのその日、西新宿の大型再開発プロジェクトの現場に上司と先輩の三人で出向いた彼は、工事関係者との打ち合わせを終え、虎ノ門の本社に戻るために地下鉄の駅に向かって歩いていた。

都庁近くの歩道に大行列ができていた。評判のラーメン店でもあるのだろうかと、行列をしきりと気にしながら依吹が歩いていると、

「炊き出しか」

と上司がつぶやいた。

「炊き出し？」

「おいおい、ニュースを見ないのか？」

「比良はテレビを持ってないんですよ。炊き出しというのは、ただで食事を提供するイベントというか活動。ホームレスや失業者に」

先輩の笑いは、テレビを持っていない依吹に向けられたようでもあり、収入のない人に向けら

れたようでもあった。

行列の先頭では豚汁がふるまわれていた。通り過ぎたあとも依吹が振り返っていたところ、先輩に背中を叩かれた。

「資料の作成が遅れて、昼はゼリー飲料だったもんな」

「食べてきていいぞ。昼休みが仕事で潰れてしまったのなら、そのぶん休みを取ってかまわない」

上司が言った。だいじょうぶですと依吹は首を振ったが、

「遠慮するな。ホームレスでなくてももらえるはずだ」

先輩に両肩を摑まれ、体の向きを百八十度変えられ、背中を押された。二人は笑いながら駅の方に歩いていく。

行列は百メートル以上続いている。長机の上に使い捨ての丼が並べられ、寸胴鍋から大きなお玉で豚汁がひとすくい入れられ、一人一人に手渡されていく。豚汁と一緒に菓子パンとバナナも配られていた。スタッフも結構な数いるため、人はスムーズにさばけていたが、列はいっこうに短くならない。豚汁を歩道の端で搔き込む者、両手で持って公園に向かう者——。

「並ばないともらえないぞ」

炊き出しの様子をぼんやり眺めていると、横から声がした。大きなデイパックを背負った初老の男が依吹を見ていた。

「もういただきました」

依吹は手を立てて応じた。

「若いんだから、これっぽっちじゃ足りんだろう。並び直せば、二杯でも三杯でもおかわりできるぞ」

男は空の容器を割り箸で叩く。小食なのでと、依吹は胃のあたりをさすりながらその場を離れた。

その晩、依吹は寝つけなかった。

炊き出しというものの存在は知っていたが、この目で見たのははじめてだった。

その日の食事にも困っている人たちへの支援という知識はあり、集まってくる人たちのイメージも持っていた。ところが実際の現場に、服や髪がボロボロの人はほとんどいなかった。みな普通の人に見えた。中高年が中心だったが、若者もそれなりに目につき、女性もいた。

だが、新宿という都会中の都会にあっては異質な雰囲気であった。みな出で立ちが地味で、東口のブティックを冷やかしたりスイーツの行列に並んでいたりする人種とは明らかに違っていた。表情も、連れがいないということを差し引いても、伏し目がちで沈んでいた。

ここで豚汁の配給を受けなければ餓死してしまう人はいないように見えた。しかし、そこまで切羽詰まっていなくても、厳しい生活を送っていることは伝わってきた。そうでなければ、一杯の豚汁とわずかなお土産のために、寒空の下、並ぼうとはしないだろう。あの豚汁はミシュラン・ガイドに載っているのか？　菓子パンも、スーパーで見かける大手メーカーのものだった。いくらただでもらえるからといっても、コストパフォーマンスが悪すぎる。

けれど、それを求めて並ぶ人がいる。現実に、多数いた。

その一方で、一億円以上の住まいを買おうとしている人がいる。炊き出しに並ぶ人々を見おろすような場所に。依吹が携わっているプロジェクトだ。

翌日以降も炊き出しの光景が頭から離れなかった。自分の祖父母より高齢の者、右手にガラケー左手にスポーツ新聞を持った中年男性、ベビーカーを押す若い女性、民族衣装の外国人、傷だらけのキャリーケース、ハンドルにつけられた色褪せたマスコット、笑顔も会話もなく黙々と動く長い列――。

ふた月後、依吹はスーツを脱ぎ、ネクタイを捨てた。

上司から翻意をうながされることはなく、〈一身上の都合〉の具体的な説明を求められることもなく、自分の存在価値はこの程度なのかと思い知らされた。

大手企業という鎧を失うと、恋人が去っていった。そういう価値しか自分に求めていなかったのなら、たとえ会社を辞めなくても関係を長く続けるのはむずかしかっただろうと、依吹はかえってさばさばした。

依吹は会社を辞めた次の日から炊き出しに参加した。ボランティアとしてではなく、列に並ぶ一人になった。

篤志に目覚めて大企業を辞めたのではない。現実の深淵を覗きたかった。そのためには当事者になる必要があると、立っているフィールドを変えた。依吹はまだ若く、学生がバックパックを背負って海外に飛び出していく感覚だった。

現実を知ったあと、社会貢献活動に身を投じることになるか、政治家を目指すか、あるいは見ただけで満足して元のフィールドに戻るか、それもなりゆきだと考えていた。

新宿、池袋、渋谷、上野――毎日都内のどこかで炊き出しが行なわれていた。その場での一皿だけでなく、たいてい保存食や果物がお土産としてついてきたので、一日に複数箇所回れば、数日分の食料を確保することができた。

ご自由にお持ち帰りくださいと、古着が入った段ボール箱が置かれた会場もあった。銭湯の入浴券を配っていたり、ボランティアが散髪してくれたり、スマホを充電させてくれたりするところもあった。炊き出しをめぐっていれば、住まい以外は無償で手に入れることができた。

巷間、東京は物価が高くて住みにくいということになっている。しかしここは、金がなくても生きていける街でもあるのだ。移動に関しても、車を持たなくても、公共交通機関が充実しているので、何ら不自由はない。しかも運賃は地方より安い。

そうやって身をもって社会の実情を感じていた六月のある日のこと、依吹は上野公園に足を運んだ。

公園の北、東京都美術館の裏手に、桜、銀杏(いちょう)、欅(けやき)、樫(かし)など、雑多な樹木が生(は)えている一角がある。いわゆる雑木林なのだが、木々の間隔がゆったりしているため風通しがよく、張り出した枝には広葉がみっしりと茂っていて陽射しがさえぎられ、夏でも涼しく過ごせる場所だった。屋根のある広場のような感じで、といって映える何かがあるわけでもないため観光客は集まらず、だからなのか、ここも炊き出しの拠点になっていた。

この日のメインメニューはカレーライスだった。依吹のように、配給と一緒に渡された相談会のお知らせや健康上の注意といったちらしの上に坐っているのは新参で、ベテランはアウトドアチェアやレジャーシートを用意してきていた。炊き出しのテーブルの近くではボランティアによる弾き語りが行なわれており、十数人の聴衆を集めていた。

桜はとうに散り、紅葉はまだまだ先だったが、白い花を今が盛りと咲かせている木があった。色と四枚の花びらがドクダミの花を思わせたが、ドクダミは草だから違うか、名前を示すプレートがつけられていないだろうかと、依吹が立ちあがって調べようとしたところ、その木の向こう側から歌声がした。

小柄な青年が木の根本に坐って〈世界に一つだけの花〉を口ずさんでいた。向こうのボランティアのギターに合わせて歌っていたのだった。

薄汚れたポロシャツやブラシをかけていないような髪はみすぼらしかったが、小麦色の肌は艶やかで、それと白い歯の対比が、どこかのポスターから切り取ってきたかのように印象的だった。歳は依吹より若いように見えた。

もっと印象的なのが歌だった。素人の耳にも、あちらで歌っているボランティアより、こちらの彼のほうが断然魅力的だった。坐って窮屈な姿勢だというのに、腹から声が出ている感じで、ナチュラルにビブラートがかかっていた。中音のふくよかさは、聴く者の体を包み込んでくれるような安心感があった。音程も、弾き語りのボランティアより確かだった。依吹一人がそう感じたのではない。気づいたら、白い花の木の前に数人が集まっていた。

歌が止まった。遠くからはギターとともにまだ聴こえてくるが、こちらの彼がサビの途中で突然口をつぐんだ。独り興に乗って歌っていただけなのに注目されてしまい、面食らっているようだった。「アンコール！」と声がかかったが、勘弁してくれとばかりに、顔を伏せて手を振った。ギャラリーが散っていくと、投げ銭代わりのパンやバナナが残った。依吹は小さく拍手をして言った。

「向こうで一緒に歌ったら？　あの人は伴奏に徹してもらって」

歌のおにいさんは顔を少しだけあげて苦笑いのようなものを見せた。

その後ひと月の間に、依吹は上野公園の炊き出しで三度歌のおにいさんと出くわした。見かけたからといって、また来てると思っただけで、今日は歌わないのかと声をかけることはなかった。

四度目の邂逅の際も、彼が地べたに胡坐をかいて炊き出しにありついていることに気づいたが、目を合わせずにその前を通り過ぎた。

タコライスを食べ終え、デザート代わりにトマトを齧っていると、すぐ近くでしゃがれた声がした。

「兄ちゃん、仕事しないか？」

目の前に、真っ黒に焼けた胡麻塩頭のオヤジが立っていた。Ｔシャツの上に、ポケットがたくさんついたメッシュのベストを羽織っていた。下は作業ズボンである。

「手伝いですか？」

依吹は配給のテーブルの方に顔を向けた。

「ここのボランティアじゃない。ちゃんと金が出る仕事。ビジネス、ビジネス」

「どんな仕事です？」

「荷物の片づけ」

「何の荷物です？」

「服とか本とか家具とか、いろいろ」

「家具を移動させるんですか？　力仕事は、ちょっと」

依吹は貧弱な二の腕をさすった。

「セメント袋をかついで何往復っていう重労働じゃない。俺はもう歳で、脊柱管狭窄症で現場は無理だから、若い人を探してるんだよ。スカウト、スカウト。どうだい？」

オヤジは、鍵がたくさんついたキーホルダーを、左手から右手に、また左手にと、お手玉のようにもてあそぶ。

「いくらもらえるんですか？」

「仕事の量による。最初は安いけど、経験を重ねたらぐんぐん上がるぞ。しかも日払いだから、取りっぱぐれがない」

「日払い？」

と問い返したのは依吹ではない。歌のおにいさんが話に割り込んできたのだ。

「仕事が終わったら、その日のうちに現金で渡す。ニコニコ明朗会計」

オヤジは胸のポケットに手を入れ、二つに折った封筒をちらっと見せる。

「その仕事、僕がやっていい？」

歌のおにいさんが勢いよく手を挙げた。

「もちろん。若いのは大歓迎だ」

「仕事は毎日？」

「毎日はない。仕事が入ったら連絡するから、その日空いていたら来てくれ。多くて週に三日くらいだ」

「運転するの？　だったら僕はパス。免許ないから」

オヤジの手にあるキーホルダーに目をやって言う。

「運転は俺がする。倉庫のフォークも扱わなくていい」

「じゃ、やる」

胸を叩き、親指を立てる。

「よし、採用。そっちの兄ちゃんはどうする？」

依吹は、わずかだが退職金が出ていて、雇用保険の受給手続きもすませていたので、もうしばらくは生活の心配はなかった。炊き出しを渡り歩いているので食費はゼロで、彼女がいなくなり、自分を飾る必要もなくなった。しかし、これまでの自分とは無縁の世界を覗きたくてレールをはずれたのだから、この誘いに乗らない手はなかった。学生時代のアルバイトも、データ入力やオンライン学習塾の問題作りで、ガテン系の経験はない。

「一度やってみて、できそうだったら続けるということでもいいですか？」

「おお、いいとも」

「じゃあ、お願いします」

依吹は坐ったまま軽く頭をさげた。するとオヤジに肩を摑まれた。

「採用」

年寄りとか脊柱管狭窄症とかいう話は何だったのか。僧帽筋が断裂するのではというほどの握力で、依吹は痛みに飛びあがるように立ちあがった。

「どこに行くんです？」

「現場」

「今からですか？」

「今日予定していた作業員の都合がつかなくなって困ってたんだよ。二人とも、どうせ暇なんだろうが」

近くの路上に二トントラックが駐めてあった。オヤジは依吹と歌のおにいさんを横に乗せると、名刺を渡してから走り出した。

〈何でも買い取ります！　浅沼商会　浅沼澄郎〉

「うちは普通の不用品回収のほかに、一軒まるごと回収というのをやっていて、兄ちゃんたちにはそっちを手伝ってもらう。今日は取り壊す前の家に残った家財を片づける。のっぽの兄ちゃん、チビの兄ちゃんじゃあれだから、名前を聞いとこうか」

「比良です」

「ミタハジメ。地下鉄三田線の三田に、漢数字の一です」

「日吉と三田だと？　こりゃいい」

せっかくおもしろがっているのに、漢字が違うと訂正するのも野暮だと思い、依吹はとりあえず黙っておいた。

十五分ほどで現場に着いた。田端の静かな住宅街にある小さな二階屋で、板塀は破れ、屋根や壁が枯れた蔓草におおわれ、何十年も放置されている廃屋のようだった。

家の中では、髭もじゃの、今日山からおりてきたようなワイルドな男が、食器棚の中身を段ボール箱に詰めていた。

「チーフ、慶應ボーイをスカウトしてきたぞ。大切に育ててやってくれ」

チーフと呼ばれた髭面は平林という古参のアルバイトで、彼と、歌のおにいさんあらため三田一と依吹の三人で、家具や家電製品から、穴の空いた靴下、ちびた石鹸、腕のもげた人形にいたるまで、すべての家財をトラックに移した。浅沼のオヤジは煙草を喫いながら指示を出すだけだった。

平林は作業をしながら、この家の来歴について話してくれたが、依吹ははじめての仕事をこなすことで手一杯で、相続とか税金とかいう断片的な言葉しか憶えていない。

積み込みが終わると、区の清掃工場に向かった。トラックの乗員は三人までなので、依吹は荷台に乗らされた。警察に見つからないよう荷物の間に身を縮こませなければならず、臀部への振動も尋常ではなかった。しかし未知の体験によるわくわく感のほうが大きかった。

清掃工場で書類を見せて荷物の半分をおろし、依吹はふたたびトラックの荷台で揺られた。その時の依吹に考えたり質問したりする余裕はなく、半分を持ち帰った理由を知ったのは、しばらく経ってからのことである。

浅沼商会は足立（あだち）区の西部にあった。敷地の半分が野ざらしのヤードで、もう半分にプレハブの倉庫と事務所が建っていた。

持ち帰った残り半分の荷物をおろして倉庫に入れ終えると、千円札を三枚裸で渡された。実働時間と最低賃金の基準を照らし合わせると適正ではなかったが、依吹はそもそも金目当てで働いたわけではないので、ありがとうございますと両手でうやうやしく受け取った。三田一も抗議しなかった。

しかし、こうやって物申さぬ弱者をいいように使うのが浅沼商会のやり口なのだった。

今後もよろしくと言われたので携帯番号を教えたところ、数日後に連絡があった。今度の現場は千住（せんじゅ）のアパートだった。

二間しかないにもかかわらず、田端の一軒家より手こずった。部屋の主（あるじ）は入院先の病院で死去したのだが、一年前の入院時に部屋を片づけていなかった。出し忘れた生ゴミがあり、買ったばかりの野菜も冷蔵庫に入れていなかった惣菜も腐敗し、虫が湧き、これは手に負えないと、遺族が業者を頼ってきたのだった。

その次の現場はさらに強烈だった。そこも独り暮らしの主が死んだことによる片づけだったのだが、死んだのがその部屋で、発見までにひと月が経過していた。浅沼商会が作業に入った時には死体は運び出されていたが、なまなましい臭いはまだ残っていた。主に身寄りはなく、行政の要請を受けての仕事らしかった。

こんな過酷な仕事では、少々報酬をよくしても作業員は定着しない。そこでこの会社は、どうせすぐにケツを割るのだからと、逆に報酬を下げ、炊き出しに並ぶような生活困窮者を連れてきて使い捨てにしている。職歴も賞罰も問わない代わりに契約書も取り交わさない。

浅沼商会は絵に描いたような家族経営を行なっていた。〈ボス〉の浅沼澄郎、その妻の〈マミー〉、長男の〈ジュニア〉、その息子で孫の〈キッド〉の四人が、臆面もなく愛称で呼び合い、アルバイトにもそう呼ぶことを強要する。しかしアルバイトはファミリーには加えてもらえず、利益の分配にはあずかれない。

たとえば、まるごと回収したもののうち、換金できそうなものは会社に持ち帰り、リサイクル業者に持ち込んだりネットのフリマに出品したりするのだが、十万単位の箪笥預金や富岡鉄斎（とみおかてっさい）の掛け軸が見つかっても、日雇いの作業員には金一封も出ない。

実入りが悪く、精神的にきつい。続ければ続けるだけ、浅沼ファミリーに養分を吸いとられてわが身が細る。チーフの平林こそ二年在籍しているが、あとの作業員は全員半年未満であるのも当然だ。

それでも依吹が逃げ出さなかったのは、こんな劣悪な環境で働くことは今後ないだろうから、ブラックぶりを余さず見てやれという、毒を食らわば皿まで的な好奇心からだった。

依吹はそういう動機づけで続けていたが、同期の彼も音をあげなかった。

二人は対照的だった。

依吹は、望んでブラックな環境にとどまったとはいえ、かなりメンタルをやられるので、週に一、二度しか出なかった。雇用保険を受給するため、ときどき職安に足を運び、仕事を探すふりをする必要もあった。一方三田は、要請があれば一週間ぶっ通しでも働いた。

作業中依吹は、「ひでー」「ゲロゲロ」「重！」と、感じたことをよく口に出した。そうでもしないとやってられなかった。一方三田は黙々と荷物を運んだ。依吹は、ともすれば、衣類をまとめた袋や中身が空の収納ケースに手を伸ばしたが、三田は積極的に書籍の段ボール箱や家具を選んだ。小柄なのに力持ちで、二百リットル程度の冷蔵庫なら一人で抱えて階段をおりた。まさに無口な仕事人の風情だった。

ところが三田は時として人が変わった。それまでは周囲の世間話には加わらずにスマホをいじっていたのに、カーラジオから米津玄師が流れてきたところ、それに合わせて歌い出す。事務所のテレビに明石家さんまが映し出されたら、日当を受け取る手を止めて、「ホンマや」と前歯を剝き出して声まねをする。歌ものまねもかなりのものなので、感嘆の声をあげると、彼はわれに返ったように口をつぐみ、寡黙な男に戻る。

その程度の二面性なら愛嬌ですまされたが、公衆の面前での問題行動には依吹も面食らった。

昼時をまたいだ作業で、途中休みが入った時のことだった。近くの児童公園でコンビニ弁当を食べていると、白に黒いぶちの猫が寄ってきた。三田は自分の弁当の白身魚をほぐして猫の前に落とした。向こうのベンチに坐っていた老女の視線に気づき、依吹は三田に肘打ちし、目の前のポスターを顎で示した。

〈当町内では野良猫を去勢して地域猫としてめんどうを見る活動をしています。地域猫は耳の一部がV字にカットされています。食事も地域で管理しているので、どうかみなさんは何も与えないでください。食べ過ぎになってしまうし、人間と同じものを食べると体調を崩してしまうこともあるのです〉

　しかし三田はポスターを一瞥してふっと笑い、おかかのかかったご飯を箸でつまんで足下に落とした。老女はこちらから目を離さない。やめとけとささやいても、おなかがすいているみたいだねと、三田は不敵な笑みをたたえたまま、かまわず弁当を与える。依吹が無理やり立たせて公園を出なければ、睨みつけられるだけではすまなかっただろう。

　そうやって冷や汗をかき、こいつ、素直なのは上辺だけで、実は食わせ者かもしれないぞと警戒するようになった矢先、さらに自分勝手な行動を見たことで、予感が確信に変わった。

　これも休憩時間でのこと、民家と民家の間に隘路があり、その先にコンビニが見えていた。この道を使えばコンビニまで二十秒、迂回すれば五分なので、誰もが通り抜けたくなる。けれど住人にすれば、私有地をあたりまえのように使われてはたまらない。しかも、ただ通り抜けるだけでなく、ここで飲み食いしてゴミを捨てる輩があとを絶たないらしく、そういう行為をとがめる注意書きが貼られており、カメラを設置しているから勝手に入ったら警察に通報するともあった。

防犯カメラを設置するのは簡単だが、リアルタイムでの二十四時間監視は個人には無理だし、録画したとしても、その映像チェックを毎日続けることは、よほどの執念がないとできない。だからこの警告の貼り紙は、抑止効果を期待してのはったりである可能性が高い。とはいえ、こういう警告を目にした場合、それに従うのが一般的ではないのか。依吹の感覚では九十パーセントの人は従う。しかし三田は十パーセントに属する人間だった。躊躇なくショートカットする彼を見て、平林も、おいおいおいとあきれていた。

自分ルールでの行動を続けていたら、そのうち大きなトラブルを招くことになるのではないかと依吹は心配した。しかし三田には何も言わなかった。彼とのつきあいはふた月にも満たない。しかも週に一、二度、数時間一緒に働くだけで、そのあとお疲れさまと飲むこともない。その程度の仲で正論を説くのは、ただのお節介でしかない。

それとなく話そうとしたことはある。

千葉の松戸まで遠征した帰りだった。作業量を見積もって五人で行き、下っ端の依吹と三田がトラックの荷台に乗ることになった。揺れがひどい中、動画を見ていると車酔いしそうになったので、スマホはポケットに収めたが、すると暇をもてあまし、隣に声をかけた。

「三田君は歌手を目指してるの?」

「えーっ?」

「歌、ものすごくうまいから、プロになるのかなって」

「歌、うまい? 僕が? あんちゃん、嬉しいこと言うてくれるなあ。でもプロは、あかんて」

三田は顔の前で手を振った。

「それとも、目指してるのは芸人？　ものまねもイケてるし。今の、誰かのものまねだよね？　あ？　もしかして現役の芸人さんだったりして？　それだけじゃ食っていけないから、アルバイトしてるとか」

「ものまねは全然だめ。歌が七十点なら、ものまねは四十点」

三田はむずかしい顔をして、「あきまへーん」と首振り人形のように頭を揺らす。こういう無邪気な姿からは、モラルを平気で無視するような男にはとても見えない。

「じゃあ迷惑系ユーチューバー？　ヤバいことをやって、その動画をアップしてる。人の家に入り込んだりして」

思い切って挑発してみた。しかしその反応が返ってくる前に三田のスマホが鳴った。

「まだ仕事。今日は量が多くて。行ってらっしゃい。気をつけて。うん、帰ったらね」

通話が終わるや、依吹は言った。

「彼女、いるんだ」

「違うよ」

三田は笑ってスマホを振る。

「照れるなよ。メッセじゃなくて電話がかかってくるって、よっぽど親しくないとないことじゃん。なんか、一緒に住んでるみたいな感じだったけど、もしかして、彼女というか、結婚してたりして」

「ミハルちゃんとは結婚してない。一緒に住んでるだけ」

「やっぱり今の電話は彼女だったんじゃん。どういう人？」

「どうでもええがなー」

三田は目を伏せて頭を掻く。

「聞かせてよ。ちなみに俺は、前の会社の取引先の子と二年近くつきあってたんだけど、三か月前に別れた。で、三田君は？」

勘弁してくれと言うように三田は頭を横に振ったが、顔はなんとなくにやけていたので、聞かせて聞かせてと依吹がしつこくせがんだところ、

「キャバクラで」

と、つぶやいた。依吹は目を剝いた。

「嬢とつきあってんの？　どこのキャバクラ？」

「歌舞伎町（かぶきちょう）」

「マジかよ。アフターしてるだけって落ちじゃないよね？」

「アフターしてないよ。僕はお客さんじゃなくて、歌舞伎町でスカウトと客引きをやってたの。ミハルちゃんの店にも出入りしてて、それで知り合った」

「エグい仕事やってたんだなあ。けど、そういうのは御法度（ごはっと）じゃないの？」

「御法度？」

「取引先の子に手を出すのは許されないんじゃ？　厳しいペナルティがあるんじゃないの？　半

殺しの目に遭うとか聞くけど」

「ミハルちゃんのほうから声をかけてきたんだよ」

「言うなあ」

「それに、ミハルちゃんの部屋で暮らすようになったのは、僕がスカウトを辞めてからだよ」

「そういう小ずるい手が通用するの？　バックにいるのは怖い人たちなんでしょう？　まあ、結果としてバレなかったのだから、いいけど。勇気あんなあ」

そう言ってから依吹は、この三田という青年は、何かにつけて、バレなければオッケーという精神で生きているのかもしれないと思った。猫への餌やりや私有地の通り抜けも、それで説明がつく。

依吹はあらためて三田の顔を見た。

いい具合に焼けた肌に、白い歯がまぶしく映えている。このコントラストは非常に目を惹くが、目鼻立ちの印象は薄い。髪と眉を整え、服も流行のものに替えたら、キャバ嬢が振り返るような男になるのだろうか。身長の低さも、かわいい評価に結びついているのか。歌とものまねで射止めたのか。

それより、元スカウトがキャバ嬢と同棲しているということは、ヒモではないのか？　なのになぜこんな3Kの仕事をしている？　やはり、客として入れ込んでいるだけではないのか？　しかし電話がかかってきたという事実をどう説明する？　嬢が客に営業でメッセージを送ることはあるだろうが、電話なのだ。太客には電話営業もするのか？　丸一日働いても食費交通費込みで五千円しかもらえない仕事をしている男が太客？

考えれば考えるほど謎が深まったが、そのあたりのことはおいおい解き明かすこととしようと、依吹は彼女についての話はそこまでにした。次の機会は永遠にないと、どうしてこのとき想像できただろうか。

2

その日依吹は、浅沼社長、横手、西岡の四人で、鹿浜の団地の一室を片づけにいった。横手と西岡は依吹よりあとに入った新人で、いずれも五十を過ぎたおじさんというか、見た目はもうおじいさんだった。

しかし行っただけで帰ってくることになった。先方の都合で作業に待ったがかかったのだ。むなしく浅沼商会に戻り、荷台から台車やロープをおろして倉庫に片づけていたところ、奥の方でがさごそ音がした。何か物が落ちたのだろうかと、依吹は確認をしに行った。

和簞笥の前に二つの影があった。一つはくの字に倒れていた。

「三田君？」

依吹は驚いて声をかけた。返事はなく、目は閉じられていた。

「どうしたんです？」

平林に尋ねた。三田の向こう側に坐り込み、足首を押さえている。

「盗みを見とがめたら襲いかかってきて」

「盗み?」

「三田が」

「えっ?」

「それで取っ組み合いになって。やつは?」

平林は顔をゆがめる。左のこめかみから頰にかけて、盛大に汚れている。両肘と手の甲が擦れて血が滲(にじ)んでいる。

依吹は三田の方に顔を戻した。声をかける。返事をしない。胸は上下している。揺すってみる。反応はない。

「気絶してます」

「生きてるのか?」

「はい」

「よかった。こっちも必死で、どうしたか憶えてないんだけど、揉(も)み合っていたら、突然向こうの力がゼロになった。すっと魂が抜けたみたいな感じ。やっちまったと思った。息があるか。死んでなくてよかった」

平林は大きく息をついて、

「誰か呼んできてくれ。事務所にマミーがいるんじゃないか?」

「ボスがいますよ。一緒に戻ってきたから」

依吹は倉庫を出ようとしたが、ヤードで煙草を喫っている横手と西岡の姿が見えたので、

「ボスを呼んで！　早く！」

と叫び、奥に戻った。平林が三田におおいかぶさっていた。

「何か縛るものはないか？」

「三田君、意識ありませんけど」

「目覚めたら逃げる」

じゃあ先ほど片づけたロープをと、依吹が取りに行こうとしたところ、浅沼社長がやってきた。

「どうした？　どういうことだ？」

血相を変えて、床に倒れた二人を見おろす。平林が体を起こした。

「三田が、あそこを引っかき回して、これに」

奥の床と、三田が片腕を通したナップサックを、交互に指さす。床には四角い穴が空いており、一段下がったところにダイヤルのついた上開きのドアがあるのが見えた。

浅沼は中腰になり、少し開いていたナップサックの口に手をこじ入れて大きく開いた。一万円札が現われた。一枚二枚ではない。紙屑が入ったゴミ箱のように、一万円札が乱雑に詰まっていた。そこに埋もれるようにして、はがき大の箱があった。一辺に、鉛筆のような円柱形の棒が数本突き立っている。

「逆恨みか。ふざけたことしやがって。おい、何とか言え」

浅沼は靴の裏で三田の肩をぐりぐり踏みつける。

「そんなことしたら死んじゃいますよ」

依吹はあわてて止める。

「死ぬ？」

「意識がないんです」

「脳震盪（のうしんとう）だろう」

平林が言う。

「救急車を呼びます？」

横手がスマホを取り出した。浅沼がうなずく。しかしすぐに横手の手首を摑んだ。

「呼ぶな」

「結構長く倒れてますよ。ほっとくとヤバいですよ」

依吹は言った。

「誰がほっとくと言った。助ける。絶対に死なさん」

浅沼は強い口調で繰り返す。

「じゃあ救急車を」

「うちの車で運ぶ。救急車のやりくりにてんてこ舞いのご時世だ、迷惑はかけられない。そのへんにユニット畳があるはずだ。それに乗せて外に運び出せ。チーフも一緒に来て医者に診てもらえ。自力で歩けるな？　外で待ってろ」

浅沼はせわしなく指示を出しながらナップサックを取りあげると、それを抱きしめて、穴の縁にしゃがみ込んだ。

横手と西岡がユニット畳を見つけてきた。三田の横につけ、体を押して乗せる。その作業中に三田のパンツのポケットから落ちそうになった紙を依吹が押し戻したところ、

「金が落ちてても、ぽっぽに入れるなよ。一枚でも足りなかったら一生後悔することになるぞ」

浅沼が遠くからすごんだ。

三人で畳を持ちあげ、慎重な足取りで倉庫を出た。平林が地べたに坐り、社長夫人と話していた。何事かと事務所から出てきたのだろう。

「ジュニアとキッドに戻ってくるよう連絡しろ。会議だ、会議」

浅沼が倉庫から出てきて、ナップサックを奥さんに渡すと、駐車場の方に急いだ。息子と孫のコンビは通常の不用品回収を担当している。

ワゴン車が倉庫の近くにつけられた。後部のシートをフラットにし、畳ごと三田を乗せる。

「ごくろうさん。今日は片づけがキャンセルになったから、本来なら金は出せないんだが、これを手伝ってくれたから、何かしてやらんとな」

社長が恩着せがましく言っていると、事務所から奥さんが出てきた。

「つながらない」

とガラケーを振る。カラビナストラップにさがった鍵が、ウィンドチャイムのように音を立てる。

「運転中なんだろう。リダイヤルしてればそのうち出る」

「それが、呼び出し音も鳴らないの。壊れたみたい。ボスのケータイでかけて」

「こっちは急いでるんだ。固定でかけろ。それから、こいつらに交通費を出してやれ」

浅沼は奥さんに指を一本立て、車を発進させた。

横手と西岡は車を降りたが、依吹は三田の横についていた。顔に耳を近づけると呼吸の音が聞こえる。規則正しく、寝息のようだ。腕や頬の擦り傷は、子供が日常的に作るような軽いもので、見た目は平林のほうがよっぽど重傷だ。

浅沼がながら運転で携帯電話を使った。会話の内容から、相手は医療機関だと思われた。通話を終えたあと、助手席に声をかけた。

「何があった?」

「倉庫に行ったら、奥から物音がして」

平林は髭におおわれた上顎の付け根を痛そうにさする。

「チーフはなんで、今日うちに来たんだ。歯医者じゃなかったのか?」

「そうなんですよ。もう限界なんで行くつもりだったんですけど、お守りが見あたらなくて。別れた息子がガチャガチャで取ったハムスターのマスコットです。自分にとってはお大師さんのお守り以上なんです。それがない。作業ズボンのポケットに入っていない。うちの中をどれだけ捜しても見つからない。あれがないと、歯医者なんか怖くて行けませんよ。じゃあどこで落としたのかと考えたら、一番可能性が高そうなのが、浅沼商会の倉庫でした。作業が終わったあと、倉庫で裸になって体をふいた際、ポケットから落ちたのではないか。荒川の現場から戻ってきたあとですよ。それで、浅沼商会に行き、倉庫に入ったところ、奥の方で物音がする。何だろうとそちらに行ってみると、三田がかがみ込んで何かやっていました。床に空いた穴に手を突っ込んでいました。そこから鷲摑みで出したものをナップサックに入れてました。さらに近づいてみると、バッグに移しているものが一万円札だとわかりました。驚いて声をかけたところ、振り向きざま飛びかかってきて。正直、怖かったです。取っ組み合いの喧嘩なんて、ガキの時分にもしたことがないもので。あとは無我夢中で。突き飛ばしたせいで、後頭部を打ちつけたんですかね？　それともそのへんにあった何かを摑んで殴ってしまったんですかね？　喧嘩の経験がないのに、よく勝てました。勝てたというか、無事でいられたというか。けど、三田はだいじょうぶですかね……」

平林は自分の肩を抱いた。倉庫荒らしの現場に遭遇し、同僚が犯人で、格闘になり、相手をノックアウトしてしまった、という非日常が連続したことにより興奮状態で饒舌になっているのだろうなと、この時の依吹は思った。

「比良」

社長に呼ばれ、はいと運転席に顔を向ける。

「おまえも嚙んでるのか？」

「は？」

「三田とは慶應の同期で、いつも一緒だ。つるんで悪い気を起こしたのか？」

「ちょっ。慶應というのは、名字がそれっぽいってだけじゃないですか。三田君と一緒といっても、ただ一緒に働いているだけじゃないですか。帰りに一杯やったこともない。自分は何も知りません」

依吹はばたばたと手を振る。

「じゃあどうして今、三田にくっついてる？　ついてくる必要はないだろう。おっさん二人は来なかったぞ」

「心配だからですよ」

「何が心配なんだ？　よけいなことを喋られることがか？」

「体のことに決まってるじゃないですか。意識がないんですよ」

「三田は今日、鹿浜の現場に入る予定だった。ところがきのうになって、急に休むと言ってきた。そしたら倉庫で泥棒だ。どういうことだ？」

「知りませんよ」

「もし関係していたら、ただじゃおかんぞ。何か知ってて黙っていても共犯とみなすからな」

着いたのは〈石島(いしじま)整形外科〉というところだった。連絡しておいたからなのだろう、玄関先にスタッフが待機していた。ワゴンからストレッチャーに三田を移し、院内に運ぶ。

処置室に入れ、服を脱がせていると、結構な歳の医師がやってきた。浅沼社長のことを「おまえ」呼ばわりしていたので、旧知の仲、歳からして、先輩か同級生なのかもしれない。

石島医師は三田の首筋をさわり、瞼を開いて眼球の状態を確認しながら、

「君も頭を打ったのか？」

と平林を指さした。

「いいえ」

「じゃあ後回し。そっちの彼は？」

今度は依吹が指さされ、

「自分はどこも怪我してません」

と答えたところ、

「なら、じゃまだから外に出てろ。社長、おまえさんも」

依吹と浅沼は処置室を出た。浅沼はそのまま病院の外に出ていった。

待合室には患者が十人ほどいた。みな、かなりの歳である。一つだけ椅子が空いていたが、なんとなく坐りづらく、結局依吹も外に出た。

駐車場に浅沼の姿があった。建物により陽射しがさえぎられているところで煙草を喫っていた。依吹はそばまで寄っていき、気になっていたことを尋ねた。

「さっき倉庫でボスは、三田君が逆恨みしているみたいなことを言ってましたよね？」

「バイト代を引いたことを恨みに思いやがって。悪いのはやっこさんなんだから、当然のペナルティだろうが」

「ペナルティ？　三田君、何かやらかしましたっけ？」

「昼寝でさぼったのと、手をつけちゃならんものを捨てたのと。ダブルだ、ダブル」

「そんなことありましたっけ？」

「おい、この暑さで頭をやられたか？　今週のことだぞ」

「俺、今週は今日が初出勤です」

「月曜日、保木間のアパートを片づけてたら警察がやってきて、部屋を見せろと小一時間追い出された」

三か月前に殺人事件が起きた部屋で、発生直後に犯人は逮捕されていたが、裁判のために追加で調べたいことがあるという。それで、一時間後に作業再開ということになったのだが、時間になっても三田が戻ってこない。二時間経っても戻ってこず、浅沼がスマホにかけたところ、公園のベンチで横になっていたら眠ってしまったと言う。

「結局午前中は働かずに終わったのだから、半分引いて当然じゃないか。そんなたるんだことをやった翌日には大ポカだ」

火曜日、綾瀬の現場でのことだ。処分しないようにと依頼主から注意されていたアルバムと絵はがきを、三田は、清掃工場に持ち込むものをまとめるための九十リットルのゴミ袋に入れてしまった。トラックに積み込もうとしていた西岡が手を滑らせ、中身をぶちまけてしまったことでミスが発覚、大切な品々が焼却されてしまうことはまぬがれたのだが、ほかのゴミ袋にも入れられていないか確かめなければならなくなり、大きなロスとなった。

「これも罰金で当然の失敗だ。それを恨むのは、お門違いもはなはだしい」

「三田君は、賃金を減らされた恨みを、会社の金を盗んで晴らそうとしたと？」

「そうとも。最近の若い連中は甘やかされて育ったから、自分がなぜ叱責されているのかわからず、逆ギレするのだろうな」

浅沼は煙草を足下に落として踏みにじる。

「社長さん、先生からお話があります」

玄関から看護師が出てきた。浅沼は院内に戻り、依吹は縁石に腰をおろした。

このあとのことに思いをめぐらせていたら、電子音にじゃまされた。ズボンのポケットからスマホを出す。画面は真っ暗だった。

依吹は膝上に置いたカーゴパンツを顔に近づけた。音はここから出ていた。三田のズボンだ。看護師が脱がせて床に落としたものを、じゃまになるからと、拾って持っていた。

たくさんのポケットの中からスマホを捜し当て、画面を見ると、〈Ｍｉｈａｒｕ〉と表示されていた。

同棲しているキャバ嬢の名前がそうではなかったか？　だとしたら、彼が現在意識不明であることを伝える必要がある。依吹は通話ボタンにふれた。

「終わった？」

依吹はギョッとのけぞった。画面に顔が大きく映し出されたからだ。相手はビデオ通話でかけてきたのだった。

無言の時間が続いた。向こうも、見知らぬ男の顔が出てきて驚いたのだろう。

「三田一さんと一緒に片づけの仕事をしている者です。比良と言います。三田さんが出られないので、代わりに出ました。ミハルさんですよね？」

切られないよう、依吹は早口で言葉を連ねた。

「そうですけど、彼が電話に出られないというのは？」

警戒しているような声だった。

「怪我をして」

「怪我？」

「今、病院で診てもらっています」

「病院？　ひどい怪我なんですか？」

「意識がありません」

「えっ⁉」

画面が激しく揺れた。

「会社の近くの整形外科です」

「何という病院です？　すぐに行きます」

「石島整形外科です。住所は足立区の伊興（いこう）です。番地はわかりません。検索してください」

「行きます。一時間で行きます」

通話を終え、依吹は院内に戻った。

待合室に浅沼はいなかった。相変わらず高齢者でいっぱいで、依吹は隅（すみ）の方に立って待った。

ドアが開放されたリハビリ室では、ベッドでマッサージや電気治療が行なわれている。療法士はみな若く、リラックスさせようとしているのか、笑顔で患者に話しかけている。孫と祖父母を思わせる、なごやかな雰囲気だった。

　やがて廊下の奥のドアが開いた。浅沼と平林が出てきた。そのあとドアはさらに大きく開かれ、ストレッチャーが現われた。前後に看護師がつき、スタンドに点滴のバッグがさがっている。依吹は急いでそちらに移動した。

　病衣を着せられた三田は目を閉じていた。ストレッチャーはエレベーターに載せられる。少ないながら病床があるので、そちらに移すという。

「帰るぞ」

　依吹は浅沼に肩を叩かれた。

「つきそってなくていいんですか？」

「チーフが残ると」

　平林もエレベーターに乗った。扉が閉まる。

「俺もつきそいます」

「いてもしょうがないだろう」

「何もできなくてもいいです」

　浅沼は小さな目を見開き、あきれたように溜め息をついた。

「好きにしろ。仕事じゃないから銭（ぜに）は出さんぞ」

「それでボス、三田君と一緒に住んでいる人と連絡がついて、今、こちらに向かっています」

「あの野郎、そういうスケがいるから、まとまった金がほしかったのか。来たら、電話をくれ。こっちも言っておかなければならないことがある」

浅沼は外に出ていった。

依吹は二階にあがった。平林は廊下の椅子に坐っていた。依吹に気づくと、

「帰ってよかったのに」

と言った。肘と手がネット繃帯でおおわれていた。

「心配で。それに、チーフに訊きたいこともあったので」

「俺に？　何？」

「三田君、どんな感じなんですか？」

「意識はまだ戻ってない」

「先生の見立ては？」

「嘔吐、発熱、体温低下、痙攣（けいれん）はなく、呼吸も正常。頭蓋骨（ずがいこつ）に骨折なし。内出血は認められず。頸椎（けいつい）も損傷していない。ボスにひそひそ話していたのを盗み聞いただけだから、ちょっと違うかもしれないけど」

「ここ、小さいのにCTあるんだ」

「あと、緊急性はないように思われるけど、自分は専門外なので、よそに移したほうがいいとも言っていた」

「ですよね。やっぱり脳神経外科ですよね。でもここに入院したということは、ボスが拒否した

からですよね？」

依吹の質問に平林がうなずいた時、病室のドアが開き、看護師が二人出てきた。平林が立ちあがり、当然のように入ろうとすると、

「まだ絶対安静です」

とドアを閉められた。

「でも、つきそっていないと、容態が変化したら……」

「バイタルは下でモニターしています。カメラでも見ています。ご安心を」

だからあなたたちは帰っていいと言っているように聞こえた。

看護師がエレベーターでおりていくと、依吹は言った。

「引きあげます？」

「比良は帰っていいぞ」

平林は椅子に戻った。背中を丸め、膝の上で手を組み合わせ、首を小さく横に振る。不可抗力とはいえ、重大な怪我をさせてしまったことの責任を感じているように見えた。

「話の続きなんですけど」

依吹は横に坐った。

「俺はさっき言った以上のことは知らない。そんなに知りたければ、看護師に訊けばよかったのに」

「容態については十分です。倉庫でのことを教えてください。三田君は、床下の現金を盗んでい

たのですよね？」

「ああ」

「床に四角い穴が空いてましたよね？」

「ああ」

「あそこに金があったことを、チーフは知ってました？」

「知るわけないだろう」

平林は顔をあげ、依吹を睨みつけた。そのあと、

「知ってたら、俺もちょろまかしたかもしれないが」

とトーンを落とし、うなだれた姿勢に戻った。

「それは無理だったと思います。金はただ入れられていたのではなく、金庫に入っていたから。だいたい、あそこに穴があるなんて思いませんよね。穴がいつも見えていたわけじゃない。リサイクルに出せそうな回収品を一時保管していた一角で、穴があったところには石が置いてありませんでした？　両腕を広げたくらいのでっかい石。箪笥やソファーや冷蔵庫は、倉庫に持ち帰っても一週間もすれば引き取られていくのに、あの石はずっと残っていた。見た目は風格があったから、たぶん庭石で、それなりに価値があるのだろうけど、家具や家電と違ってすぐに買い手がつかず売れ残っているのだろうと思ってたんですよ、俺は。でも本当はそうじゃなくて、ボスは売るつもりがなかったんじゃないですか？　穴を隠すために置いてあった」

依吹は言葉を止めた。少し間があって、

「あの石は、俺が働きはじめたころからある」

と反応があった。

「だったら間違いないな。穴に蓋をして、その上に置いていたんですよ。あの石、たしか木の台に載っていたけど、台の裏に小さなキャスターが取りつけられているんじゃないですかね。普段はストッパーをかけてるけど、金庫を開ける際には解除して移動させる。

じゃあどうして隠し金庫があるのかというと、浅沼商会が、世間に知られてはならない資産を保有しているからです。廃品のリサイクルで得た利益の一部は無申告なのでしょう。一点一点は安くても、塵も積もればだし、たまに骨董（こっとう）や高級腕時計などのお宝が出る。片づけを請け負（お）って得た収入も、少なめに申告し、浮いた分を金庫に蓄えている。俺たちへの支払いも適当じゃないですか。明細くれませんよね。浅沼ファミリーのいいように経理処理してるに決まってます。そう思うでしょう？」

「わからないよ。ファミリーに入れてもらってないから」

平林は首をすくめる。二年続けていても、ただのアルバイトである。

「絶対に汚い金です。三田君への対応を見ればわかるじゃないですか。

ボスは救急車を拒否しました。呼べば、受け入れ先の病院で事情の説明を求められ、事件がらみとして警察に通報されます。転んだだけと嘘をついても、医者の目はごまかせないでしょう。警察が入ってきたら、この金は何だということになり、脱税が発覚してしまう。ボスはそれを避けたかったのです。普通は、金庫が荒らされたら、自分から警察を呼びますよ」

「たしかに」

「ボスは三田君を『絶対に死なさん』と言ったけど、あれは慈悲から出た言葉なんかじゃない。死んだら警察がかかわってくる。脱税がバレる。だから死なせるわけにはいかないんだ。

救急車は呼べない、放置して死なすのもだめ。そこで知り合いの医者を頼ったのです。ボスとしては、目覚めた三田君に、金庫のことを黙っておくなら警察には突き出さないとおためごかしを言って、この一件を終わらせる腹づもりなのでしょう。

医者も食わせ者ですよ。たとえ知り合いに頼まれても、良識があれば警察に届けますよ。転院を拒否しているのも怪しく、事件の臭いがプンプンします。なのに黙って受け入れているのは、いつも二人で組んで悪いことをしてるからじゃないんですかね。診断書を捏造しての保険金詐欺とか。臑に傷を持つ身だから、警察とはかかわりたくない。

もう少し先のことも俺には見えてますよ。三田君がこのまま目覚めなかった場合です。昵懇の医師に頼んで、三田一は勝手に転んで頭を打った、みたいな死亡診断書を書いてもらい、それで一件落着だったらいいけど、そうならなかった場合、つまり、第三者によって傷つけられた疑いがあると警察が介入してきたらどうすると思います？　たぶんね、今日明日にもボスからチーフに提案がありますよ。三田はただの倉庫荒らしだったことにしようって」

「ただの倉庫荒らし？」

「床下の金庫から現金を盗もうとしたのではなく、棚に剝き出しで置いてあった高級食器を持っていこうとした。チーフはそれを目撃し、とがめ、格闘になった。事実をそうねじ曲げれば、脱税用金庫の存在を警察に明かさずにすみます。

よく考えたほうがいいですよ。チーフは意図して三田君を怪我させたのではないのだから、たとえこのまま助からなくても、とがめられることはありません。けれど警察に嘘をつき、それがバレたら、罪に問われます」

「あるかどうかわからない話をされても……」

「まあそんなふうに、ボスの思惑はいろいろ察したけど、わからないのが三田君のほうだ。どうやって犯行におよんだのだろう。過去に、ボスが巨石を動かしているところを目撃し、隠し金庫の存在を知ったのかな。そうだとしても金庫の番号はわからないはず。ダイヤルを回す手元を見た？　それは無理でしょう。ボスの顔の横から顔を出すくらいじゃないと、ダイヤルの目盛りは見えないでしょう。そんなに近づいたら、ボスが気づいちゃう。もう一つわからないのが、三田君、盗みを働くようなキャラには見えなかったのに、魔が差したのだろうか」

「キャラ的には合ってるだろう。躊躇なく住居侵入する輩だぞ」

「通り抜けただけで、家に入ったり、庭に置いてあるものを盗んだりはしてませんよ」

「それでも、犯罪のハードルが低いのは事実だろう」

「そうかなあ。でも、そうとも言えるか」

依吹はうなって腕組みをした。が、今はそんなことを議論している場合ではないと思い直し、

「三田君を転院させません？」

と平林に持ちかけた。

「俺たちで？　勝手に？」

「ボスに言ったら反対されるに決まってます」

「ここの医者がボスとつるんでいるのなら、阻止されるぞ」

「だから、こっそり」

「意識のない人間を背負って脱走するのか？　点滴を抜いて？　そっちのほうが三田を危険にさらすことになるぞ」

「じゃあ公権に頼りましょう」

「公権？」

「窃盗未遂事件が発生して怪我人が出ていると警察に通報するのです。そしてしかるべき病院に移してもらう」

「警察はまずい」

「心配ないですよ。三田君の怪我は不可抗力によるものなのだから、チーフは罪に問われない。さっきも言いましたよね」

「そんな心配はしていない。心配しているのは三田のことだ。未遂に終わったとはいえ、盗みを働いた。警察沙汰にしたら、やつは前科者になるぞ。それでいいのか？　ここはボスに乗って、内々で処理したほうがいいんじゃないか。腹黒い思惑には目をつぶって」

「でも、その結果、このまま目覚めなかったらどうするんです。全然三田君のためにならない」

「それはそうだが……」

「命あってのことでしょう」

「ボスに相談しよう」

「阻止されるに決まってるじゃないですか。脱税してるんですよ」

「しかし勝手に通報するのは……。密告じゃないか。ボスにはそれなりに世話になってるから、密告は気が引ける……」

「そんな情で迷ってる場合ではないですよ」

そうやって言い合っていると、エレベーターの扉が開いた。看護師が出てきた。

後ろにもう一人いた。白衣を着ていない。左手で小型のキャリーケースを引き、右手には日傘を持っている。

看護師は後ろに向かって、待っているようにと手を立てて、病室に入った。依吹は椅子から立ちあがり、声をかけた。

「ミハルさんですね？　比良です。三田君の電話に勝手に出てすみませんでした」

「いいえ。出ていただけたから、こうして駆けつけることができました。ありがとうございました」

ミハルさんはか細い声で頭をさげた。走ってきたのか、息が少し乱れていた。額に玉の汗が浮き、ラフに縛った髪の後れ毛がうなじに張りついている。

「すみません、こんなのしかなくて」

依吹は名刺を渡された。平林も立ちあがって受け取った。〈ニンフのポシェット〉というキャバクラの名刺で、〈三春〉という名前は手書きで入っていた。

三春はタオルハンカチで首筋をぬぐったり、日傘をキャリーの横に留めたり、髪を縛り直したり、落ち着かない。三田より歳上、もしかしたら自分よりも上かもしれないと依吹は感じた。

病室のドアが中から開き、三春が招かれて入っていった。待ちかねたように平林がささやき声で尋ねてきた。

「何者？」

「三田君の恋人」

「嘘つけ」

「三田君に聞きました。一緒に住んでるそうです」

「シェアハウス？」

「じゃなくて、純粋な同棲っぽい感じでしたよ。根掘り葉掘りは訊きませんでしたけど」

「マジかよ。あいつがなあ。しかし、そういう存在がいるのなら、なおのこと通報は慎重に行なうべきなんじゃないか？」

三分ほどで二人は出てきた。まっすぐエレベーターに向かおうとする看護師を三春が止めた。

「着替えを持ってきたんですけど」

下着とタオルをキャリーケースから出す様子を横目に、依吹は平林にささやいた。

「ね、そういう仲でしょう？」

預かったものを病室に置き、看護師がエレベーターでおりていく。三春は二階に残った。

「三田君の意識は？」

依吹が尋ねると、三春は目を伏せ、首を横に振ったあと、

「彼の身に何があったのでしょう？」

と逆に尋ねてきた。

返答に窮し、依吹は助けを求めるように隣に目をやった。

「会社の倉庫に盗みに入り、取り押さえられました」

平林は躊躇なく言った。三春が目を剝いた。

「彼が泥棒を？」

「そうです。従業員と揉み合いになり、その際、頭を打ったようです」

抽象的な主語を使った説明に、なるほどと依吹は感心したが、その従業員の名前を問われたらどうするのだろうと、わがことのようにドキドキしてきた。

「そうだ。ボスに連絡しないと」

依吹はスマホを取り出して二人から離れた。

浅沼社長の携帯電話にかけると、圏外とのアナウンスがあったため、事務所の固定電話のほうにかけ直した。出たのは浅沼だった。

「ボス、ケータイのバッテリーがなくなってますよ」

「はあ？」

「今かけたけどつながりませんでした」

「今朝充電したばかりだ」

「じゃあ電源切ってるでしょう?」

「何わけのわからんことを言ってる。それより、三田の女はどうなった?」

「そのことで電話したんです。今、石島整形に来ました」

「俺が行くまで帰すな」

通話を終えて横に顔を向けると、二人の話はすんでいて、距離を取って椅子に腰をおろしていた。依吹はそちらに戻っていき、平林寄りに坐った。といって、三春が到着する前にしていた話を蒸し返すわけにはいかない。

スマホをいじって居心地の悪い沈黙から逃げようとした依吹は、自分が小脇に抱えているものを思い出し、ポジションを三春寄りに変えた。

「三田君のです。ポケットにスマホが入ってます」

と、カーゴパンツを渡す。

「ありがとうございます」

用件がすむと依吹は自分のスマホを手にした。

しばらくして肩を叩かれた。

「これは何でしょうか?　ポケットの中に入っていました」

三春が小さな鍵を差し出してきた。

「三田君の私物ではないのですか?」

「違います。家の鍵なんかは別のポケットにありました」

と、アニメのキャラクターのキーホルダーを見せる。

「仕事で鍵を使うことはありませんけど。個人ロッカーも与えられてないし。コインロッカーの鍵じゃないんですか？　あ、でも、タグがついてないな」

「これも一緒に入っていました」

紙が差し出される。Ａ４サイズのコピー用紙が四つ折りになったものだ。依吹には見憶えがあった。三田の体を床からユニット畳に移した際、ポケットから落ちそうになった紙である。広げると、達筆な漢字が並んでいた。

「仕事のメモ？　チーフ、わかります？」

依吹は紙を平林に回した。

「見たことない」

平林は首を横に振ったが、そのあと紙を顔に近づけてじっと見入った。

「何て書いてあるんです？　漢詩？　漢文？」

「さあ。俺にも読めない」

〈馬屍鹿屍　弓傘碁質　馬尼傘麗　弓市鳩蜂〉

その紙をよく見ると、文字は手書きに見えたが、紙に直に書かれているのではなく、プリンターで印刷されたもののようだった。

依吹は平林から紙を取りあげて三春に差し出した。

「読めます？」

「読めません」

受け取るのを拒否するように手を立てた。すると反対側から腕が伸びてきて、平林が紙を奪い取った。

「この字、マミーのと違うか？」

「そういえば、事務所の貼り紙の字っぽいですね。マミーが漢詩を書写したのかな。でもそれをどうして三田君が？」

と依吹が首をかしげた時、スマホが鳴った。ボスからの着信だった。依吹は三春に取り次いだ。

「社長が話をしたいそうです。駐車場にいます。ネイビーのワゴン車です。社長はメッシュのベストを着ています」

三春はカーゴパンツをキャリーケースにしまうと、ハンドルを摑んでエレベーターに向かった。その姿が消えてから平林が言った。

「今の電話、ケータイからかかってきたんだよな？」

「そうですけど」

「さっきは圏外でつながらなかったんだよな？　比良の話しぶりから察するに」

「はい。だから事務所の固定にかけて話しました」

「けれど今はケータイとつながっていた」

「ボスは違うと怒ったけど、やっぱり電源を切っていたんでしょう」

「いや、そうじゃない。そういうことだったのか」

平林はスマホを取り出した。画面を数回タップして耳に当てる。

「三田のツレは今そちらに向かっています。別件で。三田のナップサックの中に箱が入ってましたよね？　あれ、たぶんジャマーです。携帯電話なんかの電波を妨害する機器。さっき比良がボスのケータイにかけてつながらなかったのは、近くにジャマーがあったからです。マミーがケータイが壊れたと言っていたのも、そのせいです。じゃまするからジャマー？　違います。語源はジャミングです。そういうことはどうでもよくて、あの箱のどこかにスイッチがあるはずだから、それをオフにしてください。そしたらケータイを使えるようになります。スイッチがわからなかったら、ヤードの隅の方に置いといてください。それだけ離しておけば妨害電波は事務所までおよばないと思います。バッテリーもそのうち切れるはずです」

通話終了後、平林は依吹に顔を向け、一つうなずいた。そういうことだ、わかっただろう、という合図のようだったが、依吹は何も理解できていなかったので、小首をかしげた。

「ジャマーはＷｉ－Ｆｉの電波も妨害する」

そう言われてもまだわからなかった。

「ジャマーを携行していたら、Ｗｉ－Ｆｉ接続のクラウド防犯カメラを無効化できる。浅沼商会に取りつけられているカメラもだ。敷地の入口、事務所の入口、倉庫の入口、倉庫の中――ジャマーを身につけていれば、それらのカメラの前を通っても、自分の姿を映されずにすむ。証拠を残さずに倉庫を荒らせるという寸法さ」

「リアルひみつ道具？」

「そんなものを用意して犯行に臨んでいたのだから、計画的犯行だよ、これは。計画的犯行なら、これも金庫破りと関係があるのかもしれないな」

平林は三田のポケットにあった紙を広げ、食い入るように見つめる。漢字の列を指でなぞりながらぶつぶつつぶやく。

依吹は今ひとつ納得がいかなかった。三田の浅沼商会でのキャリアはわずか二か月だ。それで計画的犯行？　働きはじめてすぐに隠匿資産の存在を知り、金庫の番号も突き止めたというのか？

ももやしていると、別のひっかかりが生まれた。

「おかしいですよ。恨みの気持ちが生まれたのは、ほんの数日前じゃないですか」

「恨み？」

「三田君、最近、立て続けにやらかしたそうじゃないですか。仕事をさぼって昼寝したのと、もう一つは何だっけ……」

「家族写真を捨てたやつか」

「そうそう。それで賃金をカットされたので、頭にきて倉庫を荒らしたのだと、ボスが」

「アルバムの件は、うっかりではすまされない。これはゴミではないから部屋に残しておくようにと書かれた段ボール箱に入っていたものをゴミ袋に入れたんだぞ」

「非は三田君にあるので逆恨みということになりますけど、そのきっかけとなる出来事が起きたのは今週です。昼寝でペナルティを受けた時点で報復を決めたとしても、それが月曜日で今日は金曜日、中三日のうちに隠し金庫を見つけ、ダイヤルナンバーを突き止め、ジャマーを用意したことになります。たった三日じゃ無理くないですか？」

「たしかに」

平林は腕組みをしてうなった。しかしすぐに腕をといて、

「あいつ、プロなんじゃないか？」

と、こめかみをつついた。

「プロ？」

「従業員として働きながら職場を物色、頃合いを見計らって盗みを働き、どろん。それを繰り返している。今はどこでも防犯カメラがあるから、現代の泥棒にとってジャマーは必需品だ」

「じゃあ、たまたまペナルティを食らったタイミングと重なったから逆恨みと見えただけ？」

「これから大金を頂戴するんだから、罰金を千円二千円取られたところで痛くも痒くもない。すでに倉庫の隠し金庫を見つけていて、ダイヤルナンバーも手に入れており、あとは実行するばかりになっていたんだろう。もしかしたら、準備がととのったことで気持ちが緩み、仕事でポカしたのかもしれないな」

平林は顎鬚をさすりながら自分の言葉にうなずく。

スマホが鳴った。平林が耳に当て、一言喋っただけでポケットに戻した。

「ボス。駐車場に来いって」

立ちあがってエレベーターに向かう。行ってらっしゃいと言うように依吹がうなずくと、

「おまえもだよ」

と手招かれた。

玄関で三春とすれ違った。依吹は目で挨拶したが、無視された。心ここにあらずといった表情で、おそらく周りが見えていなかったのだろう。

浅沼社長は車の窓を開けて煙草を喫っていた。

「おいおい、三田の野郎、あんなのといちゃいちゃしてたのか。発展家だな」

キャバクラの名刺に煙を吹きかける。

「倉庫荒らしは二人で計画したんですかね？ 追及しました？」

平林の質問に、浅沼は、うんまあと曖昧な返事をして、

「おまえら、まだ残るのか？」

二人ともうなずいた。

「ご苦労なことだな。帰りに何か食っていけ」

裸の一万円札が差し出された。

「それから、火曜日に六町(ろくちょう)で仕事があるんだが、できるか？ チーフ、歯医者は？」

「明日か月曜日に行ってきます」

「じゃあ火曜日、八時半集合」

浅沼は窓を閉めた。

車が駐車場を出ていってから、依吹は一万円札を振った。

「口止め料ですよ」

「だろうな」

「けど、たった一万円って。『警察に届ける』と言ったら、あとどのくらい出しますかね」

「脅(おど)すのか？」

「どうしようかなあ」

依吹は首をすくめた。

二階に戻るエレベーターで医師と看護師と一緒になった。二人は病室に入り、三分で出てきた。容態は変わらないとのことだった。それを聞き、悪化していなくてよかったと依吹は思ったが、三春は落胆の表情で、ポキリといってしまいそうなほど首を垂(た)れていた。

椅子に坐っても、ずっとうつむいている。タオルハンカチを握りしめ、ときどき大きな溜め息をつく。他言しなければ彼氏の犯罪行為は不問にしてやると社長に恩着せがましく言われ、このまま目覚めなくても自業自得だからなと凄まれたのだろうと依吹は想像した。

平林はふたたび例の紙とにらめっこをはじめた。

〈馬屍鹿屍　弓傘碁質　馬尼傘麗　弓市鳩蜂〉

馬と鹿が並んで死んでいる、弓と傘と碁石(ごいし)を質に入れた、尼(あま)さんが傘を差して馬に乗っている姿が気品に満ちて美しい、弓の取引市場を舞う鳩(はと)と蜂(はち)——死と貧困と美と自然が混沌(こんとん)と同居しているこの世の姿を、ありのままに詠んだものなのだろうか。

平林は片手にスマホを持ち、紙を見ながらフリックやタップを繰り返す。

依吹もスマホを取り出した。しかしこの漢文について調べようとしたわけではなく、ＳＮＳで暇を潰すことにしただけだ。

三人は無言で、紙が擦れる音と溜め息だけが、思い出したように廊下に響いた。

「わかった！」

平林が突如として膝を叩いた。依吹の前に立ち、例の紙を両手で広げて突きつける。

〈馬屍鹿屍　弓傘碁質　馬尼傘麗　弓市鳩蜂〉

「声に出して読んでみろ」

「漢文の読み方なんて忘れましたよ」

「好きに読んでいい」

「うましかばねしかしかばね、ゆみかさごしち、うまあまかされい、ゆみいちはとはち」

「五十点くらいだな。〈屍〉は『し』と読む。〈鹿〉は『ろく』、〈尼〉は『に』、〈傘〉は『さん』、〈鳩〉は『きゅう』」

「うましろくし、ゆみさんごしち、うまにさんれい、ゆみいちきゅうはち」

依吹は首をかしげる。

「じゃあ俺が指した順に読んでみろ。最初はこれ」

〈市〉

「いち」

〈尼〉

「に」

〈傘〉

「さん」

続いて〈屍〉〈碁〉〈鹿〉〈質〉〈蜂〉〈鳩〉〈麗〉の順に指示された。

「し、ご、ろく、しち、はち、きゅう、れい」

「つまり？」

「１２３４５６７８９０⁉」

「そう。数字を、同じ読みの漢字に置き換えているのではないか。数字で書くとこうなる」

平林はスマホの画面を依吹に向けた。

〈馬４６４　弓３５７　馬２３０　弓１９８〉

「元々はこの数字で、それを漢字に書き換えたということですよね？」

「そう」

「それはつまり、この数字には何か意味があり、書き留めておく必要があったが、そのまま書いたら他人に知られてしまうから暗号化した、と？　じゃあ人に知られてはならない数字は何か。暗証番号、クレジットカードの番号、最近は電話番号も知られたらめんどうなことになるけど……、ああそうか」

依吹は指を鳴らした。

「そう、金庫を荒らした人間が持っていたのだから、金庫のダイヤルナンバーではないのか」

平林があらためて紙を広げる。

「彼は無実です」

三春のつぶやきは無視される。

「しかし数字に変換されていない漢字がある。〈馬〉と〈弓〉も別の数字を意味しているのか？〈弓〉は『きゅう』で9？〈鳩〉も9なんだけど。〈馬〉は『うま』『ば』『ま』『め』と読めるが、数字に結びつかない。『ば』を8とする？〈蜂〉があるのだから、無理に8と結びつける必要もないだろうに。

いや待て。ダイヤル式の金庫を開ける際に必要なのは数字だけじゃないぞ。この〈馬〉と〈弓〉が意味するのは回す方向ではないのか？　と思って調べたところ、ビンゴ！〈馬手（めて）〉という熟語があって、馬の手綱を取る手、すなわち右手、転じて右を意味している。その対義語が〈弓手（ゆんで）〉で、弓を持つ方の手、左を意味している。つまり最終的には、元の文字列はこうなる」

〈右464　左357　右230　左198〉

「金庫のダイヤルは、ただ番号を合わせればいいのではない。総当たりで試しても簡単に開かないよう、厳密な手順が決められている。右に決められた回数回したあと指定の数字に合わせる、次に左に何回回したあと二番目の数字に合わせる、といった具合に。

すると、この〈右464〉は、右に4回転させたあと番号を64に合わせるということではないのか？　そのあと〈左３５７〉を実行する。左に3回転させて57に合わせるのだね。以下同じように、右に2回転後30に、左に1回転で98に合わせる。

けれど以上を正確に実行しても扉は動かない。開けるには、もう一つ必要なものがある」

平林はやにわにキャリーケースを指さした。三春がびくりと上体をそらす。

「鍵だ。番号を正しく合わせたあと、鍵を挿して回すことで、ようやく扉が開く。三田のパンツのポケットに入っていた鍵がそうなのだろう」

「何かの間違いです」

三春が声を絞り出すように言う。平林は取り合わない。

「この暗号によるダイヤルナンバーは、筆跡からして、マミーによるものだ。しかしこの紙に直に書かれたものではない。オリジナルのコピーのようだ。おそらく次のようなことだと思う。

三田はオリジナルのメモを何かの機会に目にした。ただの漢詩のように見えたが、マミーが大切に扱っていたので、特別なものかもしれないと思った。プロとしての嗅覚(きゅうかく)だ。隠し金庫のそばに置き忘れていたとも考えられるな。しかしすぐにはどういう意味を持つのかわからなかったので、スマホで撮影しておき、時間をかけて、ついに解読した。

スマホで撮影したものをわざわざプリントしたのは、長い時間見続ける場合には紙のほうが勝手がいいからだ。バッテリーが減らないし、自動で画面が暗くなったりもしない。横に置いて見ながら、スマホで調べものをすることもできる。

以上は想像にすぎないが、当たらずといえども遠からずだろう」

「彼はそんなことはしていません。絶対に違います」

三春が膝頭をぎゅっと摑む。

「鍵もコピーを取ったのだろう。マミーはガラケーのストラップに鍵をじゃらじゃらぶらさげている。それを机に置いて立った隙に抜き取って合鍵を作った。頻繁に使う鍵ではないのだろうから、たくさんある中の一本が一日くらいなくても気づかないだろう。ボスも一つのキーホルダーにまとめているから、トラックのキーシリンダーに挿したまま現場で作業している時に拝借してコピーしたのかもしれないな」

「違います！」

三春が立ちあがった。平手打ちが飛んでくると思ったのか、平林は前腕で顔をガードした。三春は手をあげなかった。

「彼は泥棒じゃない。絶対に違う」

やるせなさそうに首を振ったのち、

「お店の準備があるので帰ります。明日また来ます」

キャリーケースを引いて去っていった。

「そりゃ、恋人の裏の顔は信じたくないだろうけど」

平林が首をすくめた。

「俺たちも引きあげませんか？」

依吹は腕時計に目を落とした。

「ここには五時までいていいんだろう？　まだ一時間半ある」

「じゃあ俺はお先に。変化があったら連絡をください」

依吹は立ち去る前に確認した。

「警察、どうします？」

「とにかく、よく考えよう。ベストなのは何なのか」

「けど、考えているうちに容態が悪くなったら……」

「というか、俺たちだけで決めていいのか？　ツレの意向も訊かないで」

「たしかに。連れ戻してきましょうか」

「それから、家族は？　三田の親兄弟には連絡したか？」

「家族については俺は知りません。三春さんが連絡してるんじゃないかな」

あくまで希望的観測である。

「すぐに連絡が取れる血縁者がいるなら、その意向が最優先じゃないのか？　そこをすっ飛ばして独善で動くのはいかがなものか」

「そうですね。三春さん、明日また来ると言っていたので、それまでは待ちましょう」

依吹は病院を出た。

用事は何もない。あの場で好き勝手なやりとりをすることがやりきれなくなったのだ。壁一枚向こうで昏睡状態にある当人を置き去りにして。

竹ノ塚駅が近くなり、醬と油と香草の臭いが鼻腔をくすぐった。一軒の飲食店にさしかかっていた。依吹は昼を食べていなかったことを思い出した。

路上に出された椅子の上にホワイトボードが載っていて、漢字の文字列が箇条書きされていた。おそらく本日のお薦め的なものなのだろうとは察せられたが、依吹は簡体字を解せないため、どういう料理なのか見当がつかなかった。日本在住の中国語圏出身者を客層として想定している日本的なアレンジがされていない中華料理、いわゆるガチ中華というやつである。日本語による説明か写真があれば検討するのにと、依吹は通り過ぎて駅に向かった。

すぐに足を止め、振り返った。

ホワイトボードがある。簡体字が並んでいる。読めない文字が何かを訴えかけてくる。

3

「お待たせしました」

耳元で声がして、依吹はハッと目を開けた。三春の顔がすぐそこにあった。

「ああ、すみません。つい、うとうとしてしまって」

瞼をこすりながら上体を起こす。ソファーに横になっていたら眠りに落ちてしまった。

「こちらこそ、約束の時間より遅くなってしまって、ごめんなさい。泥酔して動けないゲストがいて、片づけに時間がかかってしまいました」

「何か食べます？」

依吹はテーブルのタブレットを取りあげた。

「いえ」

「飲み物は？」

「じゃあ、ウーロン茶を」

依吹はタブレットでウーロン茶を二杯注文した。

午前二時、歌舞伎町のカラオケボックスである。

日付が変わる前に依吹は三春とコンタクトを取った。もらった名刺にあった番号に電話し、取り次いでもらったのだ。一刻を争う話で、できればすぐに出てきてもらいたかったのだが、営業時間中に抜けるのは無理と言われ、依吹が客としてキャバクラを訪ねたとしても、ほかのスタッフや客がいる横で話せる内容ではないので、店を閉めたあとに会うことにし、近くのカラオケボックスの部屋を取って待っていた。

「昼間、うちの社長に何と言われました？　まあ坐ってください」

三春はテーブルを挟んで向かい側に坐ったが、質問には答えなかった。

「三田は泥棒だ、仕事の態度もなってない、拾ってやった恩を仇(あだ)で返しやがってと、追い込むように罵詈雑言(ばりぞうごん)を並べたあと、警察には突き出さないでいてやるから今回の事件については口外するな、言ったら最後、おまえと彼氏も破滅だぞと脅してきたんじゃないですか？」

微妙なうなずきが返ってきた。

「一転、言うことを聞けば治療費は持ってあげるから心配いらないよと、親切ごかしにささやいた」

うなずく。

「同意したのですか?」

うなずく。

「そんなことだろうとは思いました。でも不思議なのは、あなたは俺や平林さんに、三田君が泥棒であることをかたくなに否定してましたよね。にもかかわらず社長の提案に乗ったのは、どうしてです? 三田君が泥棒でないのなら、警察うんぬん言われたところで、気にすることないじゃないですか。むしろそちらから警察を呼んで、三田君の潔白を明らかにしたほうがいいように思えますが」

三春は反応しない。

「三田君が泥棒でないということには根拠はなくて、近い人間として潔白を信じたい心情から出た言葉ですか?」

「違います。彼は何もしてません」

目を伏せたまま、強い口調で言う。

ドアが開いた。店員が飲み物を持ってきた。

店員が出ていったあと、依吹は一気に話の間合いを詰めた。

「社長の提案を受け容れたのは、警察とのかかわりを避けられるからですよね? 現在の三田君は話せないので、彼が本当に浅沼商会の金庫破りをしたかどうかは、あなたにはわからない。しかし彼が過去に犯したことは知っている。別の会社での金庫破りか、はたまた轢き逃げなのか、人を殺したのか、何か未解決の事件に三田君は関与している。ここで警察に調べられたら、そちらの犯罪があばかれ、収監されてしまう。そうならないようにするには、社長に従うしかなかった。でしょう？　もしかして、指名手配されてるんじゃ？」

返事はなかった。依吹は話を変えた。この部屋で待っている間に、相手の反応をいろいろ想定して準備していた。

「三田君が仕事をさぼってペナルティを受けたことを聞いていますか？　今週の月曜日の出来事です」

小さなうなずきが返ってきた。

「仕事に慣れてたるんでいると社長は思ったそうなのですが、まったく違った見方もできるんですよね。臑に傷を持つ三田君は、作業の中断を要請してきた警察官に恐れをなした。警察の検証が終わっても、またやってくるのではないかと不安にかられ、現場に戻ることをためらった。それを昼寝していたと言い訳した」

反応はなかった。これも想定ずみで、依吹は話を別方向に振った。

「その翌日のことは聞いていますか？　捨ててはいけないものをゴミの袋にまとめてしまった。重度の不注意なので、これにもペナルティが与えられました。けれどこれも別の見方ができるんですよね。じゃあ不注意でなければ何？　意図して捨てた？　依頼主に意地悪をした？　会社の信用を落としたかった？　いや、もっとほかの解釈ができるでしょう」

反応はない。しかしそれは、覚悟を決め、申し開きをやめているようにも見えた。

「それ以前に、三田君はこういうこともやらかしています。餌やり禁止のポスターを笑い飛ばして猫に餌を与えた。通り抜け禁止の警告を無視して民家の敷地をショートカットした」

「そんなことがあったんですか」

三春は、ちらと顔をあげた。

「聞かされていませんでしたか。まあそうですよね、三田君本人は無自覚でやったことなので」

三春はうなずいた。たんなる相槌(あいづち)ではなく、納得したような表情をしていた。そして言ったのだ。

「そうです。彼は読み書きができません」

依吹の心臓が大きく跳ねた。驚いたのではなく、読みが的中したことに興奮した。

「インスタントメッセージではなく、電話で連絡していたのも、識字に問題があったからなのですね?」

つとめて声を抑えて確認する。

「一部わかるものもあります。最寄りの駅名、日常よく目にする単語。〈ゴミ〉もその一つです。現場にあった段ボール箱にその文字があるのを見た彼は、ゴミとして捨てていいと解釈したのだそうです」

「なるほど。全然読めないから注意書きを無視する形になったのではなく、捨てないでおくようにという前後の文言が読めず、〈ゴミ〉という一語だけで判断してしまったわけか」

「金庫のダイヤルナンバーのメモとかいうものが彼のポケットにありました。けれど彼は字が読めないのです。アラビア数字は読めます。なので、数字がそのまま書いてあればわかりますよ。でも、漢字の暗号を解いて数字にするなんて、絶対にできません。だから彼が金庫泥棒であるはずがないのです」

三春はゆるゆると首を振った。

「まったくそのとおりです。金庫破りについてはあとで話すとして、先にもう一つはっきりさせておきましょう。三田君、歳はいくつです？」

「二十二です」

「成人が、どうして数字以外の字を読めないのでしょう。旧字体旧仮名遣いの書物ではない。ゴミに出すな、猫に餌をやるな、通り抜け禁止、という、小学生でも読める文なのに。昨今の貧困やネグレクトにより、ひと昔前より非識字者が増えていると聞いたことがあります。三田君もそういう一人なのでしょうか」

「おわかりなんでしょう？」

疲れているのか、三春の目は真っ赤だった。

「想像しているだけなので、事実を知りたいです」

「彼が日本語を読めないのは、日本の教育を受けていないからです」

「日本人ではないということですか？」

「そうです。三田一は通名（つうめい）です。出身は――」

中央アジアの国だった。本名は長々としていて、一度聞いただけではとても憶えられなかった。

「私も、名前の最初のところだけを取って、ブンちゃんと呼んでいます」

「来日してどのくらいですか？」

「二年になります」

「二年であんなに流暢に！　発音も正確で、母国語の癖のようなものも出ていなかった。あの顔であの喋り、日本人であることを疑ったことは一度としてありませんでした」

「ブンちゃんの歌を聴いたことあります？」

「超絶うまいですよね。この場にいないのが残念です。百点取れますよ」

依吹は壁のモニターに腕を伸ばす。

「彼、耳がいいんです。一度聞いたものを正確にコピーできる」

「すぐれたミュージシャンはそうだと聞きますね。ものまねがうまいのも同じ理由か」

「来日前から、日本のアニメで、ある程度日本語を憶えていたようです。でも、逆に読み書きが苦手で、ちっとも頭に入らないのだそうです。苦痛でもあるから、勉強して克服しようという気にならない。訊くと、母国語の読み書きの成績も悪かったそうです」

「日本語の会話が達者で、顔も日本人っぽく、ブンなんとかかんとかという長ったらしい本名を名乗るのがめんどくさいから、三田一という日本人を装ったのではありませんよね？」

依吹は核心を衝いた。三春の首の筋がぴくりと動いた。依吹はだめを押す。

「三田君は不法滞在者なんですよね？　だから警察を避けている。身分証明書を見せろと言われ、ビザが切れたパスポートを見せるわけにはいかない。あなたが浅沼社長の理不尽な要求を呑んだのも、警察沙汰にされなければ三田君を守れると判断したからなんでしょう？」

三春は答えなかった。

依吹も追い込むのをやめた。

三春が重い口を開いた。

「ブンちゃんのお兄さんが日本にいます」

技能実習生として茨城の農園で働いていた兄を頼り、弟は観光ビザで来日した。自分も日本で暮らしたいので部屋に置いてくれと言う。しかしそれは無理だし、観光ビザでは仕事に就くこともできない。このまま居続けて滞在期限を超えたら、一緒にいる自分の立場も危うくなる。だからしばらく世話をしたあと、帰国をうながした。弟は兄の元を去った。しかし帰国しなかった。同胞のコミュニティーを転々として日本に居続けた。

やがて彼は東京の歌舞伎町に流れ着いた。昨年秋のことだ。この時にはもうビザが切れており、不法滞在になっていた。しかしこの街には、身上を問わず働かせてくれる場所があった。彼は、その筋の息がかかった飲食店グループに身を寄せた。

「とりあえずスカウトと客引きをやらされたのですが、その際〈ニンフのポシェット〉にゲストを連れてきて、それが彼との出会いでした」

彼が不法滞在の外国人だと知ったのは、仲が深くなってからだった。客引きは条例で禁止されている行為で、歌舞伎町は警察の見回りも多い。身分証の呈示を求められたら、一巻の終わりである。これまで一度も職質を受けなかったのが奇蹟（きせき）だと、すぐに客引きを辞めるよう三春は彼に言った。そして自分の家にかくまった。

「一人でも窮屈だったワンルームにもう一人、ベッドもシングルです。でも、横を向いたら、いつもすぐそこにブンちゃんがいて、毎日がふわふわとしあわせでした。マネージャーから押しつけられる鬼のようなノルマも、ゲストから受けた屈辱も、帰宅して彼の笑顔を見たら、パッと忘れることができました。こんな生活が永遠に続くはずはないとわかっていたけど、もしかしたら続くんじゃないかという夢みたいな気持ちもあって、ずるずると同棲生活を送っていました」

贅沢（ぜいたく）をしなければ三春の稼（かせ）ぎだけで生活は成り立ったが、何から何まで頼るのは申し訳ない、履歴書や身分証明書の提出を求められない仕事もあるだろうと、彼は働きに出ることを望んだ。

　身元は明かさずにすんでも、名なしではすまされないだろうと、通名を作った。三田一としたのは、受け取りなどで署名する場合を考えてのことである。直線だけで構成された字画の少ない漢字なら、読み書きが苦手な者でも憶えやすい。

「二人がつながっていることを感じたく、自分と同じ〈三〉の文字を入れました」

　三田一となった彼は、どこで見つけてくるのか、外国人旅行者の爆買いの手伝いをしたり、転売ヤーの手先となってトレーディングカードを求める列に並んだりした。トラックで地方に出かけてグレーチングや電線を集めたと聞かされた三春は、それは犯罪で、捕まったら強制送還だと、あわてて手を引かせた。

家計を助けるため、彼は炊き出しに足を運んだ。そして上野公園で依吹に出会い、浅沼商会にスカウトされたのである。

報酬はとても仕事の内容に見合っていなかったが、身分を問われずにいられるのだからと、不平不満を口にすることなく、呼ばれれば毎日でも働いた。

「でも、長くは続きませんでした。警察官から逃げるような行動を取った翌日には、字が読めなかったことで失態を演じてしまいました。これまでも、身バレにつながるようなミスをしたら、安全第一で辞めていました。浅沼商会も潮時でした。

ただし、黙って逃げ出したら、先方に強い印象を残します。理由を詮索(せんさく)されます。東京は広いようで案外狭く、どこかでばったり出くわしたら、めんどうなことになるかもしれません。

昨日(さくじつ)彼が浅沼商会に行ったのは、退職を願い出るためです。報告の電話がなかなかかかってこないので、外国人であることがバレてしまったのではと心配になってこちらから電話したら、あんなことになってて……。

そうなんです。彼は筋を通すために出向いたんです。ペナルティの腹癒(はらい)せなんかじゃありません。昼間社長さんにそう言ったところ、事務所にはずっと家内がいたが三田は挨拶に来ていない、顔を出すつもりなどなかったのだ、用があったのは倉庫なのだから、と聞いてもらえませんでした。違います。彼は漢字を読めないのです。暗号を解けません。金庫を開けられるわけがないのです」

三春は身を乗り出して訴えた。

「とすると、可能性として残るのは、三田君は事前に暗号をあなたに見せ、解読してもらった」

依吹は言った。

「見せられてません！」

三春はテーブルに両手をついて腰を浮かせた。

「もう一つの可能性としては、濡れ衣を着せられた。誰に？　その可能性は一つしかありません。平林です」

「平林？　病院にいた？」

「平林は三田君が金庫を荒らしているのを見た唯一の人間です。しかし三田君が潔白であるのなら、唯一の証言は、逆に絶対的な嘘ということになります」

三春は口を半分開けたまま、中腰のまま、動かない。

「平林には何一つ質していないので、これは想像でしかありませんが」

依吹はそう前置きして、自分の考えを語って聞かせた。

動機は、待遇への不満だろう。やれチーフだ、やれおまえがいないとうちは回らないとおだてられるだけで、賃金は新入りとたいして変わらない。ファミリーにも入れてもらえず、甘い汁を吸えない。その不満が窃盗という形で爆発した。

浅沼商会と長くかかわるうちに、倉庫の隠し金庫の存在を知った。ダイヤルナンバーと思われる書きつけを目にし、暗号を解読した。鍵を盗んでコピーした。そして社長や作業員が出払っている時を狙って決行した。

ヤードには堂々と正面から入った。ナップサックの中に忍ばせてあるジャマーがＷｉ－Ｆｉ接続の防犯カメラを無効にしてくれる。倉庫で何をしても、その様子は記録されない。

金庫が荒らされたと、いずれ社長は気づく。しかしそこに保管してあったのは決して公にできない資産だから、被害を警察に届け出られない。防犯カメラ映像もないため、自力で犯人を見つけ出して金を取り戻し、私的制裁を加えることもできない。成功がこれほど約束された窃盗案件があるだろうか。

しかし人の目にジャマーは効かない。

平林のすぐあとから三田がやってきていた。退職を願い出るためだ。そしてまっすぐ事務所に行かず、平林のあとを追って倉庫に入った。お世話になりましたと挨拶しようと思ったのだ。

だが、三田はすぐには声をかけなかった。平林が一心不乱に作業をはじめたため、急ぎの仕事だろうかと、きりがつくのを待つことにした。すると平林が床下の金庫を開け、紙幣を摑み出してはナップサックに入れはじめた。不審に思った三田は、近づき、何をしているのかと問うた。

平林は泡を食った。そして殴りかかった。言い訳のきかない場面を見られてしまった。口を封じるしかなかった。

三田は倒れた。動かなかった。しかし絶命を確認して逃げる前に、第二の想定外が発生した。鹿浜の現場に行ったはずの社長以下四人が、作業の中止により戻ってきたのだ。彼らの目もジャマーではごまかせない。

この窮地を切り抜けるには、お宝はひとまずあきらめ、二人の立場を入れ替えるしかなかった。平林は、紙幣を詰めたナップサックを三田の肩にかけ、金庫の暗号を印刷した紙と鍵を彼のカーゴパンツのポケットに入れ、自分の手を傷つけ、顔を汚し、三田を泥棒にして、自身は発見者を装った。その後も、自分が用いた手口を、主語を三田に変えて依吹に話すことで、彼が犯人であることを揺るぎないものとしようとした。

「ひどい……」

アルコールは飲んでいないのに、三春の頬は紅潮していた。

「もっと非道ですよ。平林は三田君の息の根を止めるつもりです」

「えっ⁉」

「だってそうでしょう、三田君が目覚めたら、倉庫での真実を語られてしまう。その前に完全に口を封じないと。

三田君が死んだら、さすがに事を内々で処理してしまうのは無理でしょう。勝手に火葬して遺骨を浅沼商会のヤードに埋めるわけにはいきません。警察が入ってくることになります。

しかしジャマーのおかげで防犯カメラ映像がないので、嘘がバレることはないだろうと平林は考えている。騙す相手が警察となると百パーセントの自信はないけど、それよりも、三田君が目覚めることのほうが圧倒的に危険だ。彼に証言されたら、逃れようがない。

実際、平林は、一度、三田君にとどめを刺そうとしています。倉庫で二人が倒れているのを見つけた俺は、社長を呼ぶために、その場を離れたんです。戻ってきたら、平林が三田君の上におおいかぶさっていました。逃亡させないためと言ってたけど、本当は、窒息させようとしてたんじゃないかな。社長を捜すのにもたついてたら危なかった。

ここで救急車が呼ばれていたら平林は万事休すでしたが、社長も警察を嫌って知り合いの医師を頼ったため、命拾いしました。石島整形にいる間は警察はかかわってこないので、ここで仕留めればいい。だから平林はつきそいを願い出たわけです。怪我をさせてしまった責任を感じているポーズを取ろうとしたのではなく、隙を見つけて、容態が急変したように見せかけて殺すために。

ところが、俺も病院に残ることになったため、いやそれより、病室にカメラがあるとわかったことで、手を出せなくなってしまった。それでも、もし三田君が目覚めたら、リスクは承知のうえで、よかったよかったとハグするふりをしながら殺してしまおうとでも考えて待機していたのでしょう。

今は別のことをもくろんでいると思われます。面会時間が終わって病院を出されたあと秋葉原に行き、新しいジャマーを仕入れたんじゃないかな。それを持って、明日、もう今日ですが、病院に行き、病室のカメラを無効にしてから事におよぼうとしている。いつ目覚めるかわからないので、ジャマーが手に入ったら、すぐに実行しますよ」

三春の顔は引きつっている。唇の端が痙攣している。

「今から警察に行きましょう。三田君を守らないと」

返事はない。

「不法滞在の件を心配しているのですね？　不法滞在者であることが発覚しても、体があんな状態で国外追放はないですよ。警察の力で専門の病院に移してもらうこともできる。まずは生命の安全を確保しましょう。そのうえで次善の策を考えましょうよ」

三春はテーブルのグラスを両手で包み込み、茶色の水面をじっと見つめている。

「もしかして、医療費の心配をしています？　事を荒立てなければ浅沼社長がまかなってくれる。転院したら自腹となり、不法滞在者は保険制度を利用できないため、十割負担となる。高度な医療を受けることになったら、とても払えない」

小さくかぶりを振るだけで言葉はない。

依吹は時計を見た。午前三時。石島整形は九時からだ。平林の到着を待ち構え、不穏な行動に出られないよう、そばにぴたりとついているしかないか。しかし夕方まで一度も目を離さずにいられるのか。今日はうまくいったとして、明日は？　明後日は？

三春はグラスをあげた。ウーロン茶に口をつけ、溜め息をつき、それから言った。

「平林さんと話します」

「は？」

「ブンちゃんが不法滞在の外国人であることを明かします。証拠としてパスポートを見せましょう。彼は警察とかかわりを持てない身なので目覚めても被害を訴えることは絶対にないと説明し、危険を冒して口封じをしなくてもよいとわかってもらいます。

平林さんとしても、ブンちゃんを殺せば警察の捜査は避けられず、カメラは妨害できても、別の証拠から真相を突き止められてしまうのではないかという不安はあるでしょう。けれど殺さなければ警察はやってきません。絶対的な安心が保障されます。この選択が平林さんにとってもベストなはずです」

「それ、平林を赦すことになりますよ。大怪我をさせられ、濡れ衣を着せられたのに、無罪放免ですか？」

「赦す赦さないではなく、取引です」

三春は無念そうに唇を噛んだ。

「いやいや、冷静に考えてください」

依吹は両手を胸の前に立てる。

「その取引は、三田君が生きていてこそじゃないですか。三田君が死んでしまったら、必死になって不法滞在を隠した意味がなくなってしまう。失礼を承知であえて言います。死に損じゃないですか」

「言わないで」

三春はぎゅっと目を閉じ、激しくかぶりを振る。

「亡くなったあとで、弔い合戦だと警察に駆け込み、平林を監獄に送り、浅沼商会の脱税をあばいたところで、三田君は還ってきません。だから平林と取引するより、まずは三田君に適切な医療を受けさせましょう。意識が回復したら不法滞在の問題が発生しますが、倉庫荒らしの件では被害者なので裁判で証言することになるでしょうから、当面日本にいられる。刑事裁判が終わるころに民事で平林を訴えれば、さらに猶予が延びるんじゃないですか？　そのへんは弁護士にうまくやってもらいましょう。そうやってできた時間を利用して策を考えるのです。医療費の支払いをどうするのかもふくめて。昔から言うでしょう、命あっての物種(ものだね)です」

「策！」

三春はグラスを叩きつけるように置いた。眦(まなじり)を決して言う。

「さっきから、策、策って、いったいどんな策があるんです？」

「それはこれから――」

「ブンちゃんと出会ってこの方、どうすれば彼が日本に安住できるか、ずっと考えてきました。今日も仕事の合間に考えていました」

「ひとまず帰国して、在留資格を取ってから――」

「それができるのなら、とっくにやってます。お兄さんが技能実習生として来日するのに、ブローカーにどれだけ支払ったと思います？　向こうに帰って働いて、同じだけのお金を用意するのに、何年かかると思います？　私はほとんど手助けしてあげられない。キャストと違って薄給です。名前が入った名刺も支給されない立場ですよ」

三春は前のめりになり、腰を浮かせ、今にも飛びかかってきそうだった。依吹は一言もない。

「こういうケースでは奥の手があります。結婚するのです。片方が日本人なら、それでパートナーに配偶者ビザが与えられます。でも私は彼とは結婚できません。この国では同性婚が認められていないから」

〈ニンフのポシェット〉の黒服、三春脩太(しゅうた)は両手で髪を摑み、ソファーに倒れ込んだ。

彼女の煙が晴れるとき

藤井聡太（ふじいそうた）は初手（しょて）を指す前に茶を一服する。

マーゴット・ロビーは朝食をオートミールのおかゆとグリーンスムージーと決めている。

クリスティアーノ・ロナウドはフリーキックの際、ボールをセットしてから大股で五歩下がり、仁王立ちをしてから大きく息を吐き、キックに入る。

橘（たちばな）駒音（こまね）にもルーティンがある。

ベランダに洗濯物を干したあと、手摺（てす）りから身を乗り出す。

眼下（がんか）にコンクリートの土間が広がっている。ここから落ちたら死ねるだろうかと考える。

三十メートルはあるから、たぶん死ぬ。けれど絶対とは言い切れない高さだ。踏み出しが大きかったら植栽の上に落ち、生存の可能性が高まる。しかしかすり傷ではすまないだろう。腰から下の機能を失って一生車椅子生活になるか、脳への重大なダメージにより意思表示できなくなってしまうか。だったらこのまま生きていたほうがまだましだ。

死ねるとしても、落ちた瞬間に事切れるとはかぎらない。骨が砕け、内臓が破裂し、激烈な痛みに苦しみ悶（もだ）えながら死んでいくことに耐えられるだろうか。

落ちていく何秒間も恐怖だ。テーマパークに行ってもフリーフォール系には絶対に乗らない。あの、体液が逆流し、心臓が喉から出てきそうになる感覚は、生きた心地がしない。気が遠くなりかける中、地面がどんどん近づいてきて、縁石が見え、植え込みの緑が視界いっぱいに広がり、しまったこのままだと植え込みに落ちて助かってしまうと焦(あせ)ったところ、躑躅(つつじ)の枝が目に突き刺さって——怖い、怖すぎる！

そうやっていろいろ想像し、結局手摺りの内側に体を戻すところまでがルーティンだった。

駒音が空の洗濯籠を持って室内に戻ると、ダイニングテーブルで憲士郎(けんしろう)が煙草をふかしていた。

「冷蔵庫、わからなかった？」

尋ねると、「いや」と首を小さく振った。この「いや」は、わからなかったという肯定ではなく、冷蔵庫を見ていないという意味である。

駒音は冷蔵庫から保存容器を出し、中のサンドイッチを四つパン皿に移し、マグカップの牛乳とバナナと一緒にテーブルに運んだ。

「足りる？」

「ああ」

「足りなかったら、おかわりして。たくさん作っておいたから」

「ああ」

自分で朝食を作れと言っているのではない。作ってあるものを出すだけなのに、それすらできない。憲士郎には家事の意識が絶望的に欠けていた。

洗濯機まわりを片づけ、陽菜(ひな)の部屋からトレーをさげ、駒音がダイニングキッチンに戻ったところ、憲士郎の姿はなかった。食器もバナナの皮もテーブルの上に置いたままである。

「ビル・ゲイツは自分で皿を洗うのよ。あんたが四十五になってもその程度の人間でしかないのは、そういうわけさ」

駒音が感情を言葉にして洗いものをしていると、

「帰りはあさっての晩になる」

不意に憲士郎が現われ、思わず皿を取り落とした。シンクマットのおかげで事なきを得たと思いきや、シャワーヘッドからの水が変な方に飛び散り、割烹着の袖がずぶ濡れになってしまった。

「今回はどこに?」

「岡山まで行って、日本海側を回って帰ってくる。金沢(かなざわ)で少し時間が取れそうだから、うまそうな魚を買ってくるよ」

「ちょっとでいいからね」

憲士郎は長距離トラックの運転手だ。行く先々で地のものを見つけてくるのはいいのだが、家事の感覚がゼロなもので、生牡蠣(なまがき)をトロ箱で買ってきたりする。三人家族でどうやって食べ切れというのだ。しかも当人は仕事で留守がち、病床にある娘は食が細い。近所づきあいがないため、お裾分けもできない。

「留守中気をつけて」

「憲士郎さんこそ安全運転で——やだ、もう事故ってる」

駒音は憲士郎のズボンを指さした。トイレで用を足してそのまま出てきたようで、ファスナーが下がっており、ベルトも緩んだままだ。ベルトは先端の革がささくれており、きちんと締めてもみっともないのだが、先妻との思い出の品であることを駒音は知っているので、捨ててしまえとは言えない。

ズボンを整えた憲士郎が陽菜に一言声をかけてから家を出ていくと、駒音はどこか安堵して、ソファーで大きく足を広げて一服した。主人には決して見せられない姿である。そのあと掃除機をかけ、浴槽を洗い、ゴミをまとめ、これでようやく午前中の家事が終了、手早く身繕いを整え、昼食用のサンドイッチをラップにくるんでバッグに入れた。公共料金の支払票も忘れずに。

駒音は出かける前に陽菜の部屋に顔を出した。

「冷蔵庫にサンドイッチがあるよ。昼も朝と一緒でごめんね。マグカップに入ってるトマトスープは、チンしないで冷たいまま飲んで」

陽菜は多少具合がいいのか、ベッドのヘッドボードに背中をあずけて英語の教科書を広げていた。

「晩ご飯のリクエストある？」

陽菜は表情のない顔を横に振った。

「何か買ってくるものある？」

答えない。

「あとで思いついたらスマホで送っといて。ちょっとでも困ったことがあったら電話してね。五時半には帰ってくる」

駒音は笑顔の横にピースサインを掲げた。出がけに伝えることは、毎日ほとんど変わらない。そしてたったこれだけなのに、襖を閉めるのと同時に深い溜め息が出てしまう。

陽菜は心身を病んでいる。

はじまりはウイルス性の感染症だった。完治したと医者の御墨付きが出ても、強い倦怠感と全身の疼痛が治まらず、宿題を提出できなかったり体育の見学を続けていたりしたところ、怠け者と非難された。学校には同じ病気に罹った者が教職員をふくめて百人以上いたが、症状を引きずった者はほかにいなかったため、理解されなかったのだ。陽菜はそれで、学校に行くのが怖くなってしまった。それから三年間、ずっと家にいる。通っていた高校にはまだ在籍しているが、体調は依然として悪く、いつ戻れるのかまったくわからない。

陽菜は寝たきりというわけではなかった。人より時間はかかるが自力で食事ができ、トイレの介助も必要なかった。しかし、箪笥の上の衣装ケースをおろそうと脚立に乗ったらふらつき、食器を洗っていると手の力が抜けてしまうため、駒音が代わってやらなければならない。一人でコンビニに行かせるのも危険だ。加えて、心の病も癒えていないため、声をかけるタイミングや言葉づかいにも神経を使い、彼女と接したあとは、どっと疲れが出る。何年も続けているのに、全然慣れない。

駒音はときどき涙を流す。しかしそれは陽菜に向けてのものではない。自分が憐れに思えてならなかった。

そういう自分を薄情だと思う一方、血がつながっていないのだから仕方がないとも思う。自分がおなかをいためて産んだ子だったら、その子に寄り添うことにしあわせを感じられたかもしれない。そんなことを考えると、自分が嫌になり、ますます気分が重くなる。だから駒音は煙草を喫ってしまう。

一服して気持ちが落ち着くと、駒音は家を出た。自転車にまたがり、さあここからしばらくは自分の時間だと、ミントタブレットを齧りながら、仕事場に向かってペダルを漕いだ。


東京都中央区月島。

ここは明治の中ごろに隅田川の河口に造られた埋め立て地で、現在は橋梁で深川や築地方面とつながっているため、一見そうは見えないが、名前のとおり、東京湾に浮かぶ島である。

当初は工業地帯として発展した。工場だけでなく、働き手の住宅も建てられ、彼らの生活を支える商店ができた。時代を経て工場や倉庫が閉鎖されると、跡地に近代的な集合住宅が生まれ、新しい住民を呼び込むことになった。

銀座まで地下鉄で三分というロケーションである。人口は年々増加し、五階建てのビルが十階建てになり、タワーマンションが一棟、二棟とそびえ立って空を隠した。この土地のソウルフード、もんじゃ焼きは、国外にまで名を馳せ、週末ともなると、歩行者天国の商店街は訪問客であふれかえる。令和の月島はそういう街である。

しかし、隅田川の渡しがなくなり、清澄(きよすみ)通りから都電が姿を消した今でも、昭和の面影はまだ残っている。看板建築の町屋に、運河を上る曳(ひ)き船、たおやかに揺れる柳の並木、水かけ祭りの八角神輿(はっかくみこし)——。

街路をつなぐ路地の風景も昔のままだ。車一台が通れる幅もない隘路の左右に、門も塀もない築古の戸建て住宅が軒を接している。足下に並べられた鉢植えには季節の花が咲き誇り、屋根の上の物干し場に洗濯物がはためいている。

そんな路地の一つに〈月島将雄会(しょうゆうかい)〉はある。

戦災をまぬかれた棟割(むねわり)長屋の一室を改装した将棋道場である。席主の谷藤(たにふじ)は三十歳と若いが、彼は二代目。初代は先年亡くなった彼の祖父で、道場の歴史は半世紀にもおよぶ。

五十年前と変わらず、入口の引き戸が開け放たれ、乾いた駒の音を路地に響かせている。しかし往時と違い、令和の今、そこに風流を求めるのは、中の者たちに対して酷というものであろう。半世紀前に猛暑日が何日あった？

暦のうえでは白露(はくろ)、秋の気配が感じられる候(こう)なのに、現代の九月上旬は、まだまだ夏の盛りである。

にもかかわらず、将雄会の棋客(きかく)たちはエアコンのない部屋で将棋盤を睨んでいる。扇風機は二台回っているが、温風を攪拌(かくはん)しているだけで、みな、額にも首筋にも汗を光らせている。誰かが熱中症で倒れればインフラが整備されるのだろうか。

十畳ほどの土間に長机が三つ、その上に並ぶのは、本榧や足付とはいかず板切れを貼り合わせたような盤で、駒も黄楊ではなくプラスチックと、風情はない。

ここが橘駒音の仕事場だった。

開店前に掃除機をかけ、トイレ掃除をし、受付に立ち、電話を取り、勝敗を記録し、机をふき、駒を磨く。何人か出入りしている小学生の子に教えることもある。

しかしそれらは対局の合間の手伝いのようなもので、自分の席料をただにしてもらう以上の報酬は受けていない。駒音はあくまで将棋指しだった。

駒音は今、酒井の爺さんと対戦している。真っ白で豊かな髭がダンディな、将雄会の最古参格だ。将棋のキャリアでは雲の上の存在だが、勝負事は番数ではない。酒井は駒音の３九角打で勝負が決したと気づかず、金で取ったり歩を打ったり玉を逃がしたりして抵抗を続けたが、４七銀でようやく、

「だめだな。負けました」

と、シャッポならぬハンチングを脱いだ。つるりとした禿頭に玉の汗が浮かんでいる。

「ありがとうございました」

駒音も頭をさげた。それからスマホを取り出し、投了時の盤面に対戦相手の顔を入れた写真を一枚撮ってから、記憶をたどって盤面を終盤の入口まで戻した。

「ここで香を打たれてたら、危なかったです」

「そうなの？」

「銀で取ることになって、するとここに歩を打たれて、同金としたいところだけど、ここの桂馬がきいているから動かせない」

「おお、そうか。気づかなかったよ」

「気づかなくて助かりました」

相手を持ちあげながらの感想戦を行なっていると、

「お駒姐さん、次、俺とね」

表具師の富永から声がかかった。

「そろそろ主婦に戻らなきゃならないんだけど」

壁の時計は午後四時十分を指していた。

「頼むよー」

「ま、富さんなら角落ちでも十分で終わるから、いいか」

予定より三分よけいにかかってしまったのは、富永が駒音の詰み逃しを期待して、最後の最後まで負けを認めなかったからだ。

感想戦のあと駒音は、各机を回って、空いたペットボトルや缶を片づけたり、読んだまま放置された将棋本を棚に戻したりと働いてから、お先に失礼しますと帽子をかぶった。するといっせいに声がかかった。

「お疲れさま。気をつけて」

「今日の晩ご飯は何よ？」

「姐さん、あしたも来る？」

駒音は月島将雄会のマドンナでもあった。


道場を出たあと、近くの児童遊園に立ち寄るのも、駒音のルーティンになっていた。夕方になったとはいえ、まだ陽射しは強く、気温も体温に近かった。にもかかわらず、小学校低学年の子たちがカラフルな遊具で歓声をあげ、高学年の女子が大縄跳びの練習をしていた。子供らの無邪気な姿を見るたびに駒音は、自分にもこんな時期があったのだろうかと、取り出せない記憶に胸が締めつけられる。

駒音が公園のトイレから出てきたところ、木陰のベンチに白い髭のお爺さんの姿があった。彼女はミントの粒を口に放り込んでから近づいていった。

「今日はもうあがるんですか？」

酒井翁はいつも八時近くまで指している。

「橘さんを追いかけてきた」

「忘れ物した？」

駒音は斜めがけしていたバッグを開けた。

「ツケを払わないと」

酒井は首からさげた巾着から財布を出した。

「まだ木曜ですよ」

「明日からしばらく休むから、今日払っておかないと。踏み倒して夜逃げしたと思われたら困るからな」

「入院されるのですか？」

駒音は神妙な面持ちで尋ねた。

「静養かな」

「どこが悪いんですか？　あ、すみません、こんなこと訊いちゃだめですよね」

「どこも悪くないよ、ハワイに行けるんだから」

「え？」

「傘寿（さんじゅ）のお祝いということで、末娘がね」

「わぁ、すてき」

「家族旅行にこんなじいさんが同行したらじゃまで迷惑だろうと遠慮したのだが、お父さんのぶんの飛行機もホテルも取ってあるから、来なかったら三十万円が無駄になるとぬかす。脅迫だろう、これ。ま、ということで、今週分を精算しておく。飛行機が落ちて、永遠に踏み倒すことになりかねんからな」

虚勢を張っているのがかわいらしく、人間というものはこんな歳になっても本心をさらけ出すことを恐れるのだなと、駒音はひとつ勉強になった。

「これで合ってるよな？」

酒井は千円札を差し出してくる。駒音はスマホに残った写真を確認して、

「三勝一敗なので、それで合ってます。おとといの3三銀が悔やまれるなあ。あれがなければ千円プラスだったのに」

と溜め息をついてから千円をありがたく受け取った。

橘駒音は真剣師である。

と言えばカッコいいが、一勝負五百円（ワンコイン）で、仲間内の麻雀（マージャン）やゴルフで行なわれる賭けと同程度のかわいいものだから、せいぜい小遣い稼ぎにしかなっていない。

とはいえ、レートが低くても、賭けは賭け、賭博は法律で禁止されているので、おおっぴらに行なうわけにはいかない。将雄会の規約でも禁止されている。

なので、道場内で金銭のやりとりはしない。勝敗を写真に記録しておき、毎週末に精算していた。また、すべての対局に金がかかっているのではなく、これと見込んだ数人との間で行なっていた。

「じゃあ次の手合わせは再来週ですね。楽しいご旅行を」

駒音は千円札を財布に収め、気をつけて行ってらっしゃいと手を振った。

「橘さん」

「はい？」

「あなた、さっき、トイレで煙草を喫ってなかったか？」

「え？」

「この公園は禁煙だよ。というか、中央区では指定喫煙場所以外の公共の場所は禁煙だ。道路も」

「喫ってませんよ」

「火を使っていなくても煙草だよ」

酒井は立て看板を指さした。〈公園内禁煙（加熱式もふくむ）〉と書いてあった。

「何か勘違いしてません？」

「勘違いだったらすまない。聞かなかったことにしてくれ。どうも神経質になっていてね」

酒井はハンチングで顔をあおぐ。

「何なんです？　気になる」

駒音は科を作るように小首をかしげた。

「うん、まあ、正義の味方を気取っているのではないんだよ。こちとら賭け将棋をしている輩だ。法律やモラルを説く資格はない。髪の毛がふさふさだったころは、もっと悪いこともした。別荘で暮らしたこともある」

「別荘？」

「刑務所」

「ずいぶんなネタですね」

「今度ゆっくり聞かせてあげるよ」

「ぜひ」

「儂が言いたいのは、何だっけ？　そうそう、喫煙ルールは誰のためのものかということだ。社会のため？　違う。儂のためにある」

　駒音はきょとんとする。

「ただでさえ煙草が疎まれているご時世、喫煙ルールの違反が世間の目に留まれば、それみたことか喫煙者はだらしない人種だと、恰好の攻撃材料を与えることになる。新たな締めつけにつながるかもしれない。そうなると、儂はますます肩身が狭くなる。だからほかの煙草喫みも、世間のルールはきちんと守ってくれないと困るんだよ。路上喫煙やポイ捨てを見ると胃がキリキリする。自分で自分の首を絞めていると、わからんのかねえ。橘さんが喫っていないのなら関係のない話だが」

　駒音は笑って、ないないと手を振る。

「まあさ、喫煙者全員がルールを百パーセント遵守したところで、この先ますます締めつけが厳しくなるんだけどな。これは世界的な流れだから、止めようがない。だったらいっそのこと、法律で煙草を禁止薬物に指定してくれと思うのだが、お上はそれは絶対にしないんだな。税収がなくなってしまうから。そうよ、儂らは非喫煙者より税金を多く納めている。なのになんで迫害されなければならないんだ。健康を害するおそれがあると脅される、周囲には文字どおり煙たがられる、法外な税金を取られる。だから煙草なんてやめてしまうのが賢い生き方だ。儂は喫うけどな。ほとんど平均寿命まで生きた。あとの人生はおまけだ。今さら体を気づかってどうする。だろ？」

「今はアディショナルタイムが長いですよ」

「二十歳若かったら絶対にやめたけどな。長生きしたいし、まわりに嫌がられたくないし、クソ高い税金なんか納めたくない。価格の六十パーセント以上が税金なんだぞ。所得税の最高税率でも四十五パーセントなのに。ええと、今どきは何と言うんだっけ、そうそう、コスパが悪すぎるんだよ、煙草は。儂は棺桶に半分足を突っ込んでるから気にせんが」

「酒井さんとは似たものどうしかも」

「あ？」

「私も——、ううん、ハワイをめいっぱい楽しんできてください」

駒音は両手の親指を立てて酒井に背を向けた。

年齢こそ離れているが、将来がないという点では、彼も自分も同じだ。

と思ったのだが、よく考えてみると、子供に旅行に連れていってもらえるのだから、むしろ八十歳の彼のほうが光に満ちた明日がある。


道場からの帰り道、駒音は佃大橋通りにかかる朝潮大橋の真ん中で自転車を停める。

最初の勾配が結構きついので、ひと休みということもあるし、風がある日には、しばらく吹かれていたいとも思う。

風はたいてい朝潮運河を遡ってくる。東京湾からなので潮風なのだが、潮の香りを感じたことは一度もない。

一つ下流の朝潮橋の下をタグボートが走り去るのを見てから、駒音はペダルに足を載せた。

朝潮大橋を渡りきり、草野球場を過ぎると、また橋だ。並行して古い鉄道橋がかかっているが、列車が走っているのを見たことはない。

春海(はるみ)橋の向こうに広がるのは豊洲(とよす)の街だ。縦横に走る広い街路の左右にもその奥にも高層建築が整然と建ち並び、かつて重工業地帯だった面影はまったくない。大企業の本社があり、タワーマンションがあり、大型商業施設にホテルにエンターテインメント施設に大学病院と、この街に一つの世界が凝縮されている。

豊洲の南で東雲(しののめ)橋を渡ったところにショッピングセンターがあり、駒音はいつもここに立ち寄って夕飯の買物をしていく。地元にもスーパーはあるが、こちらのほうが品揃えがいいからだ。

駒音の住む街は、ここから運河をもう一つ越えたところにある。自転車で二十分もかけて将棋を指しに行っているのは、地元に将棋の道場がないからだった。

辰巳(たつみ)は戦前に埋め立てられた土地だ。当初は飛行場として運用されるなど、人が住まない土地だったのだが、高度成長期の後半に公営の集合住宅が建てられた。号棟のナンバーは90にもおよび、高島平(たかしまだいら)や桐ケ丘(きりがおか)に並ぶ、都内屈指のマンモス団地である。その無数の窓の中に３ＤＫのわが家がある。

「ただいまー」

駒音は明るい声で玄関ドアを開けた。返事はなかった。生存確認のために部屋を覗くと、陽菜はベッドに横になっていた。小脇に小さなぬいぐるみを抱き、スマホをいじっていた。

陽菜がその薄汚れたパンダを「まちゃこ」と呼んでいるのを駒音は耳にしたことがある。彼女の実の母は真砂子(まさこ)という名前だった。

「すぐご飯にするね。ここに持ってくる？　それともあっちで一緒に食べる？」

陽菜の返事は小さくて聞き取れなかったが、同時にベッドサイドのテーブルを指さしたので、駒音は理解した。

とりあえずお疲れさまの一服をする。次にベランダに出る。洗濯物を取り込む際は手摺りから身を乗り出さない。なぜかわからないが、駒音がルーティンに縛られるのは干す時だけだった。取り込んだものを畳み、陽菜のぶんは彼女の部屋に持っていって衣装ケースにしまい、さていよいよ夕飯の支度である。

といっても、買ってきた惣菜を皿に盛り、野菜を切って添えるだけだ。ご飯は冷凍しておいたものを温める。今朝は早起きして気分がよかったので卵を茹でてサンドイッチを作ったが、たいていは料理をしたとはいえない代物を食卓に並べる。

サンドイッチといえば、冷蔵庫に入れておいたものがきれいさっぱりなくなっており、陽菜がちゃんと食事をとってくれたことに駒音は安堵した。

陽菜の夕飯をトレーに載せて彼女の部屋に運ぶと、しばらくは自分の時間ができる。駒音はダイニングテーブルで食事をとりながら、スマホで将棋を指した。

世の中には強い人間がいくらでもいる。月島将雄会では勝率八割を誇っている駒音であるが、オンラインの対局では半分しか勝てない。

この対局でも駒音は負けた。アマ一級でも犯さない詰み逃しによる敗戦に、思わず再戦を申し込みそうになってしまったが、時計を見て、いったんクールダウンした。

食事の後片づけがある。陽菜の入浴も手伝わなければならない。陽菜はシャワーを浴びるだけなら自力でできるのだが、背中をうまく洗えない。髪を乾かしている途中で握力を失い、ドライヤーを落としてしまう。

陽菜のあとで自分もシャワーを浴び、駒音は対局に復帰した。

負けたら「今度こそ!」、勝てば「感覚を忘れないように」となり、気がついたら十一時である。

窓を開けてみると、外の空気はまだねっとりしていたが、駒音はベランダにデッキチェアを広げて寝そべるように坐り、煙草をくわえた。

空はべったりと暗い。夕方の空模様と明日の天気予報からして、雲はほとんどないはずなのに、星もほとんど見えない。ところどころに埃のようなものが瞬(またた)いているだけで、夏の大三角にロマンを感じるなんて、とてもとても。星を消しているのは汚れた空気なのか、皓々(こうこう)と灯った街の明かりなのか。

正面に、すらりとした容姿のビルが数棟並んでいる。駒音は下から窓を数えていき、四十を超えたところで数えるのをやめた。

辰巳は、今となっては古い街だ。開発当初の五階建てでエレベーターのない「昭和の団地」こそ徐々に姿を消し、キャパシティの大きなものに建て替わっているが、それでも十数階程度の高さしかない。

なので、正面に見えるタワーマンションは、この街に属していない。運河の対岸の東雲にある。

あちらには富裕層が住むタワーマンションが林立し、こちらには賃貸の団地しかない。向こうには大きなショッピングセンターがあるのに、こちらには小さなスーパーしかない。数百メートルしか離れていないのに、どうして世界が全然違うのだろう。

四十階、五十階の明かりを見ていると、そこにいる誰かも今こちらを見ていて、それは高いところから見おろしているのではなく、見下しているように思われてくる。

この感情が亢進(こうしん)すると、手摺りから身を乗り出しかねない。

駒音は身の危険を感じて室内に戻った。

チェーンスモークしている間に汗にまみれ、もう一度シャワーを浴びなければならなくなった。


翌日、道場に酒井翁の姿はなかった。予告されていたことではあったが、いつもそこにある顔がないと、どこか不安な気分になる。

などと彼のことを気にかけながらも、その助言は無視して、道場を引けたあと、いつものように一服してから帰ろうと公園に向かった駒音である。

自転車をゆっくり漕いでいると、不意に一つの影が前方に立ちはだかった。駒音はあわててブレーキバーを握った。

「姐さん、ちょっといい？」

道場の常連の一人、津村だった。顔も服装も学生に見えるが、平日の昼間も出入りしており、何者なのかよくわからない。

「ちょっとぉ、危ないじゃないの」

「ちょっと時間ある？」

「何で？」

「ちょっと話が」

「何の？」

「将棋のことで」

「さっきの対局？」

「じゃなくって、もっと大局的なこと。あ、シャレになってる」

一人で受けている。

「何？　夕飯の支度があるんだけど」

そこに立ってたら轢いちゃうよと、駒音はハンドルを微妙に前後させた。

「じゃあ歩きながらで。飲む？」

ペットボトルの紅茶が差し出されたが、駒音はいらないと手を振った。

「未開封だよ」

「じゃあもらう。それで、何？」

ペットボトルを受け取って前籠に入れ、自転車を降りて公園の方に押しはじめる。津村は横にのかず、駒音に顔を向けて後ろ向きに歩くという選択を取った。

「お駒姐さん、はいはいする前から将棋を指してたんだって？」

「え？」

「その時期はまだ山崩しだったっけ？　本将棋は二歳？」

「ちっちゃかった時の話、津村君にしたことないよね？」

駒音は足を止めた。

「風の噂で」

「誰から聞いたの？」

「誰だったかなあ」

「言いなさい」

駒音はさっきより強い力で自転車を押す。

「誰というか、いろんなところからちょっとずつ入ってきた感じ」

津村は脚をせかせか動かして後退する。

「それ、嘘だから。駒の動きをおぼえたのは三歳くらい」

「それでも十分すぎるほどすごいんですけど。そのへんの話を聞かせてくれない？」

「どうして？」

「姐さんがどのくらいすごい子供だったのか知りたい」

「人のことなんてどうでもいいでしょ」

「いやいや、三歳で将棋をおぼえたというのはある意味偉人なのだから、当時のエピソードを知りたいと思って当然でしょう。エジソンやアインシュタインの幼少時を知りたいように」

「誰を引き合いに出してるのよ」

「それに、いま僕の中にあるのは人伝(ひとづて)に聞いた情報の寄せ集めで、姐さんに指摘されたとおり、不正確なんだよ。間違った姿で認識されていたら、姐さんも嫌でしょう？」

「べつに。それより、あることないこと人に話さないでちょうだい。あ？」

駒音はふたたび足を止めた。

「それ」

腕組みをした津村の手にスマホがある。背面のレンズがこちらを向いている。

「撮ってるの？」

「ううん」

「画面を見せて」

「撮ってます」

しゃあしゃあと前言をひるがえす。

「どういうつもり？　なにまだ撮ってるのよ。止めてよ」

「メモ代わりに」

「メモなら最初にそう断わってよ」

「メモ代わりに撮影するけどよろしいでしょうか？」

「嫌。止めて。止めなさい」

津村はようやく腕組みを解き、スマホの画面をタップした。それで駒音の気持ちがおさまるわけではない。

「メモとか嘘だね。あんな話をメモしてどうするの？　隠し撮りして、ネットにあげようとしたんでしょう？　そういう世代だもんね」

「お駒姐さんのエピソード、絶対に刺さるよ。世間は、早期教育とか天才児とかが大好物だから。将棋ブームでもあるし。縁日での覆面対局の話とか最高」

津村は開き直った。以前から、なんとなく信用ならない青年だと駒音は感じていた。だから彼との対局で金を賭けたことはない。正解だった。

「自分のＳＮＳだかチャンネルだかのアクセス数を増やしたいだけじゃないの。私はただのコンテンツ」

「それは誤解。早熟の天才が紆余曲折（うよきょくせつ）を経て、今は主婦業のかたわら町道場で細々と指している。物語があるじゃない。お駒姐さん、見た目のアピール度も高いし、絶対に受ける。世界に羽ばたける」

「やめて。私はそういうことは望んでいません」

「指し手は攻撃的なのに、恥ずかしがり屋なんだ」

「世の中の誰もが承認欲求を持っていると思ったら大間違いだから。私の望みは、穏やかな余生を送ること」

「余生って、おばあさんじゃないんだから」

「中身はおばあちゃんだよ。未来に希望がないんだから。そんなことより津村君、いま撮った動画は消してよね」

「はーい」

「返事だけで消さないんだろうけど」

「じゃあこの場で消すよ」

津村はスマホの画面を駒音に見せるようにしてタップする。

「そういう演技はいいから。消しても復元できると、私が知らないとでも？　ネットはチェックするからね。こっそりアップしたら、ただじゃおかない」

「いくらくれるの？」

「殺す」

「こわっ」

「脅しじゃないよ。人を殺したら、今の生活から解放される。そっちのほうがいいかも。殺しちゃおうかなあ。津村君、死んでくれる？」

重浦知明（しげうらともあき）は将棋指しだった。

十二歳で奨励会に入った。入会の最年少記録が九歳で上限が十九歳だから、この歳で入れたのは、素質はあったほうだと思われる。けれど規定の年齢に達しても四段に昇段できず、プロの道は断念せざるをえなくなった。

夢はわが子に託した。生まれた子が女だったのでひどく落胆したそうなのだが、それでも駒音と名づけ、将棋の道に導いていった。

駒音はがらがらの代わりにスポンジ製の飾り駒を与えられ、三歳の時には駒の動きをおぼえ、対局するようになった。知明は年端もいかぬ娘を容赦なく叩きのめし、駒音は大泣きしながらもう一丁と駒を並べた。親戚や隣近所に敵がいなくなると、道場で強者にもまれ、五歳の時にはアマ初段と互角に渡り合うようになった。女流名人となった娘の姿を思い浮かべながら飲む酒は、さぞうまかったことだろう。

その酒がたたり、駒音が小学校にあがってすぐに知明は死んだ。彼は奨励会を退会したあと、仕事に就いては辞めを繰り返していたため、家族には何も遺さなかった。

駒音の母、清花（さやか）は、幼い子と二人生きるために、夜を日に継いで働いた。独り家に残された駒音は、父が集めた棋書（きしょ）を読んだり詰め将棋をしたりして寂しさをまぎらわせた。

やがて清花は、夜の職場で知り合った男と再婚した。

二年足らずで父のことを忘れてしまったのかと、駒音はショックだった。そして、なじみのない土地に移り住むことになり、学校に行っても見知らぬ顔ばかりで、毎日が楽しくなく、居心地が悪く、駒音の友達は将棋だけとなった。

新しい生活に苦しんだのは駒音だけではない。好きな人と添い遂げたのと生活のために結婚するのとでは心の負担が違うのだ。清花は心労から体を壊し、三十七歳で死んだ。

私もそっちに行くから待っててねと、駒音は両親に手を合わせた。その気があれば、すぐに行けると思った。


何もできないまま、時間だけが、ただ流れた。

駒音は母に、成人式の晴れ着も、花嫁衣装も、孫の顔も見せることができなかった。

こんな人生、早く終わってしまえと、歳を重ねた今でも駒音は毎日のように思う。生きていて何が楽しい。今日も心から笑うことはなかった。明日、世界が一変する希望もない。うだつのあがらないトラック運転手と大きな子供の世話をするだけで、一日、一日、老いていく。

家事の合間に手を見る。昭和の昔ならいざ知らず、今どきこんなにかさついた手をした同年代がいるだろうか。

こんな人生、早く終わってしまえ！

けれど駒音は自分ではどうしても終わらせられない。手摺りを越えることができないのだ。

だから駒音は将棋を指す。盤に向かっている時は、現在の絶望も未来の不安も感じずにすむ。

ここから逃げるために駒音は将棋を指す。指し続ける。

駒音はいつものショッピングセンターで買物をし、昨日忘れた公共料金の支払いをコンビニですませてから帰宅した。

集合郵便受けを覗くと、不用品の買い取りやフードデリバリーのちらしにまじって封筒が入っていた。

学校からだった。休みが続いているお子さんのことで話をしたい、と書いてあるのは開けなくてもわかる。

「ただいまー」

駒音は明るく装って帰宅した。返事はなかった。陽菜はまちゃこを抱いて寝息を立てていた。夕飯の支度は彼女が起きてからすることにし、オンライン対局をはじめたところ、憲士郎が帰ってきた。時計を見たら八時半になっていて驚いた。熱中して時間を忘れていた。駒音はあわてて割烹着に腕を入れた。

憲士郎は自分でコップに氷を入れ、紙パックから焼酎を注いだ。ビールから入らず、いきなり強い酒をやる男だった。

駒音は土産の蒲鉾(かまぼこ)を切って憲士郎に出してから、陽菜の部屋を覗いた。彼女は目覚めていた。どっちで食べるか尋ねると、ベッドサイドに目をやった。惣菜を数種類皿に盛り合わせ、スライスしたトマトを添え、解凍したご飯と一緒に持っていく。主人には焼売(シュウマイ)とポテトサラダを追加で出す。

憲士郎は小食だ。酒を飲むとご飯は食べない。酒のない食事の際も茶碗一杯、食パンなら一枚である。糖質制限しているのではない。

仕事で訪れる先々で、地の名物を腹一杯食べているのだ。だからスーパーの惣菜など喉を通らない。あるいは次の美食に備えて自宅では胃を休めている。本人は何も語らないし、腹立たしさが倍加されるので問い質さないが、そうであるに決まっていると駒音は思っている。でなければ八十五キロの体を維持できるわけがない。

駒音が一番いまいましいのは、ＳＮＳやネット動画で見かける、あのトンテキやしらす丼や焼きそばを、それからソフトクリームもハニートーストも、つまりそういったサービスエリアのグルメの数々を、自身が一つも食べられないことだった。それを言ったところでトラックの横に乗せてもらえないのが、また腹立たしい。

そのように胸の中はもやもやで満ちているのに、憲士郎が椅子を引くと、気がきく女房の体(てい)で冷蔵庫を開け、グラスに氷を入れてしまう駒音である。

腹立たしいやら自分が嫌になるやらで、憲士郎と食卓を囲む気になれず、ナイロンたわしで力まかせにシンクを磨いていると、ガシャンと物が落ちるような音がした。駒音は手を止めた。

少しの間を置いて、ふたたび破壊的な音が響いた。憲士郎が先に動いた。

陽菜の部屋で食器がひっくり返っていた。皿も茶碗もその中身も、すべて畳の上に散っていた。

「だいじょうぶか？　手が滑ったか？」

憲士郎はおよび腰で室内を覗き込んでいる。

「もう、いや」

陽菜がティッシュの箱を投げつけた。畳で跳ねて、ポテトサラダの上に落ちた。

「何がいやなんだ？」

「全部」

陽菜はベッドをおり、勉強机の上に両腕を伸ばし、弧を描くように動かした。教科書やノートや筆記具がばらばらと畳に落ちた。

「落ち着きなさい」

「いや。いや。いや……」

陽菜は鋏を手にした。逆手に持ち替え、顔の横まであげる。

「何をしている。やめなさい」

憲士郎はおろおろするだけだ。駒音は彼の脇をすり抜け、部屋の中に入った。ベッドの上のパンダのぬいぐるみを取りあげ、胸に抱いた。

陽菜は駒音を睨みつけた。いつもの無表情とは違い、魂が感じられた。

駒音はぬいぐるみを両手で陽菜に差し出した。

憎しみの表情が急に崩れた。陽菜は鋏を置き、駒音からぬいぐるみを取りあげ、抱きしめ、そしてしゃがみ込んで泣き出した。

以前にも何度かこういうことがあった。自分の体なのに自分の自由にできないもどかしさ、やるせなさ、悔しさ、腹立たしさがオーバーフローし、心も制御不能になってしまうのだろう。白く細い手首にはリストカットの痕が幾筋か残っている。

駒音は陽菜の背中に腕を回し、ベッドに誘導した。

「片づけといて」

憲士郎に指示し、駒音は部屋を出た。自分の部屋の机の抽斗の奥から薬袋を取り出し、コップに水を汲んで陽菜のところに戻った。

薬を服んでしばらくしたら、陽菜は寝息を立てはじめた。与えたのは頓服の安定剤だ。常用しないようにと医師から注意を受けていたので、毎日服むほかの薬とは別に駒音が保管している。

信じがたいことに、憲士郎は食器を片づけただけだった。駒音は食べ物を拾い集め、畳を水拭きしてから乾拭きし、自分が踏んづけたことで汚してしまった廊下も掃除した。

「あした、お医者さんに診てもらったほうがいいと思う。来週に予約してるけど、早めに」

晩酌に復帰していた憲士郎に駒音は言った。

「あしたか。土曜日だから午前中でないとだめだよな」

「憲士郎さん、仕事？」

「夕方から」

となると、夜通しの運転に備えて日中は十分睡眠を取らなければならない。

「じゃあ陽菜さんは私が連れていく」

「すまない。あの子のことは何もかもおまえに頼りきりで……」

殊勝に首を垂れた憲士郎だったが、すぐに焼酎のパックを手に取ったので、心から感謝していたのか疑わしい。

　やがて憲士郎は船を漕ぎはじめた。彼を寝室に追い立てた駒音も疲れていたようで、自転車を飛ばして煙草を買いに行ったあと、オンライン対局の前にひと休みしようと横になっていたら、そのまま眠ってしまった。


　次の週、道場でちょっとした騒動があった。

「児玉（こだま）さん！　富永さん！」

　受付で手合いカードを整理していた席主が突然大きな声をあげた。名前を呼ばれた二人は駒音の斜め前で対局していた。

「真剣は禁止ですよ」

　谷藤は立ちあがり、その旨書いてある壁の貼り紙を叩いた。

「これ？　誤解、誤解」

　富永は笑って盤上の一万円札を取りあげた。谷藤は厳しい顔を崩さない。

「賭け金でなく、罰金だよ」

「罰金？」

「タマちゃんが今度こそ絶対に禁煙するって言うから、今度も絶対失敗するって言ってやったら、喫ったら一万円やるって啖呵（たんか）を切ったわけだ。それが、このざま」

　富永は一万円札をひらひら振る。

「うちのと口論になって、イライラして、つい」

児玉はうなだれる。

「奥さんとは毎日やりあってるじゃないか。ということは、禁煙は永遠に無理と」

富永は一万円札にキスをして財布に入れる。

「罰金だけとか、ずりーよ」

児玉は駒をもてあそびながらぶつぶつ言う。

「はい？」

「成功したら一万円もらえるんだったら、がんばれたのに」

「言い訳ばかり並べるやつは永遠に成功しないよ。だいたい、禁煙成功こそが一番のご褒美だろうが。健康になる、メシがうまくなる、壁やカーテンが汚れなくなる、金の節約になる」

「どうして富さんにできて、俺にできないんだ。将棋は俺のほうが強いのに。ずるい」

「意味不明なことを」

「富さん、喫ってたんですか？」

席主が意外そうに言った。

「ここで一番のヘビースモーカーだったよ」

遠くの席から大木（おおき）が応じた。

「先代がやってた時は道場の中で喫えてたじゃない。富さんは指している間じゅう喫いっぱなしよ」

彼は酒井さんと並ぶ大御所だ。

「一日四箱かな」

と富永。

「四箱！　煙草代が一日で二千円以上とか、何の冗談？　毎日昼に鰻（うなぎ）を食えたのに」

駒音と対局していた野平（のひら）が溜め息をつくと、どっと笑いが起きた。

「当時は二百三十円だったから千円弱だよ」

「煙草喫みにはいい時代だった」

大木が目を細くする。

「けど、前の年に二百三十円に値上がりしたのにまた値上げで二百五十円になるっていうんで、ふざけんな、やってられねえと、やめてやった」

「そんな即物的な動機でやめられるもんなの？　いいなあ」

児玉が溜め息をつく。

「あとは心の持ちようだ」

「気合いが足りないのか……」

「ただ歯を食いしばってもだめだ」

「逆に、失敗してもいいじゃないかと気楽に臨む」

「それ、自分のことだろう？　だからいつまでたってもやめられないんだよ」

湧き起こった笑いに、むすっとした声がかぶった。

「その話、まだ続くんですか？　気が散るんだけど」

津村だった。


野平との対局のあと、ケータイ料金を払ってくると言って、駒音は道場を出た。

戻ってくると、道場の前で富永がぶちの猫をじゃらしていた。同じ路地にある民家の飼い猫だ。駒音もしゃがんで猫の背中をなでた。

「富さん、一日四箱喫ってたって、盛ってない？」

「全然」

「そんなに喫えるんだ」

「昔は安かったからね」

「じゃなくって、そんだけ喫っててだいじょうぶなんだ、体」

「続けてたら死んでたんじゃないの。だいたい三箱目が終わるころに胸がムカムカしはじめるんだよ。それでも喫わずにいられなくて四箱目に突入する。するとムカムカが増してきてムカムカムカムカになる。そうなったらその日は終了。まだ眠くなくても蒲団に入る。だって、起きていたら、もう一本と手が伸びて、ムカムカムカムカムカムカムカムカになってしまうから」

「気持ち悪いのに喫っちゃうんだ」

「それが依存症というもの。気持ち悪くて吐いたあとに、ホッとして一服だもん」

「うへー。そこまでどっぷりで、よくやめられたね」

「地獄だったよ。十五分も喫わないでいると、イライラしてくる。一時間もすると叫び出したくなる。家族にあたる、お客さんへの対応も怒りっぽくなる。なんとか一日我慢できたが、すると次の地獄の扉が開いた。心だけでなく、体もおかしくなった。手足が痺れ、目がかすむ。何か悪い病気になった感じだ。心臓がドキドキして、冷や汗が出て、命の危険を感じた」

「体がそんなことになるの？」

「煙草は薬物だからね。それに依存していて、やめようとしたら、禁断症状が出る。

　さっきタマちゃんには偉そうなことをぶったけど、実は俺も長年にわたって何度も禁煙に失敗してる。彼には内緒ね。イライラや体調の変化に耐えきれず、喫ってしまったんだな。すると心が落ち着き、ふるえが止まる。まぎれもなく薬物中毒の症状だ。

　それを乗り越えられたのは、当時の俺が不幸のズンドコ、いやどん底にあったからなのかもしれない。プライベートで大変な問題を抱えていてね、だから煙草に逃げないとやってられなかったのだけど、禁煙の苦しみに、いっそ喫って楽になってしまおうと煙草を手にしかけたところで、突然天の声が聞こえたんだ。

『たかが煙草ごときをやめられない人間が、いったいほかの何を成し遂げられるんだ？』

　そしてその裏返しのような気づきも得た。

『禁煙という険しい山を征服できたなら、ほかのどんな困難も克服できるんじゃないか？』

　くじけそうになるたびに、その二つの言葉を自分に投げかけ、そしてついに自分に勝った。禁断症状が治まったのは五日目くらいだったかな。なあ、あの時は大変だったよなあ」

富永は猫を抱いて喉をくすぐる。

「煙草をやめるきっかけになるほどの問題って、いったい何だったんです？　借金？　恋愛？」

「まあそれはプライベートなので」

「あ」

駒音は手を打ち、富永を指さした。

「何？」

「富さん、私のプライベートを津村さんに喋ったでしょう？」

「ん？」

「小さかった時のことなんかを。誰にも話さないという約束だったのに」

「話してないよ」

富永は笑って手を振る。猫がするりと腕から逃れた。

「嘘」

「ああいう話は俺にしかしてないの？」

「席主にはした」

「じゃあ彼が話したんだ」

「谷藤さんは口が堅い」

「えーっ？　俺は信用ないって？」

「ない」

「直球かよ。はいはい、わかりました。憶えてないけど、たぶん俺なんだな。ごめんよ」

富永は顔の前に片手を立てて謝る。

「そんなのなら、謝られないほうがましって感じ」

駒音は唇を尖らす。

「じゃあどうしたら赦してもらえるんだ？　メシをおごればいい？」

「それ、お詫びじゃなくて、誘いになってない？　今どき、そういうのってまずいんじゃない？」

「世知辛い世の中だなあ」

「べつにもういいです。ただ、これからは口を慎んでください。もう何も話しませんけど。ねえ、マルちゃん？」

駒音は猫を抱きあげ、頰ずりをする。

将雄会の面々は癖の強い男たちばかりで、扱いづらく、ムッとさせられることも少なくないが、だから悪い気分かといえばそうでもなかった。家族と一緒にいる時よりずっと気安かった。もし今住んでいる団地の一階に将棋の道場ができても、自分は二十分かけてここに通うだろうと駒音は思う。

その日の帰り道も、駒音は朝潮大橋の真ん中で自転車を停めた。運河はいつものように濁っていて、頰を叩く風は熱気をはらんでいた。

朝潮運河は東京湾とつながっていて、東京湾は太平洋とつながっている。ということは、ここから船を漕ぎ出したらワイキキの浜辺にたどりつき、ココヤシの陰で寝そべっている酒井翁を「アロハ！」と驚かせるわけだ。

理屈はそうかもしれないけど、東京とハワイの海がつながっているとは、駒音にはとても信じられない。つながっているとはすなわち、一つの水槽の中にあるということだ。この灰色の水とエメラルドグリーンの海がどうして別々に存在できるのだ。

東京の空は汚いと人は言う。駒音はそうは思わない。雲のない日の空は青い。絵の具で塗ったような青だ。写真で見るハワイの空とどこが違うのかわからない。なのにどうして海の色は全然違うのだろう。

もっとも今日の空は灰色だった。空気が汚れているのではなく、雲が出ていた。今晩遅くから雨になるらしい。

この空模様が駒音の運命を変えた。

予報どおり降り出した雨は朝になっても続いていた。

駒音は道場を休んだ。自転車用のレインコートは持っているし、地下鉄で行くこともできたのだが、午後から雨脚が強まるとのことだったので、家でオンライン対局していることにした。惣菜の残りも食材の買い置きもあった。

ところが煙草の買い置きがないと、昼食の後に気づいた。けれどこの時は、今晩買いにいこう、それまではプチ禁煙だなと、軽く考えてオンライン対局を続けた。

夕方、憲士郎からメッセージが届いた。

〈いま東京に戻ってきたけど、家には帰らない〉

憲士郎は今晩帰宅し、明日の午後から北海道に向かう予定だった。しかし天候を考慮して仕事が大幅に前倒しされた。明日の首都圏は鉄道各社が計画運休を検討するほどの豪雨が予想されており、道路の通行規制が行なわれることも考えられた。颱風(たいふう)は沖縄の方にあるのにどうして東京がそんなに荒れ模様になるのか、駒音にはちっとも理解できなかったが、ともかく、それに巻き込まれる前に東京から脱出しようということらしかった。

夕飯のあと、駒音が一服しようとしたところ、もう、一本も残っていなかった。しょうがないのでそのまま対局に突入すると、声が出るほどの溜め息や貧乏揺すりを繰り返し、どうにも落ち着かなかった。話を聞いただけではピンとこなかった富永の苦しみがわかった。

こんな精神状態が続いたら、かえって体に悪い。駒音は我慢するのをやめて長靴を履いた。けれどエレベーターを待っている間に思い直し、コンビニに行くのはやめにした。

その後の駒音はさんざんだった。イライラがますますつのって集中力を失い、ミントを齧り続けても緩和されない。感想戦の必要もないほどひどい負けっぷりで、今日はもうだめだと、九時には蒲団に入った。

早寝の効果で気分もすっきり——とはならなかった。

駒音は寝覚めに煙草を探し、切らしていることを思い出してからは、頭の中には一つの感情が浮かびあがり、言葉に変換されてループした。

喫いたい喫いたい喫いたい——。

気をまぎらそうと、むさぼるようにパンを食べると、満腹感が新たな喫煙欲求を呼び起こした。

喫いたい喫いたい喫いたい喫いたい——。

陽菜の朝食のトレーをさげたあと、駒音は長靴を履いた。レインコートを着て、フードを目深にかぶったうえで傘を差すという完全防備でコンビニを目指した。

矢のように降りかかる雨音に交じって声が聞こえた。

——たかが煙草ごときをやめられない人間が、いったいほかの何を成し遂げられるんだ？

駒音は足を止めた。

——禁煙という険しい山を征服できたなら、ほかのどんな困難も克服できるんじゃないか？

そこにコンビニが見えていたが、駒音は踵(きびす)を返した。

しかし、だからといってイライラがおさまったわけではない。

忙しくしていればいいかと掃除をはじめても、狭い家のこと、十五分で終わった。洗面台や浴槽を磨いても一時間も費やせない。

棋書を広げても集中できない。眠ればいらだちが消えると蒲団に入ったが、前夜たっぷり睡眠を取っていたので、まんじりともしない。

喫いたい喫いたい喫いたい喫いたい喫いたい——。

飢餓が駒音に妙案を与えた。

ゴミ箱をひっくり返し、使い終えて捨てたヒートスティックを探した。喫煙具の仕様により、ここでおしまいというシグナルが出たから捨てたわけだが、まだいくらか煙草の成分が残っているはずだ。缶の底にジュースが残っているように。缶の底のジュースは数滴しかないかもしれないが、缶が複数あれば、それなりの量となり、渇きを癒やせる。

スティックは十個サルベージできた。

それをホルダーに差し込んでいると、また富永の声にじゃまされた。

——たかが煙草ごときをやめられない人間が、いったいほかの何を成し遂げられるんだ？

べつに何をしたいとも思っていないからと駒音は反論する。すると次の声が聞こえた。

——禁煙という険しい山を征服できたなら、ほかのどんな困難も克服できるんじゃないか？今の境遇も？　お先真っ暗な人生を変えられる？

駒音はシケモクをゴミ箱に戻した。

しかし精神論だけでイライラを抑えつけることはできない。深呼吸で落ち着こうとするが、かえって動悸が激しくなる。

頭がぼーっとする。目の奥が熱い。手がふるえる。指先が痺れている。これが禁断症状というものなのか。

ニコチンへの依存から離脱しようとして苦しんでいるのだから、この症状が治まったとき自分は、煙草の支配から解き放たれたことになる。そして明るい未来が開けるのだ。

駒音は前向きに考え、頭からタオルケットをかぶった。呻くような吠えるような声をあげながら苦しみに耐える。身悶えし、ベッドから落ちてのたうち回る。

暴れ疲れ、少し眠ったようだった。駒音は全身が気持ち悪い汗にまみれていた。昼時を過ぎていた。空腹感はなかった。ただ煙草がほしかった。しかし陽菜に何か食べさせなければならない。

駒音はピザを温め、葡萄を房から取って洗い、蒲鉾を切り、マグカップに麦茶を注いだ。支離滅裂な昼食を陽菜の部屋に持っていき、ベッドサイドのテーブルにトレーを置くと、陽菜がゆるゆると体を起こした。

「もう二時だね。ごめーん」

駒音は小さく笑って手を合わせた。

棒きれのような腕が伸び、血管が青く浮いた手がトレーの端にかかった。爪を切ってやらなければと駒音が思った次の瞬間、トレーがテーブルから滑り落ちた。ピザも蒲鉾も畳に落ちた。駒音は真っ先にマグカップを取りあげたが、すでに半分以上がこぼれていた。机の上のボックスからティッシュペーパーをごっそり抜いて、茶色い水溜まりの上に落とした。

「新しいのを持ってくるね」

ロストした食品をトレーに集めていると、頬に冷たいものがかかった。陽菜がマグカップを持っていた。口が駒音の方に向いていた。

はずみでこぼし、それがかかったのではない。トレーが落ちた際も、陽菜が意図して押したように駒音には見えていた。

「ごはんが遅いから怒ってる？」

駒音は立ちあがった。

マグカップが飛んできて腹に当たった。

「ひどいよ。謝ったじゃないの」

陽菜はテーブルに落ちていた葡萄の粒を駒音の方に払った。

「かまってほしいの？」

二粒目が飛んでくる。

「何が不満なの？」

陽菜は答えない。

「言ってくれないとわからない」

陽菜はぷいと顔をそむけた。

「好きにして。おなかがすいたら、このへんのものをつまんでちょうだい」

陽菜は横になり、肌掛け蒲団を頭からかぶった。

駒音は足下のピザを拾いあげ、その場に叩きつけた。

「こっちの気持ちも考えて。私もきついの。つらいの。少しは協力して」

応答はない。駒音は肌掛けを引っ張った。向こうから引っ張り返してくる。

「何、その力。本当はもうどこも痛くないのに、ふりをしているだけじゃないの？　病気だったら何でもしてもらえるから。学校にも行かなくていいから。一日スマホで遊んでいられるから。元気になってよかったね。じゃあ掃除も洗濯もゴミ出しも買物もできるよね。あしたからよろしく」

悪態をつけばつくほど、それに自分が煽（あお）られ、止めることができなくなった。

「その元気で、私の世話をしてちょうだい。手足が痺れて力が入らないのよ。頭には霞（かすみ）がかかってる。なのに誰も助けてくれない。こんなに調子が悪くても、家事は全部私。だいたい、私が煙草に依存してしまったのは、そこから脱しようと苦しんでいるのは、誰のせいよ。あんたがストレスをかけるからじゃないの。聞いてるの？　何か言いなさいよ！　あんたのせいで、私はこの家に縛りつけられてるのよ！　あんたがいなければ、私は自由なのに！　あんたなんかこの世に生まれてこなければよかったんだよ！　どっか行ってよ！　消えてちょうだい！」

気がついたら駒音は陽菜に馬乗りになっていた。わめきながら、肌掛けの上に両手を打ちおろしていた。片手にはパンダのぬいぐるみを握っていた。繰り返し叩きつけるうちに首がちぎれた。

それでも気がおさまらず、机に手を伸ばして鋏を握った。

高く振りあげ、渾身の力で振りおろす。もう一度振りかぶり、振りおろす。氷を削るように繰り返す。

水色の肌掛けに、真っ赤な染みがじわじわと広がる。駒音の手にも血の花びらが散っていく。

「駒音」

突然名前を呼ばれ、驚いて振り返ると、憲士郎が部屋の入口に立っていて、二度驚いた。

「北海道は？」

「帰ってきた」

「一日で？」

「陽菜！」

憲士郎は駒音を押しのけて愛娘（まなむすめ）を抱き起こした。

「陽菜！　陽菜！」

繰り返し呼びかけ、激しく体を揺する。肌掛けが落ちる。陽菜は目を閉じている。頭がガクガク揺れ、首が折れてしまいそうだった。

「何をした？」

憲士郎は物言わぬ娘をきつく抱きしめ、駒音を睨みつけた。

駒音は陽菜の胸に腕を伸ばした。肌掛けの上から刺さっている鋏に手をかけ、抜いた。

「お世話になりました」

憲士郎の首筋に鋏を振りおろした。彼は無抵抗で、一言も発しなかった。

駒音は陽菜の部屋を出て、ダイニングキッチンの掃き出し窓を開けた。

外は横殴りの雨だった。降っているさまが線で見えた。歌川広重（うたがわひろしげ）の浮世絵のようだと思った。

駒音はベランダに出た。水びたしのコンクリートに裸足（はだし）で立った。

手摺りから身を乗り出した。激しい雨に煙って地面が見えなかった。いつも引き留めてくれる、怖いという感覚が全然なかった。

駒音は手摺りをまたいだ。

向こう側に重心を持っていくと、体がふわりと浮いた。

これで夢が叶う。いつも願っていたように、人生を終わらせられる。


駒音の背中はぐっしょり湿っていた。

ものすごい出血だ。もうすぐ死ぬ。

それにしては痛みがない。痛すぎて感覚が麻痺してしまったのだろうか。

不思議に思って背中に持っていった手を見てみると、少しも赤くなかった。じゃあこの湿り気は何なのだ？　水溜まりに落ちたのか？

駒音はゆっくり体を起こした。

ベッドがあり衣装ケースがあり机がある。駒音は室内にいた。自分の部屋だ。

駒音はバネ仕掛けの人形のように立ちあがった。廊下に出る。隣の襖は閉まっていた。

「陽菜さん？」

おそるおそる襖越しに声をかけた。返事はなかった。

「陽菜さん？　憲士郎さん？」

駒音は襖を開けた。

陽菜はベッドで横になっていた。まちゃこを抱き、スマホを手にしていた。画面の上の指は動いていた。

「生きてる」

夢だったのかと、駒音はほっとして、腰が抜けたようにしゃがみ込んだ。首に鋏が突き刺さった憲士郎もいない。

「よかった。よかった」

駒音は四つん這いでベッドに寄っていく。陽菜がきょとんとした。駒音がマットレスの端に手をついて身を乗り出すと、怯えるような表情になり、横になったまま後ずさった。駒音はかまわず陽菜に抱きついた。

「ごめんね。二度とあんなひどいことを思ったりしないから。陽菜さんだって苦しいんだよね。必死に耐えてるんだよね。ごめんね。これからはちゃんと寄り添うから。家族だもん。そう、家族なんだよ、私たち。憲士郎さんと三人、仲よくしないと。私がちょっとだめだった。ちょっとじゃなくて、かなりだめだった。二人との間に壁を作っていた。ごめんね。これからは心を開く。ちょっとずつしか開けないかもしれないけど、がんばるから。本当の家族になろうね、陽菜さん」

そう言ってから駒音は、まずはここからあらためなければならないと思い直した。

「ね。おねえちゃん」

つぶやくように言い、陽菜のことを強く抱きしめた。

彼岸明けの火曜日、駒音が半月ぶりに道場に足を運ぶと、前の路地に富永の姿があった。

「あ、お駒姐さんだ。久しぶりだねー」

富永は猫に向かって喋りかけた。

「デトックスしてたから」

駒音は隣にしゃがんだ。

「成功した？」

「うん」

駒音はマルの背中に手を伸ばした。ベルベットのような毛並みの下からぬくもりと一緒に伝わってくるコリコリした骨の感触が懐かしい。

アスファルトは西日を照り返し、路地全体がサウナのようだ。けれど夕方のこの時刻、半月前はもっと明るかったような気がする。

「私、煙草喫ってたんだ」

駒音はマルの顎の下をくすぐりながら、ぽつりと言った。

「知ってた」

「見た？」

「俺は見てないよ」

「酒井さんから聞いたんだ」

「聞いてないよ。臭いでわかった」

「えーっ？　ちゃんと消してたよ」

「ニンニクマシマシのラーメンを食べたあとのようにプンプン臭っていたわけじゃないよ。臭いをわずかに感じたことがあって、そのあと気をつけていたら、コンビニに行くとか気分転換に散歩とか言って出ていって帰ってきたらかならず臭うとわかって、どこかで隠れて喫っていると確信した」

「そっかー。加熱式は臭いが薄いし、そのうえで対策もしていたから完璧だと思ってたんだけど」

駒音はバッグからミントタブレットのケースと衣類の消臭スプレーを取り出した。

「残念でした」

「じゃあ、知ってて、見逃してくれてたんだ」

「お駒姐さんが複雑な家庭環境にあると知っていたから、頭ごなしに注意すると、追い詰めてしまうのではないかと懸念した」

「懸念？」

「不安に思った。親や先生に報告すると迫ったら、やけを起こすんじゃないかって」

「家出？」

「最悪、自殺」

「それは……」

ないとは言いきれないかと駒音は思い直す。

「とはいえ、未成年者の喫煙は見過ごせる問題ではない。健康への影響や依存性が大人よりも大きい。成長を阻害するおそれもある。だから、なんとかしようと、有志で話し合った」

「有志?」

「道場の何人か」

「富さん、私が喫ってるって、みんなに言いふらしたんだ」

「マイナスイメージの話ほど勝手に広まっていくものなんだよ」

「よく言う」

「そしてみんな、お駒姐さんのことを心配した」

ドキリとして、駒音は軽口を返せなかった。

「お駒姐さんを刺戟しないよう、『法律で決まっているから喫ってはいけない』と叱るのではなく、本人が自主的にやめるよう持っていこうと方針を決めた。しかし、煙草がいかに体に悪いか説明しても、長生きしてもいいことなんてないと開き直られそう」

駒音は苦笑する。

「そこで津村君は、お駒姐さんを将棋アイドルにしようとした。有名人になったら問題のある行動は控えるようになるだろう、と彼は考えた」

「あれ、そういう意図だったの?　嘘だぁ」

「猜疑心が強いんだな」

「猜疑心?」

「疑り深いということ」

「物事は悪い方に解釈しておかないと傷ついて立ち直れなくなると、人生が教えてくれた」

「おいおい、その歳で人生を語ってくれるなよ」

富永はマルを抱きあげ、「ねー」と頬ずりをする。


駒音が小学校三年生の時、母の清花が、勤務先の食堂の常連だったトラック運転手と再婚した。生活のためだった。

橘憲士郎にも思惑があった。彼には高校生の娘がいて、前妻を喪ったあと、彼女に家事をまかせていた。中学生の時からだ。そのため陽菜は部活も友達とディズニーランドに行くこともあきらめていたのだが、再婚すれば、愛娘に青春を取り戻させてやることができる。

しかし両者の思いは、新生活がはじまってすぐに崩れた。陽菜が心身の不調に見舞われ、自力でできることがどんどん少なくなっていった。

清花は、陽菜の変調の遠因には新しい母親が来たことがあると思い込み、自身の体調がおかしくなっても継娘(ままむすめ)のケアを優先し、その結果、命を落とすことになってしまった。

ではその後、誰が陽菜のケアをする？　主は生計を維持するために働きに出なければならない。家にいる時は、次の長距離走行に備えて体を休めなければならない。残る家族は一人である。まだ小学五年生であろうが、ほかに誰もいなければ、やらざるをえない。

陽菜は少しは身の回りのことができるので、朝と昼の食事を用意しておけば自分は今までと変わらず学校に行ける——というのは理想にすぎなかった。

毎日三食を用意するのは、たとえ出来合いの惣菜が中心であっても、それなりに大変だった。そして陽菜は買物を手伝ってくれない。洗濯や掃除もできない。日用品の在庫管理もゴミ出しも宅配便の再配達依頼も、すべて駒音がしなければならなかった。家事全般を一人で背負うのは、十一歳には重すぎた。学校もあるのだ。荷物の一部をおろさないと潰れてしまう。

駒音は六年生になって学校を捨てた。もともと勉強は嫌々やっていたし、衣食住をあたりまえのように与えられているクラスメイトとは話が合わなくなり、友達とはいえない関係になっていたので、むしろせいせいした気分だった。

そして駒音は空いた時間を将棋にあてた。道場で、ネットで、しゃにむに指すことで、つらい日常をその時だけは忘れることができた。

煙草も痛みをやわらげてくれた。

憲士郎が喫ってリラックスしているのを見て、自分にも効くだろうかと興味本位ではじめたところ、それなしではいられなくなってしまった。憲士郎の煙草をちょろまかしていたものが、彼の留守中にも喫いたくなり、「親に頼まれて」とコンビニで買おうとしたら拒否されたため、憲士郎が家にいる間に成人識別ICカード(タスポ)を拝借して自動販売機でまとめ買いしておくことを思いつき、加熱式煙草の喫煙具を憲士郎になりすましてネットのフリマで手に入れ、家の外でも隠れて喫うようになり、煙草代のために賭け将棋に手を染めと、次から次へと悪智慧を働かせた。

喫煙の事実に憲士郎は気づいていたかもしれない。不登校についても、小学校からの手紙は駒音が握り潰したが、別の形で連絡が来ていたのではないか。同じく子供の浅智慧で、憲士郎が登下校の時間に在宅している際にはランドセルを背負って家を出入りしたが、その演技もお見通しだったかもしれない。

なのに叱りも注意もしなかったのは、家事も家族のケアも押しつけている罪悪感からか。それとも、この子の手助けなしにこの家は成り立たないのだからと、見てないふりをとおしたのか。あるいは、血がつながっていない娘の健康や学業など、どうでもよかったのか。

駒音も憲士郎に面と向かって、普通の小学生のように自由でいたいと訴えたことは一度もなかった。実の親でないことへの遠慮があったからだ。生活に困っていた母子に手を差し伸べてくれたという負い目もあったかもしれない。だから一緒に暮らすようになって何年経っても、「お父さん」と口にするのが恥ずかしく、「憲士郎さん」としか呼べなかった。

その結果、駒音はストレスを蓄積させていたのだが、その痛みを麻痺させてくれていた煙草をきらしたことで精神が迷走してしまった。感情の爆発が夢の中だけですんで、本当によかった。

北海道から戻ってきた憲士郎に駒音は本心を打ち明けた。彼も心を開いてくれた。途中から感極まって泣いてしまったことが大きかったのかもしれないが。

家族の問題は家族でどうにかするべき、たとえそれが病気や障害であっても人様に頼るのは甘えであり恥、という意識が憲士郎にはあった。八十、九十の老人ならともかく、二十歳そこそこの若者で、しかも生まれながら体が不自由なわけではなく、この間までは普通に生活できていたのだから、そのうち元に戻るに違いない——。

しかしそうやってなるにまかせていた結果、もう一人の娘が追い詰められてしまったとわかり、考えをあらためた。福祉の窓口に相談に行き、陽菜のケアと家事の一部に公共の支援が受けられることになった。

毎日ではない。来てくれる日も日中だけだ。なので駒音は完全に解放されるわけではなかったが、負担が減れば心に余裕が生まれる。学校にも行ける。

不安は大きい。普通の小学生に戻れるだろうか。教科書はずっと開いていないし、同級生の顔も忘れかけている。溶け込めなかったら、また煙草に頼ってしまうのではないか。

しかし禁煙に成功したのだから次の山も乗り越えられると駒音は信じたい。


「ありがとう」

駒音は立ちあがって頭をさげた。

「言いっこなしよ」

富永はマルの前脚を取って振る。

「デトックスできたのは富さんのおかげだもん」

駒音はさらに深く頭をさげる。

「心配していたのは俺だけじゃないって言っただろう。それに、お駒姐さんを心配したと言えば聞こえがいいが、実は自分たちのために行動しただけだから。推しが悪い子になったらつらいじゃん」

「でも……」

あの大雨の日、煙草がきれ、どうにも我慢できなくなり、駒音はコンビニに向かった。憲士郎は不在でタスポがないため、対面販売を突破するしかなかった。

経験上、親に頼まれたと言っても売ってくれないとわかっていたが、レインコートのフードをさげて顔を隠せばバレないかもしれない、もし未成年であると見破られても、暴風雨の中お使いに来たということで情けをかけてくれるかもしれないと望みをかけた。

もしあのとき富永の言葉がよみがえらず、煙草が買えてしまっていたら、駒音は何も変わっていなかった。嘘と薬物にまみれて今日も一日を捨てていた。

「そんなことより、対局しなさいよ。俺と指す？　俺っち、あぶれてるからここにいるんだけど」

富永は道場の入口に目を向ける。

「今日は挨拶に来ただけだから」

「挨拶？」

「これからは手伝えないって、谷藤さんに。学校があるから」

「勉強が忙しくなるの？　中学受験？」

「じゃなくって、今までずっと休んでたけど、これからはちゃんと行くことにしたから、道場には土日くらいしか来られない」

「えー？　毎日小学校が終わってから来てるのかと思った」

「学校があるのに、昼時から来られるわけないじゃん。小一じゃないんだから。最速、この時間」

駒音は背中に手を回してランドセルを叩く。

「するってえと、学校をさぼって入りびたってたんだ。やるなあ。姐さんの名は伊達じゃない」

富永は目をぱちぱちさせる。演技なのか、天然なのか。

相手にするのがばかばかしくなり、駒音は彼に手を振って道場に入った。

「姐さん、おせーよ」

「俺が怖くて逃げたのかと思ったぞ」

「香落ちでお手合わせ願います」

聞き慣れた声がシャワーのように降り注ぐ。

やっぱり学校に行かないで毎日ここに来ようかなと、駒音の心が誘われる。そして涙ぐむ。

花火大会

漆黒の空に大輪の赤い花が咲いた。

「きれーだな」

麻美(あさみ)が言ったそばから、今度は白と橙(だいだい)の花が咲いた。緑も混じっている。

「きれい」

わたしも溜め息を漏らす。

赤、白、黄、橙――。

菊のようだったり牡丹(ぼたん)のようだったり、次から次へと花が開き、はかなく散っていく。どーん、ぱぱっ、という景気のいい音が気持ちを高ぶらせる。

「おまたせー」

こずえと綾(あや)と花子(はなこ)が戻ってきた。三人とも両手いっぱいに、かき氷やチョコバナナなんかを抱えている。

「ビールは?」

「馬鹿者」

麻美が覗き込むと、花子は彼女の頭にこつんと頭をぶつけた。

「はいよ、佐倉（さくら）」

麻美はたこ焼きに爪楊枝（つまようじ）を刺し、わたしの口に近づける。

「でもあんたは食べられないから、代わりにいただく」

手首をひょいと返し、自分の口の中に放り込む。

「あづーい。でもうまーい。あつうま」

わたしがむくれていることなどおかまいなしに、麻美はほふほふと口を動かし、二つ目、三つ目と頬張る。

「記念撮影」

花子がスマホを持った手をぐっと前に伸ばす。花子、綾、麻美、こずえと横一列に並び、わたしは麻美の胸に抱かれた。

「お葬式みたいでイヤだなあ」

不満を漏らすと、麻美はわたしのことを、彼女の足下の石に立てかけた。

「それもなんか……。さっきのほうがいい」

ごめんとわたしは手を合わせる。

五人がそれぞれキメポーズを取る。わたしは自分の手にあるスマホのフロントカメラに向かってダブルピースをきめる。

三尺玉（さんじゃくだま）が熱帯の蝶のような極彩色の羽を広げて夜空に飛び立ったジャストのタイミングで、

シャッターが切られた。

去年の夏、この五人で花火大会に行った。来年もまた行こうねと約束した。

今年の夏、わたしは療養所のベッドの上にいる。現地にいる四人とビデオ通話でつながることで、かろうじて約束をはたした。

「たこ焼き食べたきゃ元気になれよ、佐倉」

麻美の呼びかけに、来年は絶対に行くよと、わたしは彼女のスマホの中で大きくうなずいた。

初出

「彼の名は」　小説ＮＯＮ　２０２３年３月号
「有情無情」　小説ＮＯＮ　２０２３年４月号
「わたしが告発する！」　小説ＮＯＮ　２０２３年５月号
「君は認知障害で」　小説ＮＯＮ　２０２３年６月号
「死にゆく母にできること」　小説ＮＯＮ　２０２３年８月号
「無実が二人を分かつまで」　小説ＮＯＮ　２０２３年９月号
「彼女の煙が晴れるとき」　書下し
「花火大会」　アオハル０・５号（ヤングジャンプ増刊）２０１１年９月号　集英社

本書はフィクションであり、登場する人物、および団体名は、
実在するものといっさい関係ありません。

切りとり線

あなたにお願い

この本をお読みになって、どんな感想をお持ちでしょうか。次ページの「100字書評」を編集部までいただけたらありがたく存じます。個人名を識別できない形で処理したうえで、今後の企画の参考にさせていただくほか、作者に提供することがあります。

あなたの「100字書評」は新聞・雑誌などを通じて紹介させていただくことがあります。採用の場合は、特製図書カードを差し上げます。

次ページの原稿用紙（コピーしたものでもかまいません）に書評をお書きのうえ、このページを切り取り、左記へお送りください。祥伝社ホームページからも、書き込めます。

〒一〇一―八七〇一　東京都千代田区神田神保町三―三
祥伝社　文芸出版部　文芸編集　編集長　金野裕子
電話〇三（三二六五）二〇八〇　www.shodensha.co.jp/bookreview

◎本書の購買動機（新聞、雑誌名を記入するか、○をつけてください）

＿＿＿新聞･誌の広告を見て	＿＿＿新聞･誌の書評を見て	好きな作家だから	カバーに惹かれて	タイトルに惹かれて	知人のすすめで

◎最近、印象に残った作品や作家をお書きください

◎その他この本についてご意見がありましたらお書きください

100字書評

それは令和のことでした、

住所

なまえ

年齢

職業

歌野晶午（うたのしょうご）
1988年『長い家の殺人』でデビュー。2003年『葉桜の季節に君を想うということ』で「このミステリーがすごい！」「本格ミステリ・ベスト10」でともに第１位、第57回日本推理作家協会賞（長編および連作短編部門）、第４回本格ミステリ大賞を受賞。10年『密室殺人ゲーム2.0』で第10回本格ミステリ大賞をふたたび受賞。著書に『そして名探偵は生まれた』（小社刊）、『間宵の母』『首切り島の一夜』などがある。

それは令和のことでした、

令和６年４月20日　初版第１刷発行
令和６年７月10日　第３刷発行

著者――歌野晶午
発行者――辻 浩明
発行所――祥伝社
〒101-8701 東京都千代田区神田神保町3-3
電話 03-3265-2081（販売） 03-3265-2080（編集）
03-3265-3622（業務）

印刷――堀内印刷
製本――ナショナル製本

ISBN978-4-396-63661-6 C0093
祥伝社のホームページ www.shodensha.co.jp

祥伝社

四六判文芸書

照子と瑠衣

痛快で心震える、
最高のシスターフッド小説！

照子と瑠衣、ともに七十歳。
夫やくだらない人間関係を見限って、
女性ふたりの逃避行が始まる――。

井上荒野

祥伝社

四六判文芸書

ささやかな幸せをめぐる心優しい物語

東家の四兄弟

占い師の父を持つ、男ばかりの四兄弟。
一枚のタロットを引き金、
ほろ苦い過去や秘密がうきぼりに?

瀧羽麻子